摩尼教离合诗研究

胡晓丹 著

Studies on Manichaean Abecedarian Hymns
Hu Xiaodan

上海古籍出版社

M729正面

M729背面

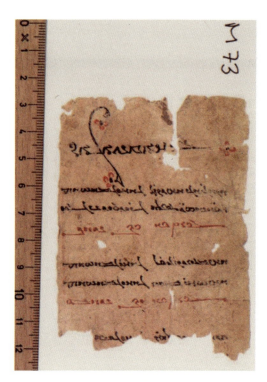

M73正面

M73背面

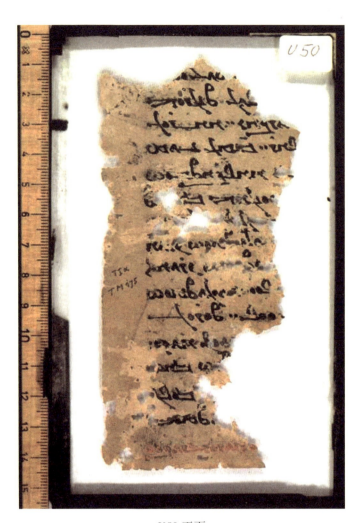

U50 正面

朱笔标注的heirmos示例

M83正面

M83背面

M82正面

M82背面

书 系 缘 起

在学术出版过度繁荣的当下,各种"大典""巨制"俯拾皆是,"标志性成果"风起云涌,我们推出这套丛刊,究竟意义何在? 我不断扪心自问。

我总想起,当初激励我投身"不古不今之学"的唐代大史学家刘知幾的一段话。子玄撰成《史通》后,惧其不传于世,喟曰:"夫以《史通》方诸《太玄》,今之君山,即徐、朱等数君是也。后来张、陆,则未之知耳。嗟乎!倘使平子不出,公纪不生,将恐此书与粪土同捐,烟烬俱灭,后之识者,无得而观。此予所以抚卷涟洏,泪尽而继之以血也。"是知古人不轻言著述,凡有所作,必殚精竭虑,巧构精思,冀藏之名山,垂为后世之轨则。非我辈后生,斐然狂狷,读书未遍,率尔操觚可比。

我又记起,在京都大学人文科学研究所访学之时,高田时雄教授跟我讲过一则轶事:第一任所长狩野直喜先生认为,初学者理当埋头读书,而不应急于发表成果。因此,当时有一条不成文的规矩,新进研究者三年内不许写论文。我深深地为这个故事所蕴含的学问之真精神所感动。在量化原则下,今之学者沦为计件民工,每日为炮制"速朽之作",完成指标而苦斗。若有人天真地提起"千秋事业"之说,恐怕会沦为同行笑柄。然而,我们真的要沿着这条道路一直走下去吗? 我常常寻思,一个真正的学者,起点和终极到底在何方? 也许有人会讲,既是"无涯之旅",则无所谓起止。那么,立场呢? 学者治学的基本立场在哪里? 古人曰"文章千古事",今人云"在学术上应该发扬比慢的精神",我们是否仍可作为信念而坚守?在"美丽人生"与"追求学术之彻底性"之间,我们应该如何抉择?

这些纠结,想必也是我的这些志同道合的学侣们的忧思。于是我们向往建立一个乌托邦,期盼在这个"艰难时世"努力生存的同时,有一泓荒漠甘泉,可以给我们枯槁的心灵带来慰藉;有一方文明的沃土,可以让思想的莕草惬意地生长;有一片无垠的天地,可以让我们信马由缰。由此,有了"中古中国共同研究班"的成立。

所谓的研究班,只是一个没有建制的民间同仁团体,却代表了我们的学术理想。两年前,一群研究中古时代历史、语言、文学与艺术的年轻人聚集在一起,商讨在学术日益泡沫化的今天,我们如何安身立命,是否能为中国学术做点什么。随后研究班悄然成立,致力于在互相砥砺中提升自我学术境界,并探索共同研究模式在中国学术生态中生发的可能性。研究班是一个开放的学术共同体,而不是党同伐异的山头。核心成员来自复旦历史系、文史研究院、汉唐文献工作室、出土文献与古文字研究中心、中文系等五个单位,共十二位学者。此外,还有许多研究生、访问学者、校外和海外研究者,作为"观察员"和通讯成员加入。每两周组织一次 workshop,主要安排为新作发表与讨论、史料会读、学术信息交流与评论,至今已连续举行 36 次。如切如磋,如琢如磨的氛围,让我们怡然自得,乐以忘忧。理解当今学术生态下"青椒"处境的贤达,想必不难体会,这样完全依赖学问自身魅力而运作的"非营利性社团",坚持到今日,是多么的不易!

我们的活动,逐渐引起相关院系和学校的关注,对我们深表"同情的了解",施予各种援手,鼓励我们将实验继续下去,并从"211 三期"和"985 三期"项目中拨给专项经费予以资助,希望能将我们的苦心孤诣,呈现在世人面前。因之,我受命策划这套丛书,作为见证梦想与现实张力之间的"试金石"。虽然不免有些俗套,我们仍想借此对所有给予包容和支持的人们,尤其是章清教授、金光耀教授、邹振环教授、杨志刚教授、葛兆光教授和陈尚君教授,表达由衷感激之情。

书系以"中古中国知识・信仰・制度"为名,收录研究班主要成员的作品,表明了我们共同研究旨趣之所在。第一辑付梓的,除了我自己的那本不过是往日杂稿的拼盘,其余大都是博士论文经数年打磨而写定的心力交"萃"之佳作。第二辑将要刊行的,则是研究班成立后历次往复匡谬正俗之结晶。尽管立意和方法不尽相同,但都代表了新一代学人对"基底性命题"的求索与回应。古人有云:"登山始见天高,临堑方觉地厚。不闻先圣之道,无以知学者之大。"况乃天道幽邃,安可斐然。同道乐学,博采经纬(研究班集体会读之《天地瑞祥志》,中多祯祥灾异、纬候星占之言),思接千载(诸君治学范围,上启秦汉,下探宋元,绵历千年),今略有所成,裒为一编。虽不敢"期以述者以自命",然吾深信,绝不至于"粪土同捐,烟烬俱灭"。

在一次讲演中,我曾吟咏艾略特(Thomas Stearns Eliot)的《烧毁的诺顿》(*Burnt Norton*,中译参汤永宽译本,略有改动),以表达对人类历史之深邃与荒诞的敬畏和感动。现在,我想再度征引这首诗,作为对我们研究班的祝福,也作为这篇缘起的"论曰":

Time present and time past	现在的时间和过去的时间
Are both perhaps present in time future,	也许都存在于未来的时间,
And time future contained in time past.	而未来的时间又包容于过去的时间。
If all time is eternally present	假若全部时间永远存在
All time is unredeemable.	全部时间就再也都无法挽回。
What might have been is an abstraction	过去可能存在的是一种抽象
Remaining a perpetual possibility	只是在一个猜测的世界中
Only in a world of speculation.	保持着一种恒久的可能性。
What might have been and what has been	过去可能存在和已经存在的
Point to one end, which is always present.	都指向一个始终存在的终点。
Footfalls echo in the memory	足音在记忆中回响
Down the passage which we did not take	沿着那条我们未曾走过的甬道
Towards the door we never opened	飘向那重我们从未开启的门
Into the rose-garden. My words echo	进入玫瑰园。我的话就这样
Thus, in your mind.	在你的心中回响。
But to what purpose	但是为了什么
Disturbing the dust on a bowl of rose-leaves	更在一钵玫瑰花瓣上搅起尘埃
I do not know.	我却不知道。
Other echoes	还有一些回声
Inhabit the garden. Shall we follow?	栖身在花园里。我们要不要去追寻?

* 　 * 　 * 　 *

　　本书系自 2012 年以来已陆续出版三辑,共计刊行专著十四种、论文集三种,在学界颇受好评。随着复旦大学中古中国研究中心的成立,书系自本辑起正式更名为"复旦大学中古中国研究中心丛刊"。

　　各色名目的"中心"自是当代中国学术的重要特征,作为研究者,我们并没有太多"必先正其名"的执念,更加珍视的是隐于书系身后,以复旦大学中古中国共同研究班的形式展开的学术报告会,自 2009 年以来一直坚持每两周举行一次,至今已逾十年。研究班刚开始举行的时候,常艳羡日本、中国台湾学者组织的类似研究会可以持续十余年乃至更久,并以此为榜样,当初亦未敢奢望坚持如此之久,所幸尚能在热闹多变的世局中维系一相对纯粹的学术小环境。此外,差可自矜的是多年来研究班一直保持开放的风气,参与其中的老师、同学无论年辈,皆围绕每次报告的具体问题,平等坦率地展开学术论诘,而非表面上的行礼如仪。早期旁听研究班的同学,也有不少逐渐成长为崭露头角的青年学者。

　　与十余年前洋溢的乐观主义的氛围稍异,近年来,谈论人文学科危机者日多,身处转变时代,我们自无法预知未来的走向。若稍回溯近百年来中古史研究的演进,这一领域大约交织着三个重要的学术传统:以陈寅恪为代表的从常见史料中读出前人所未见问题的发明之学、以敦煌吐鲁番文书研究为代表的关注新材料的发现之学、在问题意识及研究视野上注重与国际接轨的预流之学。这几个传统之间并非没有紧张,但广泛利用各种材料的自觉及对不同研究方法的融会,或可成为在题无剩义之处追索的起点。当下的学术考评机制,造就了"重论文轻专著"的流弊,我们依然坚信对于人文研究而言,高水平的学术著作具有更加重要与长久的价值,足以成为学者本人乃至某个学科真正意义上的"代表作",这也是书系继续出版的价值所在。

余欣　仇鹿鸣　执笔

复旦大学中古中国研究中心丛刊编委会

目　　录

书系缘起 ………………………………………………………… 1

序 ………………………………………………………… 荣新江 1

凡例 ………………………………………………………… 1

第一章　导言 ………………………………………………………… 1

　第一节　何谓"摩尼文" ………………………………………… 1

　第二节　摩尼文中古伊朗语文书的整理、刊布与研究 ………… 4

　第三节　摩尼文中古伊朗语赞美诗文学史略——兼论中古
　　　　　伊朗语、汉语摩尼教文献比较研究的新路径 ………… 8

第二章　中古伊朗语字母离合赞美诗研究 ……………………… 13

　第一节　格律、配乐与修辞 …………………………………… 13

　第二节　字母离合诗选词研究 ………………………………… 46

第三章　《下部赞》中字母离合诗的复原 ……………………… 58

　第一节　复原的基本依据 ……………………………………… 58

　第二节　帕提亚语离合诗《叹无上明尊偈文》复原 ………… 60

　第三节　帕提亚语离合诗《叹五明文》复原 ………………… 65

　第四节　中古波斯语离合诗复原 ……………………………… 74

第四章　字母离合诗的仪式功能和历史语境 ················ 91

　第一节　摩尼的福音 ····················· 91

　第二节　字母的秘密 ····················· 97

　第三节　诸神的时间 ···················· 101

　第四节　三语仪轨的历史语境——兼论《下部赞》写卷的制作与
　　　　　流转 ······················· 111

附录　字母离合诗起首词统计表 ··············· 133

参考文献 ·························· 178

后记 ··························· 201

序

摩尼教研究在当今国际学术界属于难度很大的学术制高点之一,因为摩尼教的文献由多种语言构成,研究摩尼教,除了英、法、德等现代语言外,还有中古波斯、帕提亚、粟特、回鹘、科普特等古代语言。西方学者借助其语言能力,成为处理这些古代语言所写摩尼教文献的主导者;而我国学者因为先天不足,重点在利用丰富的汉文材料,包括敦煌吐鲁番文书中的汉文摩尼教文献,研究摩尼教流行于中国的情形。故此我国学者能立于国际摩尼教学林者,仅三数人而已。

在中国,摩尼教研究属于中外关系史的范畴之内,因为出土地的缘故,也属于敦煌、吐鲁番学研究的范围,更和当今热门的丝绸之路研究息息相关。当胡晓丹要跟从我做中外关系史的研究时,因为她有一定的德语、英语基础,我就建议她做摩尼教的研究,不过要深入一步,一定要学习摩尼教的教会语言中古波斯语和帕提亚语。恰好在她读硕士期间,德国中古伊朗语专家德金教授(Prof. D. Durkin-Meisterernst)时而应中央民族大学之邀,来北京教授中古伊朗语,胡晓丹得以开始她的专业语言学训练。2014 年 6 月,她应邀赴德国柏林—勃兰登堡科学院吐鲁番学研究所(Turfanforschung, Berlin-Brandenburgische Akademie der Wissenschaften)及柏林自由大学访问,跟从德金教授继续学习;同年 7 月,参加荷兰莱顿大学人类学系语言学暑期学校,参加粟特语、于阗语课程,对于另外两种中古伊朗语也有了一点基础知识。她硕博连读后,2015—2017 年获得国家留学基金委的资助,赴柏林自由大学公派联合培养。留学期间,在德金教授指导下,更把主攻方向定为中古波斯语和帕提亚语摩尼教文献,也兼及粟特语文献。2018 年博士毕业后,她入选北京大学—柏林自由大学联合博士后计划,在柏林自由大学伊朗学研究所做了为期一年的访学,继续深入中古伊朗语摩尼教文献的研究。

经过严格的语言学训练,她能够直接阅读摩尼教原典,这在中国学者中不能说绝无仅有,也可以说是凤毛麟角。她敏锐地察觉到西方学者利用德文、英文翻译的汉文摩尼教《下部赞》时,无法理解其汉文诗歌的特点;而中国学者因为不通中古波斯语和帕提亚语,因此也无法弄清摩尼教赞美诗的结构。于是她另辟新径,对吐鲁番发现的超过两百首中古波斯语和帕提亚语字母离合赞美诗的文体特征进行统计分析;从文体特征入手,复原了敦煌汉语摩尼教《下部赞》写卷中《叹诸护法明使文》《叹无上明尊偈文》《叹五明文》六首字母离合诗的框架结构;并结合吐鲁番中古伊朗语赞美诗文献和《下部赞》,对字母离合诗的仪式背景和历史语境进行了综合分析。她的这一成果,无疑是近年来敦煌、吐鲁番摩尼教文献研究的一大进步,获得国内外摩尼教专家的一致称赞。其成果,就是她的这本《摩尼教离合诗研究》。

目前,胡晓丹在摩尼教的研究领域已经崭露头角,一些研究论文发表在国际东方学一流刊物上,吐鲁番新出的中古伊朗语摩尼教文献也交给她释读发表。我忝为她的博硕士导师,时常听她在我面前"演讲"她对摩尼教诗歌的新发现,看到她学术脚步不断大踏步前进,心里油然感到高兴。今日得见她的新书付梓,因略述中外摩尼教研究之优势弱点,并表彰晓丹所做的贡献,是为序。

荣新江

2023 年 3 月 30 日

于三升斋

凡　　例

一、示意符号。

[　]中之内容为写本完全残损,补入的部分,如[....]表示残损四个字母;转写部分的(　)中之内容为写本部分残损,推测的部分;翻译部分的(　)中之内容为笔者案语,补充说明。

二、转写与译音的引用原则。

引用中古波斯语和帕提亚语文本时先出转写(transliteration),再出译音(transcription);一般情况下,粟特语、回鹘语文本只出转写。

因所引文本均非初次刊布,为方便读者,转写、译音按语义句读、分段,使用西文逗号、句号,不再按写本原始行列编排(列表类文书除外)。在行文中以/区隔转写和译音,在独立成段的引文中转写、译音、翻译依次各为一段,段间空一行以示区隔。

在讨论格律、修辞时,如此前的研究者已进行译音,则直接引用其译音,不再引用转写。

讨论词汇的拼写时,只引用转写,省略译音。

三、写本编号说明

BD ＝ 中国国家图书馆藏敦煌写本

Ch＝ 德国柏林国立图书馆藏汉文写本

M ＝ 德国柏林国立图书馆藏摩尼文写本

MIK ＝ 德国柏林亚洲艺术博物馆,原印度艺术博物馆藏写本

Ōtani ＝ 日本大谷探险队收集品

Pelliot（P.）＝ 伯希和收集品

Q ＝ 库姆兰出土写本(“死海古卷”)

S ＝ 圣彼得堡藏摩尼文写本

S. ＝ 斯坦因收集品

So ＝ 德国柏林国立图书馆藏粟特文写本

U ＝ 德国柏林国立图书馆藏回鹘文写本

第一章 导　　言

第一节　何谓"摩尼文"

　　19 世纪末 20 世纪初,英、法、德、俄、日等国在敦煌、吐鲁番地区发现了大量古代文书。这些文书呈现出语言、文字的多样性:一方面,其所使用的语言包括中古波斯语(Middle Persian)、帕提亚语(Parthian)、粟特语(Sogdian)、巴克特里亚语(Bactrian)等多种中古伊朗语和汉语、回鹘语等;另一方面,用来拼写这些语言的字母包括摩尼文(Manichaean script)、粟特文(Sogdian script)、如尼文(Runic script)等。

　　其中,所谓"摩尼文",实际上是一种从右往左书写的闪米特字母,导源自隶属于阿拉美文(Aramaic script)的帕尔米拉文(Palmyrenian script),外观形态近似于叙利亚文的福音体字母(Estrangelo script)。"摩尼文"这一名称是由最早成功释读德国探险队在吐鲁番发现的摩尼教文书残片的德国学者米勒(F. W. K. Müller)基于这种字母被大量运用于各种语言的摩尼教文献的拼写而拟定的。[1] 用于拼写中古波斯语和帕提亚语的二十二个基本字母依次为 ', b, g, d, ẖ, w, z, h, ṭ, y, k, l, m, n, s, ', p, c, q, r, š, t (见下表)。

---

[1]　参《伊朗学百科全书》(*Encyclopaedia Iranica*)"摩尼文"条: http://www.iranicaonline. org/articles/manichean-script。

摩尼文基本字母表

字母形态	转写	字母形态	转写
ʼ	ʼ		l
	b		m
	g		n
	d		s
	ẖ		ʻ
	w		p
	z		c
	h		q
	ṭ		r
	y		š
	k		t

19世纪下半叶,在吐鲁番的摩尼文文书被德国探险队发现之前,德国学者弗吕格尔(G. Flügel)曾翻译并评论了10世纪的阿拉伯作家伊本·奈丁《群书类述》中的这样一段记载:"摩尼发明了摩尼文,他将波斯和叙利亚因素相结合创造出这种字母,就像他融合琐罗亚斯德教和基督教创造他的教义那样……摩尼教教徒用这种字母来拼写他们的福音和律条……马西昂派(Marcionites)也有他们自己独特的字母。"①他评论道,使用自己

---

① G. Flügel, *Mani, seine Lehre und seine Schriften: ein Beitrag zur Geschichte des Manichäismus*, Leipzig: F.A. Brockhaus 1862, pp. 166–170.

特有的字母是一种东方常见的预防措施,不仅仅是摩尼采用了这种方法,马西昂派也是这么做的。他认为摩尼教团通过特殊的字母构筑起了同时期与他们敌对的其他宗教教团阅读其文献的壁垒。①

但宗德曼(W. Sundermann)、施杰我(P. O. Skjærvø)、德金(D. Durkin-Meisterernst)等当代学者并不认同摩尼"发明"了摩尼文这一表述,他们认为,摩尼只是对自己生活的地区所行用的一种字母进行了一些改造。② 米勒之所以能在1904年成功释读已被人们遗忘了近千年的摩尼文残片,正是因为摩尼文与叙利亚文的福音体字母有极大的相似性。学者们一直试图寻找与摩尼文相近的、可能与之有亲缘关系的字母。利兹巴尔斯基(M. Lidzbarski)指出,摩尼教教徒正是使用了帕尔米拉文的一种草书变体。③ 可以与之类比的还有曼达派(Mandaeans)所使用的曼达文等。④

如前所述,弗吕格尔认为这些宗教或教派使用特殊的字母或字体的动机是为了防范其他宗教的教团,但与巴列维文相比,摩尼文并不是一种难以学习、释读的字母。在目前保存的教史类文献中没有见到关于对摩尼教教徒使用摩尼文原因的解释;而从实际效果看,使用特殊字母所起到的最大作用就是对宗教属性的标记。

从文书的角度来看,每一件出土文书所使用的语言和文字就像一个人的骨骼、肤色、发色等外貌特征一样标记了其"血统"。这两方面的信息反映出文书的作者、抄写者和使用者在文化属性和宗教信仰等方面的综合情况。可以说,这些文书就是中古时期丝绸之路上文化交流的一个个标本和档案。"使用摩尼文"这一特点即表明了文书的摩尼教宗教属性,

---

① G. Flügel, *Mani, seine Lehre und seine Schriften: ein Beitrag zur Geschichte des Manichäismus*, p. 168.

② W. Sundermann, Schriftsysteme und Alphabete im alten Iran, *AoF* 12, 1985, pp. 101 – 113; P. O. Skjærvø, Aramaic Scripts for Iranian Languages, in: P. T. Daniels & W. Bright (eds.), *The world's writing systems*, Oxford: Oxford University Press 1996, p. 530; D. Durkin-Meisterernst, Erfand Mani die manichäische Schrift? in: R. E. Emmerick, W. Sundermann & P. Zieme (eds.), *Studia Manichaica IV. Internationaler Kongreß zum Manichäismus. Berlin*, 14.- 18. Juli 1997, Berlin: Akademie Verlag 2000, pp. 161 – 178.

③ M. Lidzbarski, Die Herkunft der manichäischen Schrift, *SPAW* 1916, pp. 1213 – 1222.

④ 参 J. A. Montgomery, A Magical Bowl-Text and the Original Script of the Manichaeans, *JAOS* 32 (4), 1912, pp. 434 – 438。

而用摩尼文拼写中古波斯语、帕提亚语、粟特语乃至巴克特里亚语这批从西向东排列的中古伊朗语,正生动地反映了摩尼教教徒沿丝绸之路从西向东传教的历史事实。

第二节 摩尼文中古伊朗语文书的
整理、刊布与研究

1902 年到 1914 年,德国探险队的四次探险在吐鲁番及其周边地区发现了约四万件古代文书残片,[1]其中包含了九千多件摩尼文残片。[2] 以米勒、[3]安德雷阿斯(F. C. Andreas)、[4]亨宁(W. B. Henning)[5]为代表的三代学者奠定了德藏摩尼文中古伊朗语文献刊本的基础和规范。而亨宁的学生博伊斯(M. Boyce)在 1960 年编成《德国吐鲁番收集品中摩尼文伊朗语写本目录》(*A Catalogue of the Iranian Manuscripts in Manichaean Script in the German Turfan Collection*),[6]收录了藏于柏林国家图书馆(Staatsbibliothek zu Berlin)及柏林亚洲艺术博物馆(Museum für Asiatische Kunst)的超过九千个编号的摩尼文残片,将其分为摩尼本人的著作和言

---

① 参柏林勃兰登堡科学院吐鲁番研究所(Turfanforschung, Berlin-Brandenburgische Akademie der Wissenschaften)网页: http://www.bbaw.de/forschung/turfanforschung/projektdarstellung。

② 这批残片以大写字母 M 为开头进行编号,大部分残片的照片都已经在吐鲁番研究所的网站上公布,参网页: http://turfan.bbaw.de/dta/m/dta_m_index.htm。

③ F. W. K. Müller, Handschriften-Reste in Estrangelo-Schrift aus Turfan, Chinesisch-Turkistan I, *SPAW* 1904, pp. 348 – 352; II, *APAW* 1904, Abh.2, pp. 1 – 117.

④ F. C. Andreas & W. B. Henning, Mitteliranische Manichaica aus Chinesisch-Turkestan I – III. *SPAW* 1932, pp. 175 – 222; 1933, pp. 294 – 362; 1934, pp. 848 – 912.

⑤ 亨宁对米勒以来所使用的希伯来文转写体系进行了改革,转而使用拉丁文转写体系,其研究奠定了吐鲁番所出的包括摩尼文中古伊朗语、粟特文中古伊朗语在内的所有中古伊朗语语言学研究的基础,代表性的论文请看 W. B. Henning, *Selected Papers I – II*, Leiden: Brill and Téhéran-Liège: Bibliothèque Pahlavi 1977。

⑥ M. Boyce, *A Catalogue of the Iranian Manuscripts in Manichaean Script in the German Turfan Collection*, Berlin: Akademie Verlag 1960.

论、散文、诗歌等类型,并在各类文献之下按主题将其细分为数组。①

　　博伊斯的博士论文《帕提亚语赞美诗组诗》(*The Manichaean Hymn-cycles in Parthian*)对两组副本较多、保存较好的帕提亚语赞美诗组诗《胡亚达曼》(*Huyadagmān*)和《安格罗斯南》(*Angad Rōšnān*)进行了刊布和研究。② 此后,她又总结了萨勒曼(C. S. Salemann)、安德雷阿斯、亨宁等学者在单篇论文中零散刊布的文献,选择了摩尼文中古伊朗语(中古波斯语和帕提亚语)文献中各类型的代表,编纂成《摩尼教中古波斯语和帕提亚语读本》(*A Reader in Manichaean Middle Persian and Parthian*)和《摩尼教中古波斯语和帕提亚语词汇表》(*A Word-list of Manichaean Middle Persian and Parthian*),揭示了这批文献的概貌。③

　　1971 年开始,柏林勃兰登堡科学院吐鲁番研究所的前身东德科学院历史与考古中央研究所(Zentralinstitut für Alte Geschichte und Archäologie)开始以《柏林吐鲁番文献丛刊》(*Berliner Turfantexte*)的形式系统地发表柏林收集品中各种文字和语言的文书转写、翻译和注释,伊朗语方面的刊布工作主要由宗德曼承担。1973 年,他在《柏林吐鲁番文献丛刊》第 4 册刊发了《中古波斯语和帕提亚语的摩尼教宇宙论与譬喻文献》(*Mittelpersische und parthische kosmogonische und Parabeltexte der Manichäer*),对中古伊朗语摩尼教宇宙论和譬喻文书残片进行了系统的梳理。④ 这一分册为摩尼教基本教义的研究提供了无可代替的原始资料。接着,1981 年,宗德曼又在《丛刊》第 11 册发表了另一个重要的文献类型——教史文献,在《中古伊朗语摩尼教教史文献》(*Mitteliranischen manichaiesche Texte kirchengeschichtlichen Inhalts*)中,他整理了中古波斯语、帕提亚语和粟特语

───────────────

① M. Boyce, *A Catalogue of the Iranian Manuscripts in Manichaean Script in the German Turfan Collection*, pp. 146 – 151.

② M. Boyce, *The Manichaean Hymn-cycles in Parthian*, London: Oxford University Press 1954.

③ M. Boyce, *A Reader in Manichaean Middle Persian and Parthian*, Leiden: Brill and Téhéran-Liège: Bibliothèque Pahlavi 1975; M. Boyce, *A Word-list of Manichaean Middle Persian and Parthian*, Leiden: Brill and Téhéran-Liège: Bibliothèque Pahlavi 1977.

④ W. Sundermann, *Mittelpersische und parthische kosmogonische und Pararabeltexte der Manichäer mit einigen Bemerkungen zu Motiven der Parabeltexte von Friedmar Geissler* (*BTT 4*), Berlin: Akademie Verlag 1973.

的摩尼教教史资料,不仅为学界提供了研究摩尼教史的一手资料,更对摩尼教散文体文献的编纂方式、早晚期文献的差异等问题进行了深入而细致的观察。① 对中古伊朗语和汉语摩尼教文献的比较研究而言,《丛刊》中最引人注目的就是第 17 册的《惠明布道文》(*Der Sermon vom Licht-Nous*),《惠明布道文》实际上是中国国家图书馆藏敦煌汉语摩尼教《残经》(现编号 BD00256)对应的帕提亚语本和粟特语本,在保存相对完整的汉语文本的辅助下,宗德曼重构了帕提亚语本和粟特语本的相关部分,这一重构堪称中古伊朗语和汉语摩尼教文献比较研究的经典之作。② 到 1997 年《丛刊》第 19 册上发表的《灵魂布道文》(*Der Sermon von der Seele*),他基本上完成了主要的摩尼文中古伊朗语散文体文书的刊布工作。③ 与诗歌体文献相比,散文体文书的语境更加清晰,语法更加规范,因而这部分文献对研究摩尼教的教义、教史及摩尼教中古伊朗语的语言学特征具有奠基意义。

　　2004 年丛刊第 22 册芮柯(C. Reck)整理刊布的《神佑之日:摩尼教节日赞美诗》(*Gesegnet sei dieser Tag. Manichäische Festtagshymnen*)和 2006 年第 24 册德金整理刊布的《活灵赞美诗》(*The hymns to the Living Soul*)④的出版则标志着摩尼文诗歌体文献刊本的登场。前者主要是摩尼教教团举行日常的星期日、星期一和庇麻节仪式时所使用的短诗,而后者则是摩尼教赞美诗中最重要、最流行的主题。《丛刊》此后的数册对各类主题的摩尼文中古波斯语和帕提亚语赞美诗进行了系统的刊布:如第 27 册《摩尼的诗篇》(*Mani's Psalms*)是对标题为 qšwdgʾn ʾfrywn / kašwadagān āfrīwan 的"小赞美诗"和 wzrgʾn ʾfrywn / wuzurgān āfrīwan 的"大赞美诗"的两

① W. Sundermann, *Mitteliranischen manichaiesche Texte kirchengeschichtlichen Inhalts* (*BTT 11*), Berlin:Akademie Verlag 1981.

② W. Sundermann, *Der Sermon vom Licht-Nous: Eine Lehrschrift des östlichen Manichäismus*; *Edition der parthischen und soghdischen Version* (*BTT 17*), Berlin:Akademie Verlag 1992.

③ W. Sundermann, *Der Sermon von der Seele. Eine Lehrschrift des östlichen Manichäismus. Edition der parthischen und soghdischen Version mit einem Anhang von Peter Zieme. Die türkischen Fragmente des "Sermons von der Seele"* (*BTT 19*), Turnhout:Brepols 1997.

④ C. Reck, *Gesegnet sei dieser Tag. Manichäische Festtagshymnen. Edition der mittelpersischen und parthischen Sonntags-, Montags- und Bemahymnen* (*BTT 22*), Turnhout:Brepols 2004; D. Durkin-Meisterernst, *The Hymns to the Living Soul. Middle Persian and Parthian Texts in the Turfan Collection* (*BTT 24*), Turnhout:Brepols 2006.

组流行组诗的帕提亚语本、中古波斯语本和粟特语本残片的整理;①第30册对中古波斯语赞美诗组诗 gwyšn ῾y gryw zyndg/gōwišn ī grīw zīndag《活灵讲道》(*Die Rede der lebendigen Seele*)及其粟特语译本残片进行了刊布;②第31册是中古波斯语和帕提亚语赞美诗的杂编;③第40册是赞颂教团领袖及供养人的赞美诗。④除此之外,还有一些摩尼文赞美诗文书散藏于俄罗斯、日本、法国等国。⑤

同样在2004年,在前辈学者积累的基础之上,德金编成了《摩尼文中古波斯语和帕提亚语词典》(*Dictionary of Manichaean Middle Persian and Parthian*),⑥不仅对已经刊布的摩尼文中古波斯语和帕提亚语文书中的每一个词给出了基本释义,还给出了当时所能搜集到的每一个词在所有已刊文书中的用例(在特殊情况下也包含当时尚未刊布的文书),并对每一个用例的词形、词义进行了解释。换句话说,这本词典收集了已刊文书中的所有词汇,将每一个词的解释还原到每一个文书的语境中,做到了最大限度的准确。其编纂基于吐鲁番研究所历代学者建立起来的摩尼文中古伊朗语文书数据库,堪称关于摩尼文中古波斯语和帕提亚语词汇的所有知识的总汇。

2014年,德金又编成了《西支中古伊朗语(帕提亚语和中古波斯语)语

① D. Durkin-Meisterernst & E. Morano, *Mani's Psalms: Middle Persian, Parthian and Sogdian texts in the Turfan collection* (*BTT 27*), Turnhout: Brepols 2010.

② W. Sundermann, *Die Rede der lebendigen Seele: ein manichäischer Hymnenzyklus in mittelpersischer und soghdischer Sprache, unter Mitarbeit von Desmond Durkin-Meisterernst* (*BTT 30*), Turnhout: Brepols 2012.

③ D. Durkin-Meisterernst, *Miscellaneous hymns: Middle Persian and Parthian hymns in the Turfan collection* (*BTT 31*), Turnhout: Brepols 2014.

④ C. Leurini, *Hymns in Honour of the Hierarchy and Community, Installation Hymns and Hymns in Honour of Church Leaders and Patrons, Middle Persian and Parthian Hymns in the Turfan Collection* (*BTT 40*), Turnhout: Brepols 2017.

⑤ C. S. Salemann, Manichaica III, *Bulletin de l'Academie impériale des Sciences de St. - Pétersbourg*, 1912. 百濟康義、ヴェルナー・ズンダーマン、吉田豊《イラン語断片集成:大谷探検隊収集・龍谷大学所蔵中央アジア出土イラン語資料》,京都:法藏館,1997年。J. d. Menasce, Fragments manichéens de Paris. in: M. Boyce & I. Gershevitch (eds.), *W. B. Henning Memorial Volume*, London: Lund Humphries Publishers Ltd 1970, pp. 303-306.

⑥ D. Durkin-Meisterernst, *Dictionary of Manichaean Texts. Volume III: Texts from Central Asia and China, Part 1: Dictionary of Manichaean Middle Persian and Parthian*, Turnhout: Brepols 2004.本文中所有关于中古波斯语和帕提亚语词汇的释义均出于该词典,后文不再一一注出。

法》[*Grammatik des Westmitteliranischen（Parthisch und Mittelpersisch）*]，①对摩尼文中古波斯语和帕提亚语的语法进行了系统的梳理和研究。至此，吐鲁番出土的摩尼文中古波斯语和帕提亚语的研究已臻成熟。

第三节　摩尼文中古伊朗语赞美诗文学史略

——兼论中古伊朗语、汉语摩尼教文献比较研究的新路径

　　吐鲁番出土的中古伊朗语摩尼教文献中，赞美诗主要是以中古波斯语和帕提亚语两种中古伊朗语撰写的，年代有早有晚。中古波斯语文献时代上限较早，摩尼本人便以中古波斯语编写了《沙卜拉干》（*Šābuhragān*）一书，从理论上讲，最早的中古波斯语赞美诗也应该在那时诞生。而帕提亚语文献的产生则稍晚。敦煌汉文写卷《摩尼光佛教法仪略》（S.3969＋P.3884）和阿拉伯语文献《群书类述》中均称摩尼的母亲出自帕提亚王室，②而摩尼本人也已经进行了一些向东传教的尝试，③但在呼罗珊地区传教的成功主要还应归功于公元 3 世纪下半叶活跃于呼罗珊地区的使徒阿莫（’mw/ammō）。④

　　阿莫的东方传教史在摩尼教中古波斯语、帕提亚语和粟特语文献中均有保存，其重要程度可见一斑。宗德曼对中古波斯语、帕提亚语、粟特语三种文献中的阿莫传教史进行了比较。其中，帕提亚语本残损严重，信息有限。但总体而言，中古波斯语和帕提亚语本的关系密切，呈现出早期散文简

① D. Durkin-Meisterernst, *Grammatica Iranica*, *Band 1: Grammatik des Westmitteliranischen（Parthisch und Mittelpersisch）*, Wien：Verlag der Österreichischen Akademie der Wissenschaften 2014.

② W. B. Henning, The book of giants, p. 52. ＝ *Selected papers II*, p. 115；王媛媛《从波斯到中国：摩尼教在中亚和中国的传播》，北京：中华书局，2012 年，第 21 页。

③ W. B. Henning, Neue Materialien zur Geschichte des Manichäismus, *ZDMG* 90（1），1936, pp. 1－18. ＝*Selected Papers I*, pp. 379－396.

④ 王媛媛《从波斯到中国：摩尼教在中亚和中国的传播》，第 21 页。

短、平实的特点,年代应该早于粟特语本。晚出的粟特语本、中古波斯语本
和帕提亚语本相比,有着更为丰富的细节。① 据中古波斯语本 M2 及粟特语
本 M18220 记载,阿莫因通晓当时呼罗珊地区通行的文字和语言而被派往东
方。不仅如此,他还熟悉当地贵族,并且有帕提亚王子ʾrdβʾn/ardaβān 陪同
传教。② 这说明阿莫对呼罗珊地区的文化环境和社会环境有着比较深入的
了解,也为其确定在这个地区的传教方式奠定了基础。阿莫凭借其对当地
语言、文化的了解和认识进行了帕提亚语宗教文献的创作,其中一些产生了
十分广泛、深远的影响,如著名的帕提亚语组诗《胡亚达曼》。

　　敦煌摩尼教汉文写卷《下部赞》(编号 S.2659)中的《叹明界文》,被亨
宁比定为《胡亚达曼》第一叠的汉译;而《下部赞》所载《叹明界文》的作者
"末冒(原卷作'未冒')慕阇"被他对音为 mry ʾmw/mār ammō"末阿莫"
("末"为尊称,王媛媛译作"大德"③)。就此,帕提亚语组诗《胡亚达曼》
的作者可以确定为阿莫。④ 不仅如此,亨宁和博伊斯认为《安格罗斯南》

① W. Sundermann, Studien zur kirchengeschichtlichen Literatur der iranischen Manichaer II, *AoF* 13, 1986, pp. 246 – 253. = *Manichaica Iranica: ausgewählte Schriften von Werner Sundermann*, Band I, pp. 282 – 289.
② F. C. Andreas & W. B. Henning, Mitteliranishe Manichaica aus Chinesisch-Turkestan II, p. 303. = *Selected Papers I*, p. 200.但这个早期刊本采用的是希伯来文转写系统,拉丁转写及英译参 M. Boyce, *A Reader in Manichaean Middle Persian and Parthian*, p. 40; H. J. Klimkeit, *Gnosis on the Silk Road: Gnostic texts from Central Asia*, San Francisco: Harper SanFrancisco 1993, p. 203. 粟特语本 M18220 参 W. Sundermann, *Mitteliranischen manichaiesche Texte kirchengeschichtlichen Inhalts* (*BTT 11*), p. 39.
③ 王媛媛《从波斯到中国:摩尼教在中亚和中国的传播》,第 42—43 页。
④ W. B. Henning, Annotations to Mr. Tsui's translation, *BSOAS* 11(1), 1943, p. 216, note 6. 宗德曼据残片 M233 对亨宁关于《胡亚达曼》作者的判断提出了质疑[W. Sundermann, *The Manichaean Hymn Cycles Huyadagmān and Angad Rōšnān in Parthian and Sogdian. Photo Edition, Transcription and translation of hitherto unpublished texts, with critical remarks* (*Corpus Inscriptionum Iranicarum, Supplementary Series Vol. II*), London: School of Oriental and African Studies 1990, p. 9.]芮传明部分地接受了宗德曼的观点(参芮传明《摩尼教帕提亚语赞美组诗〈胡亚达曼〉译释》,《西域研究》2012 年第 2 期,第 76—95 页;后收于氏著《摩尼教敦煌吐鲁番文书译释与研究》,兰州:兰州大学出版社,2014 年,第 139—168 页。芮文初刊本称《叹明界文》的作者为阿莫的论点"显然难以成立了";但后来收入氏撰《摩尼教敦煌吐鲁番文书译释与研究》时,此表述改为"显然未必确切")。吉田豊在为宗德曼书所写的书评中指出,M233 所提供的信息十分模糊,不足以推翻亨宁的结论。Y. Yoshida, Review: *Corpus Inscriptionum Iranicarum. Supplementary Series. Vol. II. The Manichaean hymn Cycles Huyadagmān and Angad Rōšnān in Parthian and Sogdian by Werner Sundermann*, *BSOAS* 55(1), p. 139.

的文风及语言学特征和《胡亚达曼》十分一致,两者很可能同出于阿莫之手,创作于公元 3 世纪;博伊斯更是总结道,即便这两部组诗出于不同的作者,《安格罗斯南》的创作也受到了《胡亚达曼》的直接影响。① 可以说,阿莫的帕提亚语赞美诗奠定了摩尼教帕提亚语赞美诗的基调。

就赞美诗创作的时代下限而言,帕提亚语与中古波斯语有着截然不同的历史处境——中古波斯语有着连续性的发展脉络,新波斯语与之一脉相承,吐鲁番的摩尼教教团仍能较好地掌握中古波斯语;帕提亚语却没有直系后裔。

吉兰(A. Ghilain)在其博士论文《论帕提亚语》(*Essai sur la langue Parthe*)中建立起了摩尼文帕提亚语的语言学和年代学架构,从语言学的角度勾勒出吐鲁番及其周边地区出土的摩尼教帕提亚语文献的历史脉络。根据他的理论,摩尼教帕提亚语文献创作的兴盛期应该是 4—5 世纪;7 世纪以后,帕提亚语已经成为一种"死语言"。② 亨宁也指出,随着时间的推移和摩尼教教团的核心在空间上的不断东移,帕提亚语的活力渐渐丧失,这一过程大约持续到公元 6 世纪上半叶,摩尼文帕提亚语法术文书 M1202 应属于作为"活语言"的年代最晚、产生地最东的一批帕提亚语文书。③

宗德曼在长期整理、刊布大量散文的基础上,对代表性的教史文书中的早期文献和晚期文献进行了比较研究。他总结道,在已经成为仅用于宗教生活的"死语言"的晚期帕提亚语文献中,其语言表现出中古波斯语甚至是新波斯语的影响。④ 科尔迪茨(I. Colditz)又将宗德曼的结论拓展

① M. Boyce, *The Manichaean Hymn-cycles in Parthian*, pp. 42 – 43.
② A. Ghilain, *Essai sur la langue Parthe*, Löwen 1939, pp. 25 – 30.吉兰曾经是亨宁的助手,他协助亨宁完成了亨宁的导师安德雷阿斯的遗作《中国突厥斯坦所出摩尼教中古伊朗语文献》(Mitteliranische Manichaica aus Chinesisch-Turkestan)第三篇的索引,他还为亨宁的博士论文《吐鲁番文献中的中古波斯语动词》(The Middle Persian Verb of the Turfan Texts)制作了索引。吉兰的论文实际上可以视为亨宁论文的帕提亚语对应本。在亨宁的支持下,他使用了很多当时尚未刊布的吐鲁番中古伊朗语资料,语料的全面性使此文成为帕提亚语研究的经典。
③ W. B. Henning, Two Manichaean Magical Texts, *BSOAS* 12 (1), 1947, p. 49. = *Selected Papers II*, p. 283.
④ W. Sundermann, Studien zur kirchengeschichtlichen Literatur der iranischen Manichäer II, pp. 274 – 286. = *Manichaica Iranica: ausgewählte Schriften von Werner Sundermann*, Band I, pp. 305 – 322.

到对晚期(公元6—8世纪)赞美诗语言学特征的观察中。她指出,晚期中古波斯语赞美诗更加生动和口语化,而晚期帕提亚语赞美诗可能是依据早期的样本编写的。①

　　吐鲁番所出中古伊朗语摩尼教赞美诗文书虽然数量相对较多,但残损严重。与之形成鲜明对比的是斯坦因1907年从敦煌带回伦敦,现藏英国国家图书馆(British Library)的独一无二的摩尼教《下部赞》写卷。②《下部赞》的珍贵之处首先在于其作为一个罕见的几乎完整的摩尼教赞美诗集,保存了大量摩尼教赞美诗作者的历史信息。除残损的开头和结尾的祈祷文没有保存作者信息以外,《下部赞》中的其余诗作均记有作者。这在摩尼教赞美诗的创作和摩尼教赞美诗集的编纂的史学研究上具有无可取代的重要价值。

　　《下部赞》的另一个珍贵之处在于其全卷长达四百余行,完整地保存了大量译自中古波斯语和帕提亚语的摩尼教赞美诗,对吐鲁番出土的中古伊朗语残片的缀合、复原有着重要的提示意义和对勘价值。

　　将《下部赞》写卷和吐鲁番中古伊朗语文书进行比较研究的先驱是瓦尔德施密特(E. Waldschmidt)和伦茨(W. Lentz),他们在20世纪20年代发表了长文《耶稣在摩尼教中的地位》(*Die Stellung Jesu im Manichäismus*),确立了两种基本的比较研究路径:一是将汉语和中古伊朗语的平行文本进行语义上的比较研究;二是将汉文音译诗句、短语按中古音复原为中古伊朗语。③ 这两种路径也为后来的学者所沿袭和发展,取得了丰硕的成果。

---

① I. Colditz, Hymnen an Šād-Ohrmezd. Ein Beitrag zur frühen Geschichte der Dīnāwarīya in Transoxanien, *AoF* 19, 1992, p. 336.
② 关于《下部赞》的刊布、翻译及早期研究,参看林悟殊《摩尼教〈下部赞〉汉译年代之我见》,收于氏著《摩尼教及其东渐》(增订版),台北:淑馨出版社,1997年,第227—238页。敦煌所出汉文摩尼教文献《残经》《下部赞》均收于日本《大正新修大藏经》卷54,编号No. 2140,但《大正藏》本录文多有讹误,本书所引《下部赞》录文出自郝春文等(编)《英藏敦煌社会历史文献释录》第13卷,北京:社会科学文献出版社,2015年,第194—229页;《残经》录文,出自林悟殊的释文,见氏著《摩尼教及其东渐》(增订版),第268—282页,后文中不再一一注出。录文中的异体字均以目前通行的正体字代替。
③ E. Waldschmidt & W. Lentz, *Die Stellung Jesu im Manichäismus*, *APAW*, 1926, 4.

　　前一种路径的代表性成果就是亨宁将《下部赞》中的《叹明界文》比定为帕提亚语组诗《胡亚达曼》第一叠的汉语译本,从而为《胡亚达曼》帕提亚语本残片的重构提供了基本框架。[①] 后一种路径的经典之作则是吉田豊对《下部赞》中汉文音译诗的复原。[②] 现在,《下部赞》中平行文本与音译部分的处理工作基本完成。但《下部赞》中其他数百行诗句的研究因现有方法论的局限而难以推进。

　　吐鲁番出土中古伊朗语文书的刊布已经形成了相当的规模,我们对这批文献有了比较清楚的总体认识,可以从中古伊朗语文献在语言、文体等方面的特征出发,对《下部赞》进行新的观察,探索敦煌、吐鲁番汉语、中古伊朗语文书比较研究的新路径。

---

① 　W. B. Henning, Annotations to Mr. Tsui's translation, *BSOAS* 11(1), 1943, p. 216, note 6.

② 　Y. Yoshida, Manichaean Aramaic in the Chinese Hymnscroll, *BSOAS* 46 (2), 1983, pp. 326 – 331.

第二章　中古伊朗语字母离合赞美诗研究

第一节　格律、配乐与修辞

一　格　律

诗歌区别于其他文体最根本的特点就在于格律。伊斯兰时期新波斯语诗歌的格律体系是基于阿拉伯古典诗歌的格律体系发展而来的。这种阿鲁孜格律体系"不仅是阿拉伯古典诗歌的圭臬,而且由于中古时期阿拉伯帝国的形成,大片地区伊斯兰化的结果。它也成了波斯语、乌尔都语、土耳其语、维吾尔语、库尔德语、普什图语等多种语言古典诗歌的格律基础"。① 换句话说,阿鲁孜格律体系是伊斯兰时期阿拉伯文化融合其他多元文化而形成的。那么,伊斯兰化的前夜,中古伊朗语诗歌的格律是什么样的?

公元 10 世纪的阿拉伯作家伊斯法罕尼对中古伊朗语诗歌进行了这样的描述:"提到波斯人,他们零散的历史记录和爱情故事都被写成了献给君王的诗,记在书中,永久地保存在图书馆里。书册不计其数,它们大都随着王国的逝去而一起消失了。尽管如此,残存的部分还是超过一万页,用他们的波斯字母拼写。这些诗歌都是用同

---

① 仲跻昆《阿拉伯古代文学史》,北京:昆仑出版社,2015 年,第 74—75 页。

一种格律写成的,类似于谣律。与阿拉伯诗歌相似之处在于它们的格律也是规则的,不同之处在于不押韵。"①这是从一个阿拉伯人的视角来观察最后的中古伊朗语诗歌,因而颇具兴味。在他的眼里,中古伊朗语诗歌也有规则的格律,但"类似于谣律"这样的表述太过模糊。②

率先尝试对中古伊朗语诗歌格律研究进行系统研究的是邦弗尼斯特(E. Benveniste),他试图通过重构巴列维语文献《亚述之树》(Draxt ī Asūrīg)、《缅怀扎里尔》(Ayādgār ī Zarērān)的诗律来探索前伊斯兰时期的伊朗格律。③ 但真正奠定中古伊朗语诗歌格律研究基础的人是亨宁。亨宁的成功得益于吐鲁番出土的摩尼文中古伊朗语文献,这种标音的书写体系为格律研究提供了更加理想的研究对象。而摩尼教赞美诗中数量最多的就是字母离合诗。稍晚于邦弗尼斯特,亨宁于 1932 年初步分析了俄藏吐鲁番摩尼文中古波斯语字母诗 S9 的格律。当时他认为摩尼教中古伊朗语赞美诗的格律是以音节数为基础的。④ 但一年之后,他否定了自己最初的观点。在探讨德藏帕提亚语字母诗 M10 时,他指出"这种格律既不是基于音节的音值,也不是基于音节数量,而是一种以节奏为基础的格律"。⑤ 换句话说,就是在一首诗中,每一个诗行的重音音节数量相对固定。后来,他以这种格律分析方式探讨了更多的中古伊朗语诗歌及晚期《阿维斯塔》。⑥ 在重新分析《亚述之树》的格律的过程中,他进一步指出,虽然重音音节的数量是这种格律体系中的决定性要素,但另一方面,每首诗的诗句长度大致固定,其音节数总在一

---

① M. J. Kister apud S. Shaked, Specimens of Middle Persian Verse, in: *W. B. Henning Memorial Volume*, London, 1970, p. 405.

② S. Shaked, Specimens of Middle Persian Verse, p. 405.

③ E. Benveniste, Le texte du *Draxt Asūrīk* et la versification pehlevie, *JA* CCXVII, 1930, pp. 193-225; idem, Le Mémorial de Zarēr, poème pehlevi mazdéen, *JA* CCXX, 1932, pp. 245-293.

④ W. B. Henning, Ein manichäischer kosmogonischer Hymnus, *NGWG*, 1932, p. 226.

⑤ W. B. Henning, Geburt und Entsendung des Manichäischen Urmenschen, *NGWG*, 1933, p. 317.

⑥ W. B. Henning, The Disintergration of the Avestic Studies, *TPS*, 1942, pp. 40-56.

个相对稳定的范围内浮动。也就是说,一首诗中虽然不是每一句的音节数都相等,但最长的诗句与最短的诗句和诗句平均长度相差的音节数相当。①

在亨宁的指导下,博伊斯的博士论文《帕提亚语赞美诗组诗》(*The Manichaean Hymn-cycles in Parthian*)对吐鲁番摩尼教中古伊朗语赞美诗中副本最多、保存最好的两组帕提亚语赞美诗组诗《安格罗斯南》(*Angad Rōšnān*)和《胡亚达曼》(*Huyadagmān*)进行了整理、研究。②

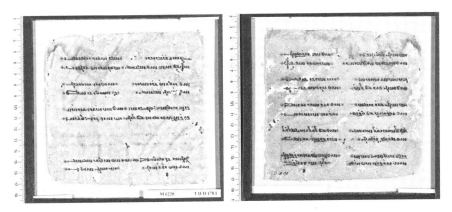

诗体抄本示例:《胡亚达曼》片段 **M6220**

《安格罗斯南》和《胡亚达曼》均分为数章(canto),每章分为数个诗节,每个诗节包含两联,一联包含两句。在部分写本中,每一联的两句以朱点隔开,一联抄作一行,一个诗节包含四个诗句,抄作一个双行(couplet)。但也有写本将诗句按散文的格式抄写,仅以标点符号区隔。

在写本外观和格律两方面,吐鲁番出土的大量帕提亚语、中古波斯语字母离合诗和《安格罗斯南》《胡亚达曼》也基本相同,因而博伊斯的研究对字母离合诗的研究也具有极大的借鉴意义。

---

① W. B. Henning, A Pahlavi Poem, *BSOAS* 13, 1950, p. 645.

② M. Boyce, *The Manichaean Hymn-cycles in Parthian*, London: Oxford University Press 1954.

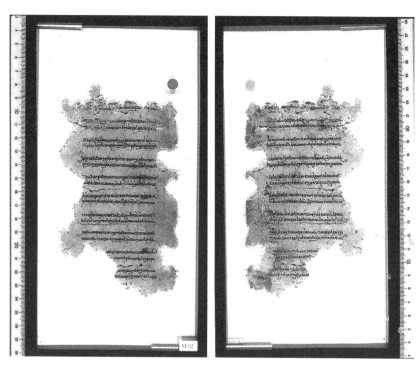

诗体抄本示例：字母离合诗 M92

经她统计，两个组诗的诗句音节数相近，而《胡亚达曼》略长一个音节左右（见下表）。①

	《安格罗斯南》	《胡亚达曼》
联　句	11.34（个音节）	12.82
单　句	5.67	6.41
奇数句	5.49	6.55
偶数句	5.85	6.27

从重音数量和分布来看，《安格罗斯南》和《胡亚达曼》的每个联句有

---

① M. Boyce, *The Manichaean Hymn-cycles in Parthian*, p. 47.

四个重音音节,每个单句内一般包含两个重音。单句的重音分布可以分成 A、B、C、D 四大类。在每一大类中,非重音音节的数量略有变化,形成一些变体。① (案:+表示非重音音节,/表示重音音节)

A:+/+/

如《安格罗斯南》第 1 章第 1 诗节第 1 句: angad rōšnān"富有而光明"。

+	/	+	/
an	gad	rōš	nān

此类的变体,如《安格罗斯南》第 1 章第 1 诗节第 4 句: pad harwīn dāhwān"用每份礼物"。

+	+	/	+	/
pad	har	wīn	dāh	wān

又如《安格罗斯南》第 1 章第 2 诗节第 4 句: madyān dušmanīn"在敌人之中"。

+	/	+	+	/
mad	yān	duš	ma	nīn

B:+/+/+

此类的基本特点是在第二个重音音节之后还有一到两个非重音音节。这些非重音音节的出现通常是因为第二个重音音节是过去分词的末音节,必须有一些后附(enclitic)的语法成分,例如《安格罗斯南》第 6 章第 64 诗节第 1 句: ud az āgad hēm"而我已来了",非重音音节 hēm 为过去分词 āgad 后附的助动词。

---

① M. Boyce, *The Manichaean Hymn-cycles in Parthian*, pp. 48 – 49.

+	/	+	/	+
ud	az	ā	gad	hēm

C：+//+

此类的基本特点是两个重音音节相邻,如《安格罗斯南》第 1 章第 27 诗节第 1 句 ud harwīn drafš"每一条船舷"。

ud	har	wīn	drafš
+	+	/	/

D：/++/

此类诗句中,两个重音音节分别位于半句的首尾两端,如《安格罗斯南》第 1 章第 4 诗节第 1 句 tū friyānag"你,朋友"。

/	+	+	/
tū	fri	yā	nag

继博伊斯之后,2004 年芮柯的《神佑之日：摩尼教节日赞美诗》对摩尼教教团举行星期日、星期一和庇麻节仪式所使用的赞美诗进行了系统研究。其中绝大部分赞美诗都是字母离合诗。[1]

芮柯重新描述、概括了摩尼教中古伊朗语赞美诗的格律。她指出,中古伊朗语摩尼教赞美诗的演唱与叙利亚赞美诗的演唱密切相关,而叙利亚赞美诗又与希伯来语赞美诗相关。这种闪族传统的特征是以一个标准曲调为基础,用不同长度和节奏的文本来适应这个曲调模型,通过不规则地改变音符长短、重音、音高、对仗(parallelism membrorum)和对唱等元素来描述,是一种不规则的定性格律(qualitative meter)。[2] 简单说来,就是赞

---

[1] C. Reck, *Gesegnet sei dieser Tag. Manichäische Festtagshymnen. Edition der mittelpersischen und parthischen Sonntags-, Montags- und Bemahymnen* (*BTT 22*), Turnhout：Brepols 2004, p. 52.

[2] Ibid, p. 53.

美诗创作的基本方法是以特定的曲调为框架进行填词,文本所呈现的格律是一种以轻重音交错模式来表现的定性格律。字母离合诗在格律上与《安格罗斯南》和《胡亚达曼》基本相同,但更加多样化。① 除每句两重音的诗句外,稍长的三重音的诗句也较为常见。如帕提亚语字母诗 M284b 的 w 诗节:

wināsgar im naxwīn dušmen, widebgar čē harw gyānān.

"这罪魁祸首作恶者,所有灵魂的诱惑者。"②

+	+	/	+	+	/	+	
wi	nās	gar	im	na	xwīn	duš	men

+	+	/	+	/	+	/
wi	deb	gar	čē	harw	gyā	nān

　　在对三十多首节日赞美诗进行系统的格律分析后,她得出结论:两种长度的联句最为普遍。一种的长度大致为十个音节,每句五个音节,其中有两个重音音节。另一种联句的长度大概是十五个音节,每句七个音节左右,其中包括三个重音。③ 因为中古波斯语和帕提亚语词汇中绝大部分的实词(动词、名词、形容词、代词)都是双音节或三音节,重音大都落在最后一个音节上,而虚词一般为一个音节,不承载重音。芮柯的观察也可以换一种视角来解释,那就是两种诗句长度最为普遍,一种包含两个实词,一种包含三个实词。当然,因为句法的限制,句子的构建必须有虚词的参与,但虚词往往不承载重音,在这个格律体系中发挥的作用远不及实词。

　　这种格律的基础在于其背后的曲调,因而仅仅通过文本来分析格律是不够的。正如沙凯德(S. Shaked)所说,每首诗歌的创作都附属于一个明确

---

① C. Reck, *Gesegnet sei dieser Tag. Manichäische Festtagshymnen. Edition der mittelpersischen und parthischen Sonntags-, Montags- und Bemahymnen (BTT 22)*, Turnhout: Brepols 2004, pp. 61–85.

② Ibid, pp. 68, 113.

③ C. Reck, *Gesegnet sei dieser Tag. Manichäische Festtagshymnen*, pp. 84–85.

的曲调伴奏或特定的曲调,这影响了节奏模式,使其没有受限于太过刚性的方案。① 布伦纳(C. J. Brunner)则指出东西方摩尼教原始文献中保留了大量使用既定曲调进行"换词"(contrafact)创作的例子。② 这说明摩尼教赞美诗的创作从创教早期就开始使用换词的创作方式。从赞美诗文本来看,叙利亚语、希腊语赞美诗的显著特征是诗句的等音节(isosyllabism),且诗歌演唱中的音乐重音与格律重音一致。但中古波斯语和帕提亚语赞美诗遵循伊朗语诗歌本身的格律。诗句并非等音节,而是松散地同调(homotonic)。大致说来就是两个或三个重音分配在两倍到四倍的音节上。摩尼教赞美诗所使用的音乐定义一定不及拜占庭的 heirmos③ 那么严格,因此更容易进行换词创作,也可用多个乐性(ethoi)相似的曲调来配合同一个文本。④

而摩尼教中古伊朗语赞美诗在格律上之所以不严格地限制音节数量,而是趋于限定诗句中重音的数量,部分是因为中古伊朗语重读音节间的时距大体上相等,是重音等时语言(stress-timed language),类似于当代的英语、德语。因此,这种以语言的重音分布模式为基础的格律是由中古伊朗语的语音特性决定的。

二　配　乐

因为目前没有曲谱之类更加精确的资料保存下来,我们对于当时的记谱方式和音乐理论的发展的认识非常有限。但中古波斯语和帕提亚语文献中还是保留了一些对曲调、乐人和乐器的记载。

---

① S. Shaked, Specimens of Middle Persian Verse, p. 397.

② C. J. Brunner, Liturgical Chant and Hymnody Among the Manicheans of Central Asia, *ZDMG* 130(2), 1980, p. 353.

③ 《大陆音乐辞典》(台北:大陆书店,1980 年)中对 heirmos 的解释为:"在早期拜占庭音乐中(9—12 世纪),在一节诗歌中,诗歌的第一句曲调和它的后继乐句重复出现。自然的,它的进行过程比现代的一节诗歌要自由得多,在不同的小节中,允许对不同数目的符号做调整,如同在圣歌赞美诗中所用的方法一样。大部分的这种曲子是在第七及第八世纪中被写成的,收集在一本叫做 *Hirmologion* 的书中,后来并用为早期音乐的其他诗歌的典型。"

④ C. J. Brunner, Liturgical Chant and Hymnody Among the Manicheans of Central Asia, pp. 350 - 351.

（一）曲调的标注和使用

一些赞美诗写本会在赞美诗的开篇用朱笔标注曲调,常用的术语是 nwʾg/niwāg"曲调",有时受粟特语影响拼作 nwʾk/ niwāk。① 固定表述为 pd+曲调+nwʾk/ pad+曲调+niwāk"配某曲调",如 M729 上的 ʾyn pd tytytnwʾ nwʾk/ēn pad tititniwa niwāk"这里配提提特曲"（见书前彩插一）。

M729

《祈祷忏悔书》中保存了较多的曲调名,如 nwg jdg/nōg jadag"新的名誉"、pncpncyxzʾn/panzixazān"五个重音(的曲调)"、by hyʾbzʾr/bay ay abzār "你是强大的神"。尤为引人注意的是其中一首赞美诗要配 swγlyy zgr/ suγlī zgar"粟特曲调",说明摩尼教教团对中亚地方风格的曲调有所吸收。

还有一些赞美诗配乐列表保存了下来,如 M73 上列举了赞美诗的开头(也是标题)、分类,同时用朱笔标注配乐(见书前彩插二)。

---

① D. Durkin-Meisterernst, *Dictionary of Manichaean Middle Persian and Parthian*, p. 246.因为在使用粟特文拼写粟特语时,粟特文字母 ﺏ 同时对应 k、g 两个辅音。以粟特语为母语或者熟悉粟特拼写系统的书手在使用摩尼文拼写时可能会出现 k、g 拼写混淆的问题。

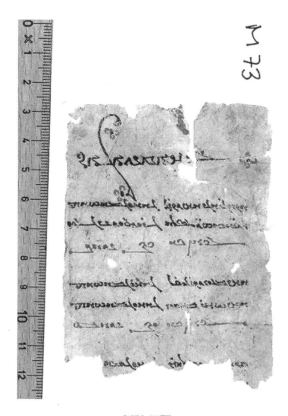

M73 正面

转写① 译音

标题 ʽ(y) hʼmnwʼgʼn ī hāmniwāgān

1 (ʼ) zdygr ʼgd ʼc wzrg gʼhygbʼšʼẖ azdegar āγad až wuzurg gāhīgbāšāh

2 (ʼ) fryn(ʼ) m u ʽstʼ grywjywndgʽyy āfrīnām u istā grīwjīwandagīg

3 ʽyn II pd yk nwʼk ēn II pad yak niwāk

4 ʼc bʽyn wzrgyft gʼhygbʼšʼẖ až bēn wuzurgift gāhīgbāšāh

5 ʼc šhr b(ʼmy) n gʼhygbʼšʼẖ až šahr bāmēn gāhīgbāšāh

6 ʽyn II pd yk nwʼq ēn II pad yak niwāk

7 ʼw) [.....] tʼ(n.) (g) [ʼ] hygbʼšʼẖ ... gāhīgbāšāh

① C. Reck, *Gesegnet sei dieser Tag. Manichäische Festtagshymnen*, pp. 137 – 138.

翻译

标题　相同曲调的

1　来自伟大的天使　庇麻节赞美诗

2　我们赞美和称颂　活灵赞美诗

3　(朱笔)这两首配一个曲调

4　来自伟大　活灵赞美诗

5　来自光明的国度　庇麻节赞美诗

6　(朱笔)这两首配一个曲调

7　(残)　庇麻节赞美诗

　　这个残片的标题使用了比较繁复的花体书法。尤其是行首的字母ʿ和接近行尾的字母 g,前者横向延伸,后者纵向舒展,形成了非常优美的几何

M73 背面

构图,再在细部饰以红色的三瓣、四瓣的花朵,精美至极。第 2 行的赞美诗标题显然是为了保持与上一行齐平而省略了动词 ‘st’y’m/istāyām 的后半部。花体书法和装饰显示出较高的写本规格。

转写	译音
标题 h’mnw’(g)’n	hāmniwāgān
1　’wyšt’m’mwst(’n)　　g’h[y]gb’š’ḥ	aweštām amwast　gāhīgbāšāh
2　’frydg’n bwt’n gryw　g(’hyg)b’š’ḥ	āfrīdagān butān grīw　gāhīgbāšāh
3　’bxš’b(wj)’gr gy　g’h[yg]b’š’ḥ	abaxšāh bōjāgar gy　gāhīgbāšāh
4　’mws(t) bwxtg’n　g’hy(g)b’(š’)ḥ	amwast bōxtagān　gāhīgbāšāh
5　nyz(wm)’n trqwm’n　　g’h[y](g)b(’)š’ḥ	nizmān tarkumān　gāhīgbāšāh
6　[ny]s’gy(n) (t)rnys š　g’[hy](g)b’(š’)ḥ	nisāgēn tarnīs　gāhīgbāšāh
7　n(yd)rynj’(m) (t)[n]b’(r)　g’(’)[hyg] b’š’ḥ	niδrenjām tanbār　gāhīgbāšāh
8　’yn (XII) pd yq w’k	ēn XII pad yak wāk

翻译

标题　相同曲调的

1　我们站立着,虔诚的　庇麻节赞美诗

2　神圣的诸佛之灵魂　庇麻节赞美诗

3　怜悯吧,(灵魂的)拯救者　庇麻节赞美诗

4　虔诚者被拯救　庇麻节赞美诗

5　娴熟的译者　庇麻节赞美诗

6　光辉的王座　庇麻节赞美诗

7　我们克制身体　庇麻节赞美诗

8　(朱笔)这十二首配一个曲调

　　背面的标题依然采用了华丽的花体书法和红色的花朵装饰,而且用了金棕色的墨来书写(见书前彩插二)。第三行的 gy 也是省略了 gyʾn/gyān"灵魂"的末尾两个字母以保持文书外观的整齐。前 4 行的四首赞美诗应该是字母离合诗。尤其是第 2 行到第 4 行保留了两个及以上的诗节,已经能比较明显地看出离合结构。而第 5 行到第 7 行是逆序的字母离合诗。同类列举配乐的文书残片还有 M2330、M798b,都是列出赞美诗标题、分类,再用朱笔标记配乐,同时有一些装饰。摩尼教音乐写本尤为重视装饰,从写本的外观上就能使人"通感"到这些赞美诗的生动之美。虽然现存的写本中没有发现乐谱实为遗憾,但欣赏这些写本也能感受到其中美感。

　　这些残片仅仅保存了曲调名,所提供的信息仍然有限。但正如摩尼教徒将一些阿拉美语赞美诗译成伊朗语,他们可能也通过仪式将叙利亚和美索不达米亚的曲调带到了伊朗文化中,有学者认为摩尼本人所创作的曲调也保存了下来。[1] "粟特曲调"直接证明了摩尼教教团对中亚地方曲调的吸收。吐鲁番的摩尼教教团所使用的曲调应该是丰富多元的,至少兼有西亚和中亚风格的曲调。

(二) 教团内的赞愿首、歌手与世俗乐人

　　《摩尼光佛教法仪略》记载每座摩尼教寺院中有三位尊首:"第一,阿拂胤萨,译云赞愿首,专知法事;第二,呼嚧唤,译云教道首,专知奖劝;第三,遏换健塞波塞,译云月直,专知供施。"由此可见寺院中除了管理作为经济来源的供施之外,最重要的两项工作就是唱赞美诗和讲经布道,从事这两项工作的专业僧侣阿拂胤萨(中古波斯语 ʾfrynsr/āfrīnsar)和呼嚧唤(中古波斯语 xrwhxwʾn/xrōhxwān)在寺院的宗教生活中占据重要地位。"阿拂胤萨"对应中古波斯语 ʾfrynsr/āfrīnsar,吐鲁番的摩尼教文献中有时也用帕提亚语对应词 frywnsr/āfrīwansar。此外,摩尼教教团内还有一种 mhrsrʾy/mahrsrāy"歌手"。

　　德国探险队在第一次探险中发现了一个包含十二个双页的小册子,

---

① C. J. Brunner, *Liturgical Chant and Hymnody Among the Manicheans of Central Asia*, p. 342.

编号 M801,一般习称《祈祷忏悔书》(*Bet- und Beichtbuch*,简称 BBB)。其
内容主要包括庇麻节仪轨中使用的中古波斯语赞美诗、帕提亚语赞美诗
和选民的粟特语忏悔文(案：说明册子的使用者为操粟特语的摩尼教僧
侣)。① 其中有一段教团祈祷文对僧团结构的描述比《仪略》更加细致,其
文作：

转写

pd sr mry nʾzwgyʿzd hmwcʿgʿy xwrʾsʾn pʾygws pd kyrbg kyrdgʾnʾyʾd hyb byẖ.
ʾwd wyspʾn ʾspsgʾn mʾnsʾrʾrʾn ʾprynsrʾn xrwhxwʾnʾn zyrʾn dbyrʾn nywʾn. mhrsrʾyʾn
zgrwʾcʾn ʾwd wyspʾn brʾdrʾn pʾkʾn u ywjdhrn pd qyrbg qyrdgʾnʾyʾd hyb bwynd.
wxʾrʾyn dwxšʾn u ywjdhrʾn ʾbʾg xwyš ẖnzmn u mʾnystʾn pd qyrbg qyrdgʾnʾyʾd hyb
bwynd.

译音

pad sar mār nāzugyazad hammōzāg ī xwarāsān pāygōs pad kirbag kerdagān
ayyād hēb bēh
ud wispān ispasagān mānsārārān āfrīnsarān xrōhxwānān zīrān dibīrān nēwān
mahrsrāyān zgarwāzān ud wispān brādarān pākān u yōǰdahrān pad kirbag
kerdagān ayyād hēb bawēnd
wxārīn duxšān u yōǰdahrān abāg xwēš hanzaman u mānestān pad kirbag
kerdagān ayyād hēb bawēnd

翻译

愿尊首、东方教区的慕阇 Mār Nāzugyazad,愿他虔诚的善行流芳千古!
愿所有萨波塞(拂多诞)、法堂主、阿拂胤萨、呼嚧唤、智慧优秀的书手、声
如天籁的歌手和所有神圣纯洁的兄弟们,愿他们虔诚的善行流芳千古!
神圣纯洁的姐妹们及她们的教团和法堂,愿她们虔诚的善行流芳千古!②

---

① W. B. Henning, *Ein manichäisches Bet- und Beichtbuch*, *APAW* 1936, 10, pp. 3-4.
② W. B. Henning, *Ein manichäisches Bet- und Beichtbuch*, *APAW* 1936, 10, pp. 24-25.

　　这段祈祷文中的僧阶是从高到低排列的。阿拂胤萨ʾfrynsr/āfrīnsar 在歌手 mhrsrʾy/mahrsrāy 之前,所以其在教团内的地位应该高于后者。《仪略》中记载赞愿首阿拂胤萨是每座寺院的三尊首之一,可知ʾfrynsr/āfrīnsar 是一种僧官。而《祈祷忏悔书》中 mhrsrʾy/mahrsrāy "歌手"和 dbyr/dibīr "书手"比肩,可知 mhrsrʾy/mahrsrāy "歌手"更多的是一种技术分工。除了教团内音乐相关的僧侣和僧官的记载,摩尼教文献中也保留了凤毛麟角的涉及世俗游吟诗人和宫廷乐人的资料。

　　探讨前伊斯兰时期伊朗诗歌、音乐的经典之作就是博伊斯的《帕提亚语 gōsān 和伊朗的游吟传统》一文。[1] 全文用蒙太奇的手法,以《维斯与朗明》中游吟诗人在宫廷宴饮场景中吟唱的片段开篇,旁征博引,根据帕提亚、萨珊波斯及周边亚美尼亚、格鲁吉亚等国古代文献中的记载,呈现了游吟诗人活跃于宫廷和市井之中的一幕幕生动场景。她所引用的材料中就包括摩尼教帕提亚语布道文中的一句箴言:

转写

cwʾgwn gwsʾn ky hsyngʾn šhrdʾrʾn ʾwd kwʾn hwnr wyfrʾsyd ʾwd wxd ʿywyc ny kryd.

译音

čawāγōn gōsān kē hasēnagān šahrδārān ud kawān hunar wifrāsēd ud wxad ēwēč nē kird.

翻译

就像一位游吟诗人,他称颂着古代王侯将相的不朽功勋,自己却一事无成。

　　博伊斯也提到摩尼教中古波斯语中还有一个近义词 hwnywʾz/huniwāz

---

① M. Boyce, The Parthian gōsān and Iranian Minstrel Tradition, *JRAS*, 1957, pp. 10 – 45.

"乐人"。但这是一个罕用词,提供的信息非常有限。另外,帕提亚语残片 M4576 正面第二栏第 1—17 行保存了一个传教故事的片段,记载了摩尼在沙卜尔宫廷中传教的轶事。文书的下半部分被裁剪过,所以故事缺失了很大一部分。而故事现存的片段中就出现了一位女性宫廷乐人 ʾbysrwg/abesrōg。

M4576 正面(左侧为第二栏)

转写

tgnbnd wjydg ʾyw prwˈnˈngd. ˈwš ʾw hw dˈd kw šwˈh ̱ ʾwš ʾc mn prwˈn qyrbkr hndymˈn qrˈh ̱. hw wsnˈd cy mn ny ˈbgˈm cym š ̱h ̱ qˈr pˈdyhmˈr. ˈwš kd ʿstd ˈwt ̱ prwˈn kyrbkr frnft. ˈdyˈn jn ʿyw ky šˈbwhr š ̱ h ̱ ˈbysrwg［ˈn］① msyšt bwd pdyc h ̱(w)ˈ(ng)d. ˈwš tgnbnd ds(t)bwrd. ˈwš hw wˈdrwng nxˈfˈˈd ˈwt ̱ šwd ˈwš prwˈn š ̱h ̱ hndymˈn kyr［d］kd wxdˈd wsˈnˈzˈd(n)［ʾ］(wt ̱ wzrg)ˈn bzm sˈyˈd

译音

tagniband wijīdag ēw parwān angad. ōš ō hō dād kū šawāh ōš až man parwān kirbakkar handēmān karāh. hō wasnāδ čē man nē abγām čēm šāh kār pādihmār. ōš kad istād ud parwān kirbakkar franaft. aδyān ǰan ēw kē šābuhr šāh abesrōgān masišt būd padīž hō angad. ōš tagniband dast burd. ōš hō wādrūng nixāfād ud šūd ōš parwān šāh handēmān kird. kad wxad aδ wasān āzādān ud wuzurgān bazm sayād.

翻译

［前缺］一位选民很快来到他面前,对他说:"去! 把它从我这里拿走,放到善人(案: 指摩尼)面前。因为这不是分配给我的,国王的工作才是分给我的。当他拿起它走向善人,然后,一位女性,也就是沙卜尔国王的乐人中最好的那位,来到他面前。她很快取走了它,泡了柠檬香蜂草(Melissa officinalis),送到国王处。彼时他正在与许多王公贵族宴饮作乐［后缺］②

　　从这个片段可以看出宫廷乐人是萨珊国王身边的近臣,可以比较自由地出入王公贵族的宴会,而且可以是女性。这个传教故事的片段和博伊斯所引用的帕提亚语布道文中的箴言也从侧面反映出摩尼教教团对于

---

① 此处行尾的读法参考了 D. Durkin-Meisterernst, *Dictionary of Manichaean Texts. Volume III: Texts from Central Asia and China*, *Part 1: Dictionary of Manichaean Middle Persian and Parthian*, Turnhout: Brepols 2004, p. 17.

② W. Sundermann, *Mitteliranischen manichaiesche Texte kirchengeschichtlichen Inhalts* (*BTT 11*), Berlin: Akademie Verlag 1981, pp. 58 – 59.

同时代的世俗音乐应该有一定程度的了解。

（三）乐器

不同的宗教、教派对器乐的态度有所不同。从出土文献和图像资料来看，中古时期，摩尼教团显然是使用器乐来配合人声的。不论是歌颂美妙绝伦的天堂圣音的赞美诗句，还是对教团内乐手的记载，抑或是写实风格的摩尼教图像中对乐器的细腻刻画，都体现出器乐在摩尼教宗教生活中的重要地位。以下按管乐、弦乐、打击乐的顺序对不同类型的史料进行梳理。

1. 管乐：笛、羊角号

（1）笛

中古波斯语教团赞美诗 M36 是教团器乐使用的直接证据。这首赞美诗按从高到低的教阶赞美了教团内的各级成员，从慕阇、拂多诞、法堂主到选民，其中列举了教团内三种职能的选民——呼嚧唤、吹笛者（n'y pzd/nāy pazd）和书手。n'y pzd/nāy pazd"吹笛者"是一个复合词组，n'y/nāy 是一种流行于北非、西亚、中亚的用苇、竹等材料制成的竖笛，pzd/pazd 是动词，吹奏之意。

转写

xrwhw'n'n zyr'n sr[w]b(r)"n'wd'bhw[m'](g)'n'y r'z'n'y whyy

n'y pzd'(')n'y wh[m](n) [nrym]'n pd (ny)š'n'y xwndg nxwst'yn

dbyr'n nyw'n b'n z'dg'n myrd'n thm'('n) frystg'n'y w'xš

译音

xrōhxwānān zīrān srōbarān ud abhumāgān ī rāzān ī wehīh

nāy pazdān ī wahman narēmān pad nišān ī xwandag naxwistēn

dibīrān nēwān bān zādagān merdān tahmān frēstagān ī wāxš

翻译

睿智的呼嚧唤们，智慧之奥秘的大师和揭示者；惠明神的吹笛者们，带着最初被召唤的标记;优秀的书手们,诸神的孩子,强大的人们,圣灵的使者。①

　　在教团的结构中,吹笛者与专职负责布道的呼嚧唤和负责抄经的书手并称,可见笛是摩尼教团非常重要的乐器,甚至可能是最主要的伴奏乐器。

（2）羊角号

在帕提亚语赞美诗 M7 中出现了羊角号。

转写

gyʾnʾn pndwrg rwšn ° wxšmyd ʾwd wxš srʾwyyd °

dmyyd šyfwr šʾdgr ʾmwrdyd gyʾnʾ ʾw bwg °

hwʾrmyn syynd bgpwhrʾn pd ʿym wcn nwʾg rmnyyg °°

wʾcyd kʾdwš kʾdwš ʾmyn ʾmyn xrwsyd

译音

gyānān pandūrag rōšn, wxešmēd ud wxaš srāwēd

damēd šīfōr šādgar, amwardēd gyānān ō bōγ

huāramēn sayēnd baγpuhrān pad im wažan nawāg ramanīg

wāžēd kādūš kādūš, āmēn āmēn xrōsēd

翻译

愉悦地甜美地演唱"灵魂的光明的琉特",②

---

① C. Leurini, *Hymns in Honour of the Hierarchy and Community, Installation Hymns and Hymns in Honour of Church Leaders and Patrons, Middle Persian and Parthian Hymns in the Turfan Collection* (*BTT* 40), pp. 34 – 37.

② 亨宁将 pndwrg/pandūrag 释义为"路标"(F. C. Andreas & W. B. Henning, *Mitteliranische Manichaica aus chinesisch-Turkestan* III, p. 870.),但克林凯特释义为"琉特"(H. J. Klimkeit, *Gnosis on the Silk Road: Gnostic texts from Central Asia*, p. 47.)。此处采用克林凯特的观点,详后。

吹奏快乐的小号，召集灵魂的救赎。

在这新的愉悦的声音中，神的孩子们得到安乐。

说出："伽度师，伽度师！"喊出："阿门，阿门！"①

　　片段中的 šyfwr/šīfōr"羊角号"借自阿拉美语；而 kʾdwš/kādūš② 和 ʾmyn/ āmēn 借自希伯来语，暗示这个文本的西亚来源。

　　2. 弦乐：竖琴/箜篌、维纳、琴、琉特类乐器

　　（1）竖琴/箜篌

　　šnng/šang"竖琴"是摩尼教文献中有确切记载的弦乐器。帕提亚语残片 M5569 描述了摩尼死后升天的场景：

转写

…[ʾwd] pdgryft bgʾnyg pdmwcn ° dydym rwšn °° ʾwd pwsg hwcyhr °° ʾwd pd wzrg šʾdyft ʾd bgʾn r(w)šnʾn °° ky ʾc dš(n) ʾwd hwy šwynd °° pd šnng ʾwd srwd cy (š)ʾdyft frwšt (p)d wrc bgʾnyg °°

译音

ud padgrift baɣānīg padmōžan, dīdēm rōšn, ud pusag hučihr, ud pad wuzurg šādīft aδ baɣān rōšnān, kē až dašn ud hōy šawēnd. pad šang ud srōd čē šādīft frawašt pad warĵ baɣānīg.

翻译

……他穿上神圣的衣装，戴上光明的王冠和美丽的花环，带着极大的喜悦，与左右环绕的光明的诸神一起，在竖琴声和欢歌声中，圣迹般地飞升……③

―――――――――――

① F. C. Andreas & W. B. Henning, Mitteliranische Manichaica aus chinesisch-Turkestan III, p. 870.

② 意为"神圣的"，《下部赞》中音译为"伽度师"。

③ F. C. Andreas & W. B. Henning, Mitteliranische Manichaica aus chinesisch-Turkestan III, p. 861.

这段圣传式的叙事描绘了摩尼死后灵魂得救升天的过程。在这个华美而愉悦的场景中，除了"衣装""王冠""花环"等视觉符号的描写之外，还同时凸显了"竖琴声"和"欢歌声"两个听觉符号。

琐罗亚斯德教文献中将天堂称为"歌声之屋"。其教义认为，当一个言行符合公义的人死去，他的灵魂将进入充满音乐和一切美好享受的天堂。① 此概念也为摩尼教所吸收。这种天堂中充满音乐的观念与大乘佛教极乐世界中的仙乐有异曲同工之妙。②

（2）维纳、琴

中古波斯语—粟特语双语"词汇表"残片 M835 上有一组表示弦乐器的词汇，显示出粟特摩尼教教徒对各种来源的弦乐器的理解。这些"词汇表"通常是按词首的字母顺序排列，以粟特语解释中古波斯语，而有的粟特语解释不甚准确，只在一定的语境中成立，所以亨宁认为它们的原始用途不是用于辅助专业译者的翻译工作，而是用于辅助母语为粟特语的摩尼教教徒阅读中古波斯语疑难字词的汇编，可能原本是附在某些书后的附录。③

在这个双语名表中，中古波斯语 cmb/čem（b），对应粟特语 wynʾḫ/winā、cmxwy/čemxui（拟音暂定，详后）、cyngryʾ/čingaryā。第三个粟特语词 cyngryʾ/čingaryā 相当于现代波斯语中仍然使用的 چنگله/chengele "竖琴"。④

wynʾḫ/winā 一词用例较多，语义比较清楚、确定。该词借自印度语（梵语 vīṇā），指多种弦乐器。维纳在印度经历了较长的发展过程，从竖琴类的弦乐器逐步演化成北印度的齐特类（zither）维纳和南印度的琉特类（lute）维纳。⑤ 因而"维纳"的语义也随之由"竖琴类弦乐器"逐步扩大到

① M. Boyce, *Textual Sources for the Study of Zoroastrianism*, Manchester: Manchester University Press, 1984, p. 81.

② B. Lawergren, "Buddha as a Musician," *Artibus Asiae*, Vol. 54, 1994, pp. 234-238.

③ W. B. Henning, *Sogdica*, London: The Royal Asiatic Society, 1940, pp. 13-14.

④ 北京大学东方语言文学系波斯语教研室编《波斯语汉语词典》，北京：商务印书馆，1981年，第795页。

⑤ 参夏凡《有品乐器律制研究》，中央音乐学院博士学位论文，2011年，第118—121页。

包含齐特类和琉特类弦乐器。梵语 vīṇā 在《大般若波罗蜜多经》《入楞伽经》《妙法莲华经》《金光明经》等佛经中被译为"琴(属齐特类)""琵琶(属琉特类)""箜篌(竖琴)"等就说明了其词义的扩大。①

在语义对应的基础上,亨宁认为中古波斯语 cmb 很可能借自汉语"琴",拟音为 čem(b)或jem(b)。② 该词指某种弦乐器这一点也可以从复合词 cmbᵓry/čem(b)tārī"琴弦"中得到进一步佐证。③

亨宁在第二个粟特语词 cmxwy/čemxui 的解释上不甚成功。最初他认为该词可能是借自汉语"忏悔"。④ 后来他推翻了这种假说,指出这个词在 M835 的语境中无疑与弦乐器有关。⑤

cmxwy/čemxui 的发音很容易使人联想到"琴徽"。"琴徽"一词,按蒲立本(E. G. Pulleyblank)的构拟和描述,中古前期(基于成书于隋文帝仁寿元年,即公元 601 年的《切韵》)为 gim xuj,中古后期(盛唐标准语)为 kɦim xyj。⑥ 在摩尼教粟特语中,字母 c 通常的发音是腭音 č 或者 j,与 g 非常接近。⑦ 摩尼文拼写体系中短元音 e 一般不写出,因此 cmxwy 可以拟音为 čemxui 或jemxui,对音与隋及以前的 gim-xuj 几乎严丝合缝。

正如著名日本音乐史家林谦三在其经典之作《东亚乐器考》中所说的那样,在弦数的变迁之外,琴的历史上所能见到最重大的发明是徽制。用徽来标记弦音分割,为琴的一弦多音化提供了可能。⑧ 学界对于琴徽的产

---

① 荻原云来《汉译对照梵和大辞典》,台北:新文丰出版社,1979 年,第 1261 页。
② W. B. Henning, *Sogdica*, p. 38.原文作 ğem(b),据现行的摩尼教中古波斯语音系改。参 D. Durkin-Meisterernst, *Grammatica Iranica*, *Band 1: Grammatik des Westmitteliranischen* (*Parthisch und Mittelpersisch*), p. 85.
③ W. B. Henning, *Sogdica*, p. 16.
④ Ibid., p. 39.
⑤ W. B. Henning, "Mitteliranisch", in: *Handbuch der Orientalistik: 1. Abteilung. 4 Band. Iranistik. Linguistik*, Leiden-Köln: E. J. Brill, 1958, p. 80.
⑥ E. G. Pulleyblank, *Lexicon of Reconstructed Pronunciation In Early Middle Chinese*, *Late Middle Chinese*, *and Early Mandarin*, Vancouver: the University of British Columbia Press, 1991, pp. 132, 255.
⑦ Y. Yoshida, "Sogdian", In: G. Windfuhr (ed.) *The Iranian Languages*, London: Routledge, 2009, pp. 285 - 286.
⑧ 林谦三著,钱稻孙译《东亚乐器考》,北京:人民音乐出版社,1962 年,第 138 页。

生和徽制的形成时间虽有诸多争论,但综合各家观点,琴徽的出现不晚于东晋。① 这一结论也可以得到出土资料的支持。1997 年南昌市西湖区火车站工地出土的东晋"商山四皓"拥护太子刘盈图漆盘中的古琴,琴面上已出现了琴徽。②

从中古时期粟特人较为活跃的西北地区考古证据来看,1987 年发掘的西晋前期至中期敦煌佛爷庙湾 M133 中出土了"伯牙抚琴""子期听琴"的彩绘砖。③ 敦煌壁画中也有一些琴的图像,但因画工写意,多处只是画一黑色长方形框型物,其徽位、弦数、局部构件,均难辨认。郑汝中从轮廓认定是琴的有 20 余只。而 463 窟北壁有一西魏所绘制之琴,一端有一半圆形缺口,形态怪异。④ 黎国韬认为,这个半圆形的缺口其实代表了古琴的"龙龈"部位,是琴与瑟、筝的重要区别。相比于其他以轮廓推测为琴的乐器,此乐器为琴的可能性更大。⑤ 但略显遗憾的是,这些图像均未能清楚地表现琴徽。

另一方面,目前已知最早的古琴谱是现藏日本国立博物馆的《碣石调·幽兰》唐写本,谱前小序称该谱为南朝至隋初琴家丘明所传。这份文字谱标明了古琴演奏时的徽位按音。⑥ "碣石"一调出自西域苏祗婆

---

① 如郑祖襄先生认为嵇康时代是琴徽刚刚开始出现的年代(《"徽"字与"徽位"——兼考古琴徽位产生》,《中央音乐学院学报》1986 年第 4 期,第 26 页);饶宗颐先生认为西汉时已有琴徽(《说"琴徽"——答马顺之教授》,《中国音乐学》1987 年第 3 期,第 6 页);冯洁轩先生认为琴徽最早从东汉末年发端,大约至东晋成为琴之定制(《说徽——兼议郑、饶二文》,《中国音乐学》1988 年第 4 期,第 74—77 页)。也可参考耘耘《"徽"字一辨十二载》,《天津音乐学院学报(天籁)》2003 年第 1 期,第 23—31 页;张丽丹《古琴琴徽的产生探究综述》,《大众文艺》2011 年第 22 期,第 9—10 页。
② 黎国韬、周佩文《"琴棋书画杂考"之四——六朝古琴图像与古琴实物考述》,《文化遗产》2019 年第 1 期,第 142 页。
③ 郑岩《魏晋南北朝壁画墓研究》,北京:文物出版社,2002 年,第 49 页。
④ 郑汝中主编《敦煌石窟全集·音乐画卷》,香港:商务印书馆,2002 年,第 190—191 页。
⑤ 黎国韬、周佩文《"琴棋书画杂考"之四——六朝古琴图像与古琴实物考述》,第 147 页。
⑥ 国内外关于《幽兰》谱的研究很多,可参看陈应时《琴曲〈碣石调·幽兰〉谱的徽间音——〈幽兰〉文字谱研究之二》,《中央音乐学院学报》1986 年第 1 期,第 12—16、30 页;王德埙《碣石调·幽兰》卷子谱点注》,《中国音乐学》1995 年第 1 期,第 48—56 页;戴微《琴曲〈碣石调·幽兰〉谱版本研究》,《音乐艺术(上海音乐学院学报)》1997 年第 2 期,第 73—75、78 页等,此不赘述。

调式音阶理论中龟兹七声之一的 keśik,汉译又作"鸡识"。[1] 伯希和曾尝试重构七声的原语,但不够精准详备。[2] 潘涛指出吐火罗语 keśik 并非直接借自梵语,而是借自中古印度语 keśika,进一步揭示了这一术语从印度经新疆进入汉文化圈的传播史。[3] 这份琴谱的出现揭示出至迟在隋代,西域乐理知识与华夏传统乐器琴之间已经达成了深度融合。结合这些时代背景信息看来,"琴徽"一词在隋代已借入粟特语也就不难理解了。

(3)琉特类

现存的摩尼文中古波斯语及帕提亚语资料中,还有数种琉特类乐器(泛指琉特、琵琶、吉他一类的拨弦乐器),如 pndwrg/pandūrag。

与 šyfwr/šīfōr "羊角号"一样,pndwrg/pandūrag 同样出自帕提亚语字母离合诗 M7。如前所述,M7 包含了大量西来的借词。从语音上看,pandūrag 应是借自希腊语 πανδοῦρα "潘杜拉"——一种古希腊及罗马的长颈琉特琴。

此外,在吐鲁番摩尼教细密画残片中还出现了琵琶。残片 MIK III 6368 发现于高昌故城 K 寺遗址,出自一个回鹘可汗家族所有的写本。内容为粟特文拼写的回鹘语布道文,用朱笔和墨笔交替抄写,标题用金色的墨装饰,且出现了可汗的汗号,规格极高(见彩插 MIK III 6368)。[4]

写本边缘装饰的细密画描绘了唱诗的场景。画面中,一位坐在红色

---

①　(唐)魏徵等撰《隋书》,北京:中华书局,2019 年,第 374 页。

②　P. Pelliot, "Review of *Hôbôgirin*, *Dictionnaire encyclopédique du bouddhisme d'après les sources chinoises et japonaises*, *Deuxième fascicule*". *T'oung Pao*, 28(1/2), 1931, pp. 95 - 104.

③　潘涛《龟兹音乐和诗律略议》,《西域研究》2018 年第 2 期,第 112—113 页。

④　Z. Gulácsi, *Manichaean Art in Berlin Collection. A Comprehensive Catalogue of Manichaean Artifacts Belonging to the Berlin State Museum of the Prussian Cultural Foundation*, *Museum of Indian Art*, *and the Berlin-Brandenburg Academy of Sciences*, *Deposited in the Berlin State Library of the Prussian Cultural Foundation*, Turnhout: Brepols, 2001, pp. 231 -232.

Fig. 40.2 (MIK III 6368 recto)

MIK III 6368①

地毯上身着白衣的选民和三位坐在绿色地毯上的听者相对而坐。保存状况较好的前两位听者头戴回鹘王子冠饰。从细节图可以清晰地看出其中一位听者正在用拨片演奏一把琵琶。

近来,周杨用考古类型学的方法对敦煌和新疆地区石窟寺壁画中的琵琶图像的形制和分期进行了讨论。按照他的分类方式,MIK III 6368 中的琵琶应属于曲项、梨形琴身、有捍拨的类型,且琴首呈方形。从他的分期统计中可以看出,此类琵琶初现于隋代,从唐代至元代成为曲项琵琶的

---

① Z. Gulásci, *Manichaean Art in Berlin Collection. A Comprehensive Catalogue of Manichaean Artifacts Belonging to the Berlin State Museum of the Prussian Cultural Foundation*, *Museum of Indian Art*, *and the Berlin-Brandenburg Academy of Sciences*, *Deposited in the Berlin State Library of the Prussian Cultural Foundation*, p. 93.

主流样式,一直延续发展成今日的形态。①　不仅如此,MIK III 6368 中的这把琵琶与日本正仓院所藏的紫檀木画槽琵琶的"半月"和皮革捍拨的彩绘非常相似,可见此画写实程度相当之高。

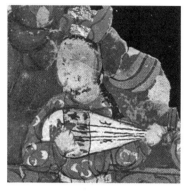 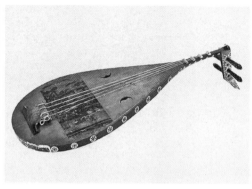

细部　　　　　正仓院紫檀木画槽琵琶第 2 号②

3. 打击乐:鼓——兼论"答腊"之词源

鼓也是摩尼教文献中出现的重要乐器。表示鼓的词主要有两个,一是借自阿拉美语的帕提亚语 ṯbyl/tabil,③现代波斯语中طبل/tabl"鼓"仍在使用,另有衍生词طبله/table,指"小鼓";④二是 qws,有的写本亦拼作 kws/kōs"鼓",也沿用至今。⑤

帕提亚语字母离合诗 M10 的 ṯ 诗节为 ṯbyln šnng ʾwṯ nd pdxwnʾd/tabilan šang ud naδ padxunād"奏起鼓、竖琴和笛子"⑥这里的鼓 ṯbyl/tabil

① 周杨《隋唐琵琶源流考——以石窟寺所见琵琶图像为中心》,《敦煌研究》2020 年第 4 期,第 64—73 页。
② 图片来源:https://shosoin.kunaicho.go.jp/search-result?p=1&per=30&type=treasures&keyword=%E7%90%B5%E7%90%B6&operator=AND 正仓院藏有数把类似形制的琵琶,可看官方网站。
③ D. Durkin-Meisterernst, Aramaic in the Manichaean Turfan Texts, in: M. Macuch, M. Maggi & W. Sundermann (eds.), *Iranian Languages and Texts from Iran and Turfan*, E. Emmerick *Memorial Volume.* (*Iranica 13*), Wiesbaden: Harrassowitz, 2007, p. 60.
④ 北京大学东方语言文学系波斯语教研室编《波斯语汉语词典》,第 1557 页。
⑤ 同上书,第 1933 页。
⑥ W. B. Henning, Geburt und Entsendung des Manichäischen Urmenschen, pp. 312, 318.

的复数形式 ṯbylʾn/ tabilān 因为位于行尾,位置不够,而缩写为 ṯbyln/tabilan。

　　ṯbyl/tabil 与汉文史籍所载"答腊"的发音颇为相近。① 乐器名的词源可以从一定程度上揭示乐器的传播路径。可惜中古汉语"答腊"的词源问题一直悬而未决。林谦三认为"答腊"tap-lap 之发音近于近世阿拉伯的 table、印度的 tablā,但是这二语都不可上溯到隋唐之古,因而"答腊"可能借自某种其他的古代闪米特或印度—伊朗语。② 那帕提亚语 ṯbyl/tabil 是否可能是"答腊"的词源呢?

　　帕提亚语是帕提亚帝国,或称安息王朝(公元前 3 世纪至公元 3 世纪)的通用语,在萨珊王朝(公元 3 世纪到公元 7 世纪)仍是波斯帝国东北帕提亚地区的重要方言,因而成为摩尼教团中与中古波斯语平分秋色的教会用语。"答腊"一词最初见于南朝陈代沙门智匠所编《古今乐录》,其借入汉语显然是在摩尼教正式入华之前。所以要考察其是否可能借自帕提亚语,从时间上看,应该考察帕提亚帝国及帕提亚人在丝绸之路的活动。

　　公元前 2 世纪,帕提亚帝国极盛时期,疆域东至印度河。③ 伴随着丝绸之路的"凿空",帕提亚帝国已经与汉朝有所接触。公元前 116 年,张骞遣副使前往安息。约前 115 年,汉使到达安息,安息王令将二万骑迎于东界。汉与安息建立了直接的官方外交关系。《史记》《汉书》等两汉史籍中记载双方通史不下五次。④ 而从约公元前 1 世纪起,一些"印度—帕提亚"王国就统治着印度西北从锡斯坦到信德的大片区域,直到公元 1 世纪贵霜的逐步兴起。记载这段历史的史料稀缺,主要依据是钱币学资料。从钱币铭文来看,这些"印度—帕提亚"王国的官方语言与帕提亚帝国一

---

① "腊"为开口音,因而"答腊"如果直接由帕提亚语借入,则可能反映的是某种添加了元音后缀的词形。
② 林谦三著,钱稻孙译《东亚乐器考》,第 85—88 页。
③ A. D. H. Bivar, "The Political History of Iran Under the Arsacids", in E. Yarshater (ed.), *Cambridge History of Iran*, Vol.3, London & New York: Cambridge University Press 1983, p. 35.
④ 王三三《帕提亚与希腊化文化的东渐》,《世界历史》2018 年第 5 期,第 98 页。

样,主要是希腊语和帕提亚语。①

公元 5、6 世纪的希腊作家亚历山大的赫塞齐乌斯(Hesychius of Alexandria)所编词典记载希腊语 ταβάλα"鼓"借自帕提亚语。② 他的词典基于一些更早的词典,可追溯到公元 1 世纪的材料。③ 帕提亚语的行用、推广与帕提亚帝国的出现和兴起密切相关,因而可以推测该词在帕提亚帝国统治时期进入希腊语中。而根据阿富汗出土的罗巴塔克碑铭(Rabatak inscription)的记载,贵霜直到公元 127 年才将官方语言由希腊语改革为巴克特里亚语,此前仍在钱币上使用希腊语。④ 由此看来,伴随着帕提亚人在东方的活跃,从公元前 2 世纪到公元 2 世纪,帕提亚语和希腊语在印度西北有长达数百年的使用时间。"答腊"一词便可能是在这个时间段内直接或间接地从帕提亚语或希腊语借入了汉语。

答腊鼓在隋唐之际流行于西域。隋九部乐中,答腊出现在了《龟兹伎》《疏勒伎》两部中,但不见于中亚的《康国伎》《安国伎》及南亚的《天竺伎》。⑤ 唐代的西戎五国之乐都大量用鼓,但仅《高昌乐》《龟兹乐》《疏勒乐》明确记载鼓的种类包含答腊。⑥《古今乐录》载"答腊鼓,制广于羯鼓而短,以指揩之,其声甚震,俗谓之揩鼓",⑦可见这种鼓是用手指敲击演奏的。林谦三认为答腊以手指揩摩的奏法近于西方的镗卜林(tambourin)。而印度桑奇(Sānchi)的石刻上有一些鼓,在形制上与答腊

---

① C. Fröhlich, "Indo-Parthian Dynasty" in *Encyclopædia Iranica*:https://iranicaonline.org/articles/indo-parthian-dynasty-1.

② H. G. Liddell, R. Scott. *A Greek-English Lexicon. revised and augmented throughout by. Sir Henry Stuart Jones. with the assistance of. Roderick McKenzie.* Oxford. Clarendon Press. 1940, p. 1752.

③ R. Schmitt, "Hesychius" in *Encyclopædia Iranica*:https://www.iranicaonline.org/articles/hesychius.

④ 罗帅《汉佉二体钱新论》,《考古学报》2021 年第 4 期,第 507 页。

⑤ (唐)魏徵等撰《隋书》,第 409—411 页。

⑥ (后晋)刘昫等撰《旧唐书》,北京:中华书局,1975 年,第 1070—1071 页。(宋)欧阳修等撰《新唐书》,北京:中华书局,1975 年,第 469—470 页。

⑦ (宋)吴淑撰注,冀勤等点校《事类赋注》卷十一引《古今乐录》,北京:中华书局,2021 年,第 246 页。此段文字也见于《旧唐书》第 1079 页。

鼓非常接近,但其奏法是用鼓槌敲击,与答腊不同。由此他认为西方的奏法和印度的鼓制在西域结合,发展出答腊鼓这个新传统。①

桑奇遗址位于印度中部,始建于公元前 3 世纪孔雀王朝,是现存最古老的佛教遗址。遗址经历朝历代的扩建,营建活动持续到公元 11 世纪。此地从初始阶段就反映出域外因素,尤其是希腊艺术风格的影响。早在公元前 2 世纪前后,就有北方的印度—希腊王国,亦即"耶槃那"(Yavana)的供养人到访此地,留下铭文,②浮雕中也出现了印度—希腊供养人形象和典型的诸如阿夫洛斯管(aulos)的希腊乐器。③ 帕提亚人征服印度西北时带来的强烈的希腊化风格催生了犍陀罗艺术,桑奇的一些雕塑也明显反映出犍陀罗艺术的影响。④ 因而桑奇出现的类似于答腊的鼓制也可能受到北方犍陀罗地区的影响。

中国境内的图像资料比较清晰地反映出了答腊的传播路线,其最早出现于公元 4 世纪的克孜尔石窟中,在魏晋南北朝时期逐步东传中原。北魏的河南巩义石窟寺中,已出现了包含答腊鼓的乐器组合。⑤ 在隋唐时期的敦煌壁画中,答腊鼓更是频频出现,反映出这一时期此种乐鼓的流行。⑥ 克孜尔石窟是犍陀罗艺术东渐中国的重要关口,犍陀罗地区可能正是答腊入华的源头。该地出土的帕提亚人演奏手鼓的浮雕也为这种推测进一步提供了佐证(见下图最右侧的乐人形象)。

从图像和文献两方面的证据来看,汉语"答腊"一词很可能借自犍陀罗地区曾一度行用的帕提亚或希腊语。由于语料限制,目前未见犍陀罗

---

① 林谦三著,钱稻孙译《东亚乐器考》,第 85—88 页。

② Upinder Singh, *The Idea of Ancient India: Essays on Religion, Politics, and Archaeology*, New Delhi: SAGE Publications Pvt. Ltd, 2016, p. 18.

③ R. Stoneman. *The Greek Experience of India: From Alexander to the Indo-Greeks*. Princeton University Press 2019. pp. 441–444.

④ H. Buchthal, "Review of *The Monuments of Sanchi*", *The Burlington Magazine for Connoisseurs*, vol. 81, no. 476, 1942, p. 281.

⑤ 吴洁《从丝绸之路上的乐器、乐舞看我国汉唐时期胡、俗乐的融合》,上海音乐学院博士论文,2017 年,第 23—24 页。吴洁《丝绸之路上的外来乐鼓研究》,《音乐文化研究》2020 年第 2 期,第 26 页。

⑥ 郑汝中主编《敦煌石窟全集·音乐画卷》,第 253 页。

皇家安大略博物馆藏布内尔（Buner）浮雕（约公元 1 世纪末）①

语中对应的词。② 而林谦三曾猜测吐火罗语中或有音近于 tap-lap 的,语
义为"鼓"的词,③就笔者所知,目前已知的吐火罗语语料中也尚未发现语
义为"鼓"的发音类似的词。④ 而常常与"答腊"并称的另一种鼓"鸡娄",
中古音 kεj-lŭə,反倒完全能对音吐火罗语 kerū"鼓"。⑤

三　修　辞

　　格律、配乐奠定了赞美诗的外在形态和基本架构,但细节层面的艺术
创作更多地是通过修辞来实现的。摩尼教中古伊朗语赞美诗最重要的修
辞就是字母离合。此外,一些其他的修辞手法也很常见,如对仗、通感、同

---

① 图片来源: B. Goldman. "Parthians at Gandhāra", *East and West*, 28 (1/4), 1978,
　　pp. 189 −202.
② 犍陀罗语方面,笔者查阅了 Stefan Baums 和 Andrew Glass 主编的《犍陀罗语词典》(*A
　　Dictionary of Gāndhārī*),该词典的语料库几乎涵盖了迄今所有已刊犍陀罗语文本,参
　　https://gandhari.org/dictionary? section＝preface。
③ 林谦三著,钱稻孙译《东亚乐器考》,第 88 页。
④ 周青葆《答腊鼓与达卜考辨》(载《乐器》2005 年第 2 期,第 65 页)称吐火罗语中有一种
　　指奏的膜源乐器 tap-lap,不知依据为何。笔者查询了目前最大的基于"吐火罗语文献
　　全编"("A Comprehensive Edition of Tocharian Manuscripts")项目的词库,未见类似词
　　语,参 https://www.univie.ac.at/tocharian/? words&offset＝2401。
⑤ D. Q. Adams, *A dictionary of Tocharian B*,2013 年在线版: https://www.win.tue.nl/~aeb/
　　natlang/ie/tochB.html。

义重言、首语重复等。这里列举芮柯所整理的一些例子。

对仗：

帕提亚语字母诗 M284b 的 w 诗节：

wināsgar im naxwīn dušmen, widebgar čē harw gyānān.

这罪魁祸首作恶者，所有灵魂的诱惑者。①

帕提亚语字母诗 M284a 的 t 诗节：

čē padbōsām až ōd windām, išmāhiž windēd čē padbōsēd.

我们所渴望的，我们在那找到；你们也会找到，你们所渴望的。②

帕提亚语字母诗 M5640 的 c 诗节：

čaraγ rōšn waxšām, ud nē wizāwām

我们点亮明灯，再也不会熄灭。③

通感：

中古波斯语字母诗 M785 开篇 ' 诗节：

išnūdum wāng ī šīrēn, ud niwāg ud srōd ī anōšēn

mizdag ī hāmāg rāmišn, az wuzurg azdegar ī nēw

我听到了甜美的声音，那甘露琼浆般的曲调和歌曲。

完美的安乐消息，从英勇的使者处传来。④

同义重言：

庇麻节帕提亚语赞美诗 M782：

windām āfurām⑤

我们称颂吧，我们赞美吧。

---

① C. Reck, *Gesegnet sei dieser Tag. Manichäische Festtagshymnen*, pp. 68, 113.
② Ibid, pp. 56, 107. cy/čē 在写本中拼作 tšy 作为 t 诗节的变通。
③ Ibid, pp. 56, 125.
④ Ibid, pp. 57, 167.
⑤ Ibid, pp. 57, 149.

首语重复：

帕提亚语字母诗 M284b 的 b 诗节：①

bagān ō išmāh yazdān xrōsām

bagān ō išmāh yazdān padwahām

神灵啊，我们对你们这些神呼唤！

神灵啊，我们对你们这些神祈求！

而吐鲁番出土的中古伊朗语摩尼教赞美诗使用最多的修辞就是离合。"离合诗（acrostic）"，是指诗句的某些特定部分（如起首或结尾的字母、字或词）被"分离"出来，可以重新"合并"为有逻辑的组合的诗歌，藏头诗就属于离合诗中的一类。字母离合赞美诗（abecedarian hymn）的基本特点是各诗节的起首词的首字母按顺序排列成一个完整的字母表（也有少量倒序的），诗节总数与字母数基本一致（就摩尼文赞美诗而言，开篇部分的诗节之间一般有一个增补的副歌诗节，结尾增补一个 n 诗节；摩尼文中的 β、γ、δ 等字母不在 abecedarian 框架中，这些字母更多地用于拼写粟特语）。

字母离合赞美诗是闪米特语族中各宗教常用的一种宗教文学体裁，犹太教教徒、基督教教徒、曼达派（Mandaeans）、撒马利亚人（Samaritans）都使用这种文体。② 出土于库姆兰（Qumran）的"死海古卷"（Dead Sea Scrolls）中就保存了数首公元 1 世纪的希伯来语字母离合赞美诗。③

---

① C. Reck, *Gesegnet sei dieser Tag. Manichäische Festtagshymnen*, pp. 58, 113.

② C. Reck, *Gesegnet sei dieser Tag. Manichäische Festtagshymnen. Edition der mittelpersischen und parthischen Sonntags-, Montags- und Bemahymnen* (*BTT 22*), Turnhout: Brepols 2004, p. 52. D. Durkin-Meisterernst, Abecedarian Hymns, a survey of published Middle Persian and Parthian Manichaean hymns, in: S. G. Richter, C. Horton & K. Ohlhafer (eds.) *Mani in Dublin*, *Selected Papers from the Seventh International Conference of the International Association of Manichaean Studies in the Chester Beatty Library*, *Dublin*, 8 – 12 September 2009, Leiden: Brill 2015, p. 110.

③ J. A. Sanders, *The Psalms Scroll of Qumran Cave 11*(*11 QPs^a*) (*Discoveries in the Judaean Desert of Jordan IV*), New York: Oxford University Press 1965, pp. 70 – 76, 79 – 89; F. G. Martínez, *The Dead Sea Scrolls translated: the Qumran texts in English*, Leiden: Brill 1996, pp. 306 – 309.

摩尼教创始人摩尼的母语是隶属于闪米特语族的阿拉美语,如前文所述,摩尼文也导源于阿拉美文,现存的摩尼教赞美诗中仍保存了一些阿拉美语的痕迹。① 可以说,摩尼教中古伊朗语字母离合赞美诗是伊朗语教团对摩尼教阿拉美传统的继承和发展。

最早对吐鲁番出土的摩尼文中古伊朗语字母离合赞美诗进行专题研究的是博伊斯,她在对帕提亚语赞美组诗《胡亚达曼》②《安格罗斯南》文书进行研究时,注意到一些帕提亚语字母离合赞美诗与组诗之间存在共同点:从文体上看,两者的诗节中都使用对句。从写本上看,两种赞美诗的各诗节之间空行,不同于其他赞美诗文书在外观上同于散文,只用分隔符区隔各节以节省纸张;一些文书上每隔一个诗节标注有字母 p,表示pdwʾg/padwāg“回应”,说明这些赞美诗是以唱和的方式进行诵读的。③ 总的来说,对字母离合赞美诗的研究是她对帕提亚语组诗的研究的延伸,暗示这两种文体的赞美诗在文本性质和使用场合等方面可能存在关联性和相似性。德金则撰写了《字母离合赞美诗:已刊布的中古波斯语及帕提亚语摩尼教赞美诗的研究》一文,总结了中古波斯语和帕提亚语字母离合赞美诗的不同之处,并对部分诗节的编写技巧进行了探讨。④ 目前刊布的吐鲁番出土的中古波斯语和帕提亚语的字母离合赞美诗已经超过两百首,可见其当时流行程度相当之高,对讨论中古时期摩尼教的宗教文学和宗教生活具有代表性的价值。

---

① Y. Yoshida, Manichaean Aramaic in the Chinese Hymnscroll, *BSOAS* 46 (2), 1983, pp. 326 - 331. D. Durkin-Meisterernst, Aramaic in the Manichaean Turfan Texts, pp. 59 - 74.

② 博伊斯 Huwīdagmān 的读法被麦肯齐修正。cf. D. N. MacKenzie, Two Sogdian *HWYDGMʾN* Fragments, in: H. W. Bailey, A. D. H. Bivar & J. Duchesne-Guillemin etc. (eds.) *Papers in Honour of Professor Mary Boyce*. (Acta Iranica 24), II, Leiden: Brill 1985, p 421, note 2.

③ M. Boyce, Some Parthian Abecedarian Hymns, *BSOAS* 14 (3), 1952, pp. 435 - 436.

④ D. Durkin-Meisterernst, Abecedarian Hymns, a survey of published Middle Persian and Parthian Manichaean hymns, pp. 110 - 152.

第二节　字母离合诗选词研究

前文已述,吐鲁番摩尼文中古伊朗语文书的刊布方式是按主题进行刊布。而字母顺序离合赞美诗是摩尼教宗教文学中一种十分常用的文体,这种体裁的赞美诗所涉及的主题广泛,因此需要从各类主题的刊本中搜集、整理此类赞美诗的基本资料。就目前已经刊布的中古伊朗语字母离合赞美诗而言,中古波斯语计 48 首,帕提亚语字母离合赞美诗的数量更多,计 176 首。现将刊本以简表的方式进行整理,表格中使用"作者加出版年"形式的缩略语代指各论著。

缩略语:

Boyce 1952 ＝ M. Boyce, Some Parthian Abecedarian Hymns, *BSOAS* 14 (3), 1952, pp. 435‒450.

Boyce 1975 ＝ M. Boyce, *A Reader in Manichaean Middle Persian and Parthian*, Leiden: Brill and Téhéran-Liège: Bibliothèque Pahlavi 1975.

Durkin-Meisterernst 2006 ＝ D. Durkin-Meisterernst, *The Hymns to the Living Soul. Middle Persian and Parthian Texts in the Turfan Collection* (*BTT 24*), Turnhout: Brepols 2006.

Durkin-Meisterernst 2014 ＝ D. Durkin-Meisterernst, *Miscellaneous hymns: Middle Persian and Parthian hymns in the Turfan collection* (*BTT 31*), Turnhout: Brepols 2014.

Durkin-Meisterernst 2017 ＝ D. Durkin-Meisterernst, M285 ＝ M8700, a Manichaean Parthian double page in the Turfan collection, report at the 33. Deutscher Orientalistentag, on Sept. 19th 2017, at Friedrich-Schiller-Universität Jena;

Durkin-Meisterernst/Morano 2010 ＝ D. Durkin-Meisterernst & E. Morano, *Mani's Psalms: Middle Persian, Parthian and Sogdian texts in the Turfan collection*（*BTT 27*），Turnhout：Brepols 2010.

Klimkeit 1993 = H. J. Klimkeit，*Gnosis on the Silk Road: Gnostic texts from Central Asia*，San Francisco：Harper SanFrancisco 1993.

Kudara/ Sundermann/ Yoshida 1997 = 百濟康義、ヴェルナー・ズンダーマン、吉田豊《イラン語断片集成：大谷探検隊収集・龍谷大学所蔵中央アジア出土イラン語資料》，京都：法藏館，1997 年。

Morano 2000 = E. Morano，A Survey of the Extant Parthian Crucifixion Hymns，in：R. E. Emmerick，W. Sundermann & P. Zieme（eds.），*Studia Manichaica IV. Internationaler Kongreß zum Manichäismus. Berlin，14.- 18. Juli 1997*，pp. 398 - 429.

Morano forthcoming = E. Morano，Religion in hymns：a Parthian bifolio in Manichaean script from Turfan with hymns to the Father of Greatness.

Reck 1992 = C. Reck，Ein weiterer parthischer Montagshymnus?，*AoF* 19，1992，pp. 342 - 349.

Reck 2004 = C. Reck，*Gesegnet sei dieser Tag. Manichäische Festtagshymnen. Edition der mittelpersischen und parthischen Sonntags-，Montags- und Bemahymnen*（*BTT 22*），Turnhout：Brepols 2004.

Reck 2007 = C. Reck，Tage der Barmherzigkeit：Nachträge zu mitteliranischen manichäischen Montags- und Bemahymnen，in：M. Macuch，M. Maggi & W. Sundermann（eds.），*Iranian Languages and Texts from Iran and Turfan，E. Emmerick Memorial Volume.*（*Iranica 13*），pp. 317 - 342.

Shokrifoumeshi 2015 = M. Shokrifoumeshi，*Mani's living gospel and the ewangelyōnīg hymns: edition，reconstruction and commentary with a codicological and textological approach based on Manichaean Turfan fragments in the Berlin collection*，Qom 2015.

说明：

一、当一首赞美诗有不止一个刊本时，选用最完整的刊本；

二、当一首赞美诗或一个赞美诗组诗保存在不止一个残片上时，用最主要的一个残片的编号加上"+其他"表示；

三、每一个或每一组残片上收入统计的赞美诗数量括注在编号之后，以
(n 首)的方式表示；

四、以出版年早晚排列各刊本，赞美诗编号的顺序基于它们在各刊本中的
原始排序(因为刊布者在排列各组残片时考虑了它们在文本内容和
写卷形态方面的关联程度)；

五、副本不计入此项统计。

中古波斯语①

刊　本	编　　号
Boyce 1975 & Klimkeit 1993	S13+其他, S9, S8, Pelliot D. A., fragment K (Pelliot M914.2) (2 首), M224 I, MIK III 8259 I, M727a, M28 I(3 首)
Reck 2004	M5847, M234, M394, M485a, M785, M181(2 首), M874
Durkin-Meisterernst 2014	M5755, M5756 +其他, M5692b +其他, M212A, M5260 (2 首), M8711, M385, M294(2 首), M527, M8, M5901(2 首), M531, M714, M554 (2 首), M90, M235 I, M82 +其他 (2 首), M246(2 首), M359(2 首), M736, M6230, M6241

帕提亚语

刊　本	编　　号
Boyce 1952	M722, M2700(T I D 51a)(2 首), M352, M6683(T II K 2), M2089(T I D 20)
Boyce 1975& Klimkeit 1993	M94+其他(2 首), M6232(2 首), M710, M741(2 首), M67+ 其他, M77(2 首), M39(4 首), M737, M5, M8171(2 首), M6, M42, M763

---

① Pelliot D. A., fragment K (Pelliot M914.2), cf. J. d. Menasce, Fragments manichéens de
Paris, pp. 303 – 306. M28, cf. P. O. Skjærvø, The Manichaean Polemical Hymns in M28 I.
A review article, *Bulletin of the Asia Institute* 9, 1995, pp. 239 – 255.

刊 本	编 号
Reck 1992	M229
Kudara/Sundermann/ Yoshida 1997	Ōtani 6193
Morano 2000	M104+其他，M24+其他，M812
Reck 2004	M86（3 首），M1610（2 首），M502a，M284a（2 首），M284b，M1316+其他，M763，M5640，M5860 I（2 首），M73（6 首），M749（2 首），M785，M30（2 首）
Durkin-Meisterernst 2006	M7（5 首），M10，M540c，M33（5 首），M367，M279+其他（3首），M83 I（3 首），M200，M105a，M5858（2 首），M726（2首），M6650（8 首），M759 II（3 首）
Reck 2007	So13505
Durkin-Meisterernst/ Morano 2010	M259c+其他
Durkin-Meisterernst 2014	M396+其他（2 首），M480a，M794d，M347（2 首），M885，M432+其他（2 首），M5501+其他，M76，M32a（2 首），M775，M29（2 首），M547，M700（2 首），M498a，M871d，M282（4首），M851a+其他（2 首），M6201，M8100，M5700（2 首），M8301（2 首），M4521，M6930，M745b，M275a+其他（2 首），M5903+其他（2 首），M460b，M569a+其他，M374（3 首），M434（2 首），M873a，M5500+其他，M1404，M392，M224 II，M238（2 首），M765b，M1176，M3713，M5192（2 首），M3711，M1912，M465，M616，M2852，M250+其他，M511
Shokrifoumeshi 2015	M92+其他，M88+其他，M507+其他，M533+其他（2 首），M8828+其他
Durkin-Meisterernst 2017/Morano forthcoming	M8700（8 首）

　　笔者对上述 48 首中古波斯语和 176 首帕提亚语赞美诗的起首词进行了统计,这些字母离合赞美诗虽然题材多样,但有一个共同的特征,即:在

一些诗节高频率地使用某些特定的词,在起首词的选择上存在一定的规律。另一方面,中古波斯语和帕提亚语赞美诗虽然在大部分的诗节中表现出类似的特征,却在几个诗节上存在着显著的差异。以下按照字母顺序对中古波斯语及帕提亚语各诗节的起首词的统计结果进行分析,词频统计表见附录。

ʾ诗节(中古波斯语第一诗节;帕提亚语第一诗节)

在这个诗节中,中古波斯语和帕提亚语赞美诗在起首词的选择上基本一致。使用频率尤其高的是ʾfryn-“赞美”一词,该词既可做名词,也可做动词。值得注意的是,中古波斯语ʾfwr-是由ʾfryn-的过去分词衍生而来,多出现于晚期文献中,部分地取代了ʾfryn-。“(让我们)赞美……”堪称代表性的开篇模式。中古波斯语和帕提亚语赞美诗的ʾ诗节示例如下:中古波斯语 M554:ʾfryn ysn ʾwd whm ʾw tw xwdʾwn“赞美、牺牲和祈求献给你,主。”①中古波斯语 M5260:ʾmd wcyẖ ʾwd bʾmdʾd rwšn ʾspyxt ʾc hwrʾsʾn“黎明已经到来,拂晓之光从东方发出。”②帕提亚语 M6650:ʾfryd ʾyy gryw“灵魂啊,你被赞美。”③

b 诗节(中古波斯语第二诗节;帕提亚语第二诗节)

中古波斯语和帕提亚语赞美诗在该诗节主要使用名词、动词、形容词作为起首词。在部分情况下,可使用以字母 p 开头的词作为变通。而在中古波斯语赞美诗中,该诗节的各起首词的使用频率比较均衡。也就是说,这个诗节起首词的选择较为灵活。帕提亚语赞美诗则以尤其高的频率使用 bg“神”和助动词bw-“是,成为”,显得更加“模式化”。b 诗节示例如下:中古波斯语 M527:bwxtʾr xwʾbr pdʾn kyrbkr ʾwt ʾmẖ hyšṯ hwm ʾwd tw ʾhrʾft hy“拯救者,恩人,我们行善的父,你遗弃了我们,你升(入天堂)。”④帕提亚语

①　D. Durkin-Meisterernst, *Miscellaneous hymns: Middle Persian and Parthian hymns in the Turfan collection* (*BTT 31*), Turnhout:Brepols 2014, p. 281.

②　Ibid., p. 39.

③　D. Durkin-Meisterernst, *The Hymns to the Living Soul. Middle Persian and Parthian Texts in the Turfan Collection* (*BTT 24*), Turnhout:Brepols 2006, p. 91.

④　D. Durkin-Meisterernst, *Miscellaneous hymns*, p. 189.

M6650：bgʾn zyn ʾwd prysp"（你是）诸神的武器和壁垒。"①

　　g 诗节（中古波斯语第三诗节；帕提亚语第三诗节）

　　在本诗节中，中古波斯语和帕提亚语赞美诗都主要使用名词、动词、形容词作为起首词。帕提亚语赞美诗以尤其高的使用频率与"灵魂"相关的词作为本诗节的起首。因为"灵魂"是摩尼教教义中的一个核心概念，由这类词语引出一个对教义进行诠释的诗节非常便利。示例如下：中古波斯语 M82+其他：gyhbʾn wygrʾd ・ kftynws sʾrʾr"牧人已经醒来，尊者劫伤怒思。"②帕提亚语 M83：gyʾn ʾyy ʾwd bʾm"你是灵魂和光辉。"③

　　d 诗节（中古波斯语第四诗节；帕提亚语第四诗节）

　　中古波斯语和帕提亚语赞美诗在本诗节使用的起首词基本一致，以名词、动词、形容词为主。示例如下：中古波斯语 M8：dwšyst pdʾn kʾ bʾʾhrʾpt ʾbyspwrdyš hwm ʾšmʾẖ pʾsbnʾn"我们最亲爱的父，当他升天，他将我们托付与你们，保护者们。"④帕提亚语 M32a：dhʾm ʿstʾ wyšn w：qrʾm nmstygʾw hw wzrgyft pydr ʾfrydg"让我们把赞美和祈求献给他，神圣的伟大的父。"⑤

　　ẖ 诗节（中古波斯语第五诗节；帕提亚语第五诗节）

　　本诗节与 ẖ 诗节（中古波斯语赞美诗第八诗节；帕提亚语赞美诗第九诗节）的选词基本相同，由于 ẖ 不常见于中古波斯语或帕提亚语词汇的开头，所以通常用 h 开头的词作为本诗节的起首词，⑥而以字母 x 开头的词也可被用作这两个诗节的起首词。从词性上看，除名词、形容词被大量使用以外，代词 hrw"全部，每个"、hw"那个，他"也被高频使用。示例如下：中古

① D. Durkin-Meistererenst, *The Hymns to the Living Soul*, p. 91.

② D. Durkin-Meistererenst, *Miscellaneous hymns*, p. 301.

③ D. Durkin-Meistererenst, *The Hymns to the Living Soul*, p. 63.

④ D. Durkin-Meistererenst, *Miscellaneous hymns*, p. 191.

⑤ Ibid., p. 67.

⑥ D. Durkin-Meistererenst, Abecedarian Hymns, a survey of published Middle Persian and Parthian Manichaean hymns, in：S. G. Richter, C. Horton & K. Ohlhafer (eds.) *Mani in Dublin*, *Selected Papers from the Seventh International Conference of the International Association of Manichaean Studies in the Chester Beatty Library*, *Dublin*, *8 – 12 September 2009*, Leiden：Brill 2015, p. 111.

波斯语 M82+其他：hnzmn ʾwzxtˈy mhrʾspndʾn nywʾn"英勇纯净的被宽恕的教众。"①帕提亚语 M5501+其他：hrw šhr tʾbyd"它照耀着整个国度。"②

w 诗节(中古波斯语第六诗节；帕提亚语第六诗节)

从统计结果看,中古波斯语和帕提亚语赞美诗在本诗节的词频都比较均衡,没有特别突出的高频词,除名词、动词、形容词以外,连词、介词、感叹词也被用作起首词。示例如下：中古波斯语 M82+其他：wcydgy ʾbzʾr · ʾwd dynˈy xwˈštyẖ"有力的选民,安宁的教团。"③帕提亚语 M29：wzrgyft wzrg cy tw ʾyy"你是伟大之伟大。"④

z 诗节(中古波斯语第七诗节；帕提亚语第七诗节)

中古波斯语和帕提亚语赞美诗在本诗节的用词比较一致,均选用名词、动词、形容词。示例如下：中古波斯语 M6230：zwrmnd yˈkwb .. kptynws kyrbg xwd ʾʾ-y"有力的雅各,劫傷怒思慈善的主。"⑤帕提亚语 M432+其他：zʾwr rwšn cy ʿstˈnyd bwyd hwzynˈy pt hw wyšˈhyšn"他所得到的光明的力量在那被解救之时变得有保护性。"⑥

j 诗节(帕提亚语第八诗节)

中古波斯语字母离合赞美诗和一些帕提亚语赞美诗没有 j 诗节,如 M10。示例如下：帕提亚语 M7：jywhr sxwn cy rˈštyft wyšˈhyd bstg ʾc bnd "生命真实的话语从束缚中解放了囚徒。"⑦

ẖ 诗节(中古波斯语第八诗节；帕提亚语第九诗节)

本诗节与 ẖ 诗节(中古波斯语及帕提亚语赞美诗的第五诗节)的起首词通用,参考前文。

ṭ 诗节(中古波斯语第九诗节；帕提亚语第十诗节)

本诗节的选词与 ṭ 诗节(中古波斯语赞美诗第二十二诗节,帕提亚语

---

① D. Durkin-Meisterernst, *Miscellaneous hymns*, p. 303.
② Ibid., p. 61.
③ Ibid., p. 303.
④ Ibid., p. 77.
⑤ Ibid., p. 335.
⑥ Ibid., p. 59.
⑦ D. Durkin-Meisterernst, *The Hymns to the Living Soul*, p. 23.

赞美诗第二十三诗节)通用,中古波斯语赞美诗的选词也与帕提亚语基本一致,以名词、形容词、动词为主。示例如下:中古波斯语 S9: thm ʾwd nyw pws ʾy dwšyst wcystyš cymyš pwrsyd"强健英勇的最亲爱的圣子教导我曾向他询问之事。"①帕提亚语 M284a: t ʾwg pydr rwšn wx ʾstw ʾnyft dʾd ʾw dyn bwxtgyft ʾwt ʾxšd pt ʾym rwc ʾfrydq"有力的明父将忏悔、救赎和慈悲赐予了宗教,在这被赞美的一天。"②

y 诗节(中古波斯语第十诗节;帕提亚语第十一诗节)

中古波斯语赞美诗可以用以字母 j 开头的词作为本诗节的起首,帕提亚语则不会使用这种变通的手段。另一方面,从中古波斯语赞美诗的统计结果来看,现存的赞美诗中,仅有六首中古波斯语赞美诗保存了 y 诗节,资料相对匮乏。示例如下:中古波斯语 M82+其他: yzdygyrdyg ʾwt ʿst ʾyšn ʿc zwr ʾn ʾy wzrgyy"神性和赞美,从伟大的力量(中来)。"③帕提亚语 M76: yzd ʾn bg ʾn ʾw tw ʾst ʾwynd"诸神向你(案:此句宾语为 ʾ主ʾ)赞美。"④

k 诗节(中古波斯语第十一诗节;帕提亚语第十二诗节)

以字母 x 开头的词在中古波斯语赞美诗和帕提亚语赞美诗中均可用于本诗节的起首。除名词、形容词、动词以外,连词和关联代词的使用频率也较高。示例如下:中古波斯语 S9: k ʾc ʾwn ʾb pd rwd ʾn dwyn(d) .. nzdyk md fr ʾc h ʾn zm ʾn"如果它们像河中之水那样流动,那个时刻已逼近。"⑤帕提亚语 M794d: kw bwg wyndyd ʾc ʾʾz d ʾmg"所以他从贪魔的网中找到了解脱。"⑥

l 诗节(中古波斯语第十二诗节;帕提亚语第十三诗节)

中古波斯语赞美诗和帕提亚语赞美诗的选词在本诗节呈现出了完全

① M. Boyce, *A Reader in Manichaean Middle Persian and Parthian*, Leiden: Brill and Téhéran-Liège: Bibliothèque Pahlavi 1975, p. 102; H. J. Klimkeit, *Gnosis on the Silk Road: Gnostic texts from Central Asia*, p. 39.

② C. Reck, *Gesegnet sei dieser Tag. Manichäische Festtagshymnen*, p. 108.

③ D. Durkin-Meistererernst, *Miscellaneous hymns*, p. 303.

④ Ibid., p. 63.

⑤ M. Boyce, *A Reader in Manichaean Middle Persian and Parthian*, p. 102; H. J. Klimkeit, *Gnosis on the Silk Road: Gnostic texts from Central Asia*, p. 40.

⑥ D. Durkin-Meistererernst, *Miscellaneous hymns*, p. 47.

不同的面貌。由于在中古波斯语和帕提亚语中以字母 l 开头的词很少,中古波斯语赞美诗的 l 诗节往往使用以字母 r 开头的词来代替,而帕提亚语赞美诗则在该诗节高频地使用外来语借词,代表性的就是借自阿拉美语的 l ʾlmyn "永远"和借自印度语的 lwg "世界"。因此,该诗节是区分中古波斯语和帕提亚语赞美诗的一个重要标志。示例如下:中古波斯语 M82+其他:rwšnyhʾ ẖ wʾrynʾd · ʾwʾšmʾ ẖ thmʾn · · "愿光明使你们愉悦,强者们。"①帕提亚语 M275a+其他:lwg hmg frʾmwcyd ʾd wwʾrʾ wd ʾndʾg ywbhr zrwʾn ʾwd mrn ʾnʾwrd "他放开了全世界,连同分离、悲伤、疾病、衰老和无尽的死亡。"②

m 诗节(中古波斯语第十三诗节;帕提亚语第十四诗节)

中古波斯语和帕提亚语赞美诗在本诗节的选词基本一致,以名词、形容词、动词为主。示例如下:中古波斯语 M294:mʾnʾg wʾxš prwzyg ʾyg dyn "就像宗教的飞翔的灵魂。"③帕提亚语 M39:mn pt twʾn pnd ʾndʾsʾd "我已放弃,根据你的建议。"④

n 诗节(中古波斯语第十四诗节;帕提亚语第十五诗节)

本诗节的起首词与结尾的增补 n 诗节通用,中古波斯语赞美诗与帕提亚语赞美诗选词相近,除高频地使用名词、形容词和动词之外,还使用了否定词 ny。示例如下:中古波斯语 M385:nyšʾn ʾy pyrwzyẖ "胜利之记验。"⑤帕提亚语 M83:nyw ʾyy nyzwmʾnʾ "你英勇而娴熟。"⑥

s 诗节(中古波斯语第十五诗节;帕提亚语第十六诗节)

中古波斯语和帕提亚语赞美诗在本诗节的选词基本一致,以名词、形容词、动词为主。示例如下:中古波斯语 M181:sxwn ʾyg zyryh. wrwyšn ʾwd fryẖ "信仰的、友爱的、智慧的话语。"⑦帕提亚语 M83:srhng ʾyy ʾwd nʾwʾz

① D. Durkin-Meisterernst, *Miscellaneous hymns*, p. 303.
② Ibid., p. 201.
③ Ibid., p. 167.
④ M. Boyce, *A Reader in Manichaean Middle Persian and Parthian*, p. 119; H. J. Klimkeit, *Gnosis on the Silk Road: Gnostic texts from Central Asia*, p. 59.
⑤ D. Durkin-Meisterernst, *Miscellaneous hymns*, p. 163.
⑥ D. Durkin-Meisterernst, *The Hymns to the Living Soul*, p. 65.
⑦ C. Reck, *Gesegnet sei dieser Tag. Manichäische Festtagshymnen*, p. 171.

"你是领袖和舵手。"①

ʿ诗节(中古波斯语第十六诗节;帕提亚语第十七诗节)

中古波斯语赞美诗和帕提亚语赞美诗在本诗节的选词上不尽相同。前者使用以ʿ开头的词作为变通,而后者则使用了一些以双辅音开头的词,如frʾmwc-"脱去"、fryhyft"爱"、fryhgwn"友好的,有爱的"等,因为以双辅音开头的词在拼写时可以加上前元音ʿ。② 示例如下:中古波斯语M82+其他:ʾc hmg yzdygyrdyy · (ʾw) šmʾh frwxʾn"从一切神性之中,到你们这些快乐者。"③帕提亚语 M83:ʾstʾwyd pʾdrwcg "你们要每天被赞美。"④

p诗节(中古波斯语第十七诗节;帕提亚语第十八诗节)

中古波斯语赞美诗在本诗节的词频比较均衡,选词比较灵活;帕提亚语赞美诗则高频率地使用介词 pd/pt"在……之上,用,以,带着"作为起首。以f开头的词也可用于p诗节起首。示例如下:中古波斯语 M82+其他:pywʾcydwm ʾw wʾng · ʾwm bwyd fryʾdg"他回应了我的呼唤,他将会成为我的帮助者。"⑤帕提亚语 M77:pd hnd ʾbdyn nwynd frnštg"像盲人一样,他们走向毁灭。"⑥

c诗节(中古波斯语第十八诗节;帕提亚语第十九诗节)

中古波斯语和帕提亚语赞美诗在本诗节的选词一致,除名词、动词、形容词外,还较多地使用了关系代词、连词、介词。示例如下:中古波斯语 M82+其他:cʾwnwm ʾc nwxʾwd frtwm · · pd zwr ʿy ʾbzʾr"正如从我的起始,带着伟大的力量。"⑦帕提亚语 M7:cy tw wydʾryh"那些你所经历的。"⑧此

---

① D. Durkin-Meisterernst, *The Hymns to the Living Soul*, p. 65.

② D. Durkin-Meisterernst, Abecedarian Hymns, a survey of published Middle Persian and Parthian Manichaean hymns, p. 123.

③ D. Durkin-Meisterernst, *Miscellaneous hymns*, p. 303.

④ D. Durkin-Meisterernst, *The Hymns to the Living Soul*, p. 67.

⑤ D. Durkin-Meisterernst, *Miscellaneous hymns*, p. 303.

⑥ M. Boyce, *A Reader in Manichaean Middle Persian and Parthian*, p. 116; H. J. Klimkeit, *Gnosis on the Silk Road: Gnostic texts from Central Asia*, p. 56.

⑦ D. Durkin-Meisterernst, *Miscellaneous hymns*, p. 303.

⑧ D. Durkin-Meisterernst, *The Hymns to the Living Soul*, p. 35.

句中的 cy 用作引导从句的关系代词。

q 诗节(中古波斯语第十九诗节;帕提亚语第二十诗节)

本诗节中古波斯语赞美诗和帕提亚语赞美诗在选词上差别不大,和 k 诗节基本共通,除使用动词、名词、形容词以外,还使用连词、关系代词,参看前文 k 诗节(中古波斯语第十一诗节;帕提亚语第十二诗节)的示例。

r 诗节(中古波斯语第二十诗节;帕提亚语第二十一诗节)

中古波斯语和帕提亚语赞美诗在本诗节的选词基本一致,以名词、形容词、动词为主,且在两种语言的赞美诗中,rwšn"光明的,光明"均是出现频率最高的词。示例如下:中古波斯语 M531:rwšn pymwg ʾbysr dydym ʾwd hʾn pyrwzyy ʿy nywbxtʾn"光明的衣冠和那个幸运的胜利。"[1]帕提亚语 M432+其他:rwšn zʾdgʾn ʾw pydr ʿstʾwyd wryxsyyd ʾc šb tʾryg zʾdg"光明的诸子,请赞美父,逃离黑夜之子。"[2]

š 诗节(中古波斯语第二十一诗节;帕提亚语第二十二诗节)

两种语言的赞美诗在本诗节的选词相似,主要使用名词、形容词、动词,šhr"国家,永世"和šʾd"快乐"及其衍生词的出现频率非常高。示例如下:中古波斯语 M5756+其他:šhryʾr ʿy dyn. tw kwnym ʾpryn"教团的统治者,我赞美你。"[3]帕提亚语 M77:šʾdyft ʾmḫ pdrʾst wjydgʾn ʾwd ngwšʾgʾn"快乐已经被准备好了,为我们这些选民和听者。"[4]

t 诗节(中古波斯语第二十二诗节;帕提亚语第二十三诗节)

本诗节两种语言赞美诗的选词基本一致,与 ṯ 诗节共通,除名词、形容词、动词以外,第二人称单数代词 tw 的使用频率尤其高。示例参看前文 ṯ 诗节(中古波斯语第九诗节,帕提亚语第十诗节)。

增补 n 诗节(中古波斯语第二十三诗节;帕提亚语第二十四诗节)

并不是所有赞美诗都有增补 n 诗节,其选词与 n 诗节(中古波斯语赞美诗第十四诗节,帕提亚语第十五诗节)基本相同,中古波斯语和帕提亚

---

[1]　D. Durkin-Meisterernst, *Miscellaneous hymns*, p. 251.

[2]　Ibid., p. 59.

[3]　Ibid., p. 29.

[4]　M. Boyce, *A Reader in Manichaean Middle Persian and Parthian*, p. 116; H. J. Klimkeit, *Gnosis on the Silk Road: Gnostic texts from Central Asia*, p. 57.

语赞美诗均主要以名词、形容词、动词作为起首词。增补 n 诗节常用 nmᵓc"鞠躬,敬礼"作为起首,形成结尾的惯用句式"(某人)向(某人或某个神)致敬"。如帕提亚语 M885:nmᵓc ᵓw ᶊmᵓh dw pydrᵓn wzrgᵓn"向你们致敬,两位伟大的父。"①

　　综上,我们可以对中古波斯语及帕提亚语字母离合赞美诗选择各诗节的起首词时的取向和技巧进行一些总结。在各诗节中,有一些词作为起首词出现的频率尤其高,形成了这种文体中的一些惯用句式,这一点在诗歌的开篇和结尾表现得尤为明显。在大部分的诗节中,中古波斯语和帕提亚语赞美诗的选词比较一致。也就是说,一个词在中古波斯语赞美诗中被高频使用,其对应的帕提亚语词在帕提亚语赞美诗中也会高频出现。所以,鉴于现存的中古波斯语字母离合赞美诗数量较少(现存的 48 首中保存完整的数量极少,不少赞美诗实际上只残存了两三个诗节,因此一些诗节的资料比较匮乏),在讨论中古波斯语赞美诗一些诗节的选词时,也把帕提亚语赞美诗相应诗节的情况作为参考。但是,在 y、l、ᵓ 等诗节,中古波斯语和帕提亚语赞美诗在选词上差异较大,只能将两者分别讨论。

　　总体说来,大部分诗节的起首词以名词、形容词、动词等实词为主。虽然在一般情况下,按照伊朗语的句法,动词应该位于句末,但这一规则在诗歌体裁的文献中并未被严格遵循,有不少诗句是以动词开头的。在 k、p、c 等几个特定的诗节,连词、介词、关系代词等语法功能为主的词被大量使用。可以说,字母离合赞美诗各诗节起首的选择,是语义和语法两个层面协同作用的综合产物。

---

① D. Durkin-Meisterernst, *Miscellaneous hymns*, p. 55.

第三章 《下部赞》中字母
离合诗的复原

第一节 复原的基本依据

字母离合赞美诗这种文体广泛应用于闪米特语族的各种宗教,当这种赞美诗从一种闪米特语被翻译成另一种闪米特语时,由于词根的一致性,各诗节起首词的首字母在很大程度上仍能排成字母表的顺序。比如"死海古卷"中的一首希伯来语字母离合赞美诗,其传世的叙利亚语译本在很多诗节上也仍然保留了字母顺序的结构。① 这种文体的翻译与原本和译本两种语言的语言学特征的亲缘性息息相关,在闪米特语族内的各种语言中进行翻译时,甚至较为便利。

脱离闪米特文化圈以后,摩尼文的字母体系成了字母离合诗传播的有力载体。摩尼文在各种中古伊朗语、突厥语中的使用,在一定程度上使字母离合赞美诗的创作传统可以在这些拼音语言中保存、发展。比如现存的一首回鹘文字母离合佛教诗歌就反映出摩尼教字母离合赞美诗在文体上的影响。②

---

① 希伯来语本及叙利亚语本(*Psalms 155*)的介绍,见 J. A. Sanders, *The Psalms Scroll of Qumran Cave 11*(*11 QPs*ᵃ)(*Discoveries in the Judaean Desert of Jordan IV*), pp. 70 – 76.

② P. Zieme, *Die Stabreimtexte der Uiguren von Turfan und Dunhuang*, *Studien zur alttürkischen Dichtung*, *Bibliotheca Orientalis Hungarica 33*, Budapest:Akadémiai Kiadó 1991, pp. 273 – 277.阿不都热西提·亚库甫教授在《古代维吾尔语赞美诗和描写性韵文的语文学研究》(上海:上海古籍出版社,2015 年)一书中对其进行了介绍和节译,参看33—34 页。

　　然而,汉语作为一种语标语言系统,没有字母表。到了使用汉字的汉文化圈,母语并非拼音语言的教徒不仅难以拼读这些以摩尼文书写的仪式用赞美诗,甚至难以理解其背后的关于神圣字母的理论。这一传统无法以原有的形式存续。

　　敦煌汉文写卷摩尼教《下部赞》保存了大量译自中古波斯语和帕提亚语的摩尼教赞美诗,其中有一个尤为引人注意的部分,即第 184 行至第 260 行——第三首音译诗《初声赞文》之后,《叹明界文》之前的《叹诸护法明使文》(有三叠,第 184 行至第 221 行)、《叹无上明尊偈文》(第 222 行至第 234 行)和《叹五明文》(有两叠,第 235 行至第 260 行)。这六首(一叠视为一首)诗中,除第二首为 22 句以外,其余五首均为 24 句,与中古伊朗语字母离合赞美诗的诗节数基本一致。

　　最早注意到这组赞美诗在体裁上的特殊之处的是亨宁,在为崔骥的《下部赞》英译本所作的附录中,他提出《叹诸护法明使文》第一叠的中古伊朗语原本可能是字母离合赞美诗,他还从这组诗中所保留的对中古伊朗语本第一句的音译"乌列弗哇阿富览"复原出动词'fwr'm"我们将赞美",指出这组赞美诗的原本应是中古波斯语而非帕提亚语。①

　　从前文中对目前已刊的中古波斯语和帕提亚语字母离合赞美诗的统计和研究,可以总结出此类赞美诗的特点是大部分诗节的起首词为名词、动词、形容词,是语义上的重心,小部分诗节的起首词以语法功能为主。因而基于前人对汉语和中古伊朗语摩尼教文献术语的比较研究,及对目前已经刊布的中古波斯语和帕提亚语字母离合赞美诗各诗节起首词的统计、分析(见附录统计表),可以尝试从语义的角度对汉语赞美诗的中古伊朗语原本各诗节的起首词所构成的字母顺序结构进行复原。

　　当伊朗语原本使用名词、动词作为诗节起首词时,复原可以比较容易地得到印证,而形容词的翻译较为灵活,且汉语译本为了符合七言诗的汉语诗

---

① 　W. B. Henning, Annotations to Mr. Tsui's translation, *BSOAS* 11(1), 1943, p. 216, note 4.

歌体裁而添加修饰语的可能性较大,①因而形容词的复原确定程度不及名词、动词。使用连词、介词、关系代词等类别时,要依赖于其他证据的印证。

在这样的复原框架下,虽然无法百分之一百准确还原每一个诗句,却可以较为完整地建构出伊朗语原本的框架,从而提供一个原本和译本比较研究的新视角,为解读《下部赞》的结构及其背后的编纂逻辑提供线索。

第二节　帕提亚语离合诗《叹无上明尊偈文》复原

现存的帕提亚语字母离合赞美诗数量远远多于中古波斯语者。但与中古波斯语赞美诗使用各个词汇的频率比较均衡的情况不同,帕提亚语赞美诗以尤为突出的频率使用某几个词:如第三诗节 g 诗节,gyʾn“灵魂”、gyʾnyn“灵魂的”、gryw“灵魂”三个词出现的总频率高达百分之五十;又如第十三诗节 l 诗节,lʾlmyn“永远”、lwg“世界”、lrz-“颤抖”,加上 lwg 的衍生词 lwgyg“世界的”,这四个词的总使用率已接近百分之六十。这种现象说明帕提亚语字母离合诗在起首词的选择上不如中古波斯语赞美诗自由、活泼。换句话说,帕提亚语赞美诗的撰写比中古波斯语赞美诗更加模式化,形成了一套较为稳定的传统。

通过对中古波斯语和帕提亚语字母离合赞美诗起首词的统计可知(见附录统计表),中古波斯语赞美诗和帕提亚语赞美诗在字母离合框架上不尽相同,在 y、l、ʾ 等诗节,两者的选词差异较大。从上述标志性的诗节即可判断出诗文所据原本使用的是何种中古伊朗语。下文即将讨论的《叹无上明尊偈文》的第十三句(亦即复原后的 l 诗节)作“世界诸欲勿生贪,莫被魔家网所著”。由统计结果(见附录)可知,lwg“世界”及其衍生词在帕提亚语赞美诗的 l 诗节出现率非常高,堪称帕提亚语字母离合赞美诗

---

① 从《胡亚达曼》帕提亚语本和汉语译本的比较可以得出这个结论。参芮传明《摩尼教帕提亚语赞美组诗〈胡亚达曼〉译释》,《西域研究》2012 年第 2 期,第 76—95 页,收于氏著《摩尼教敦煌吐鲁番文书译释与研究》,第 139—168 页。

的"标志"。因此可以将《下部赞》第 222 行至第 234 行的《叹无上明尊偈文》以帕提亚语赞美诗的模式进行复原。

《叹无上明尊偈文》法王作之

第一句('诗节或副歌)：我等常活明尊父,隐密恒安大明处。

句首的"我等"可复原为'm'h"第一人称复数代词,属格;我们的",见于两首帕提亚语赞美诗(M749、M785)。① 这个开篇可与帕提亚语赞美诗 M785r 进行比较：'m'h 'njywg bwj'gr 'wd qyrbkr"我们的救援者,拯救者和善人。"②

第二句('诗节或副歌)：③高于人天自在者,不动国中俨然住。

"高于"可复原为介词'br"在……之上",见于帕提亚语赞美诗 M8171。

第三句(b 诗节)：为自性故开惠门,令觉生缘涅槃路。

本诗节的起首词可复原为"门"br,见于帕提亚语赞美诗 M86 的 b 诗节：br wzrg 'w rwšn jyryft"通向光明智慧的大门"。④ 与该诗节语境类似的还有帕提亚语赞美诗 M42：wyš'dyš br mwxšyyg"他开启了拯救之门"。⑤

第四句(g 诗节)：巧示我等性命海,上方下界明暗祖。

"性"复原为帕提亚语 gryw。gryw"灵魂、性"曾被运用于 8 首帕提亚语赞美诗 g 诗节的起首,是字母离合赞美诗编纂过程中使用的高频词。"性命海"一词在《下部赞》中多次出现,由瓦尔德施密特和伦茨勘同为帕提亚语 gryw jywndg"活灵,永恒灵魂"。⑥

第五句(d 诗节)：微妙光辉内外照,聚集诠简善业体。

"照"drfš-"照耀",该诗节的语境可与帕提亚语赞美诗 M39 进行比

---

① 关于词频括注的说明：当一个词出现在五首以内赞美诗的诗节起首时,括注赞美诗所在的文书编号,若出现在五首及以上赞美诗时,行文简略起见,不括注文书编号。

② C. Reck, *Gesegnet sei dieser Tag. Manichäische Festtagshymnen. Edition der mittelpersischen und parthischen Sonntags-, Montags- und Bemahymnen (BTT 22)*, Turnhout：Brepols 2004, p. 166.

③ 前两个诗节应该都以字母 aleph 开头,都可能是 aleph 诗节或副歌诗节。

④ C. Reck, *Gesegnet sei dieser Tag. Manichäische Festtagshymnen*, pp. 99–100.

⑤ H. J. Klimkeit, *Gnosis on the Silk Road: Gnostic texts from Central Asia*, San Francisco：Harper SanFrancisco 1993, p. 125.

⑥ E. Waldschmidt & W. Lentz, *Die Stellung Jesu im Manichäismus*, APAW, 1926, 4, p. 74.

较：wyšʾd brʾn ʾc ʾsmʾn w：frdʾb rwšn drfšyd "诸扇大门向着天堂的方向打开,光辉明亮地照耀"。①

第六句(ẖ诗节)：魔王恶党竞怒嗔,恐明降暗不自在。

"竞"可复原为高频词 hrw"全部,每个",见于 15 首帕提亚语赞美诗。

第七句(w诗节)：苦哉世间诸外道,不能分别明宗祖。

这一诗节与前一诗节句型相似,起首词或为"诸"wysp"所有的",见于帕提亚语赞美诗 M5501+其他。

第八句(z诗节)：轮回地狱受诸殃,良为不寻真正路。

本诗节开头的"轮回"可比定为帕提亚语 zʾdmwrd"轮回",见于帕提亚语赞美诗 M726。

第九句(h诗节)：告汝明群善业辈,及能悟此五明者。

本句中的"善业辈"可比定为帕提亚语 hwqyrdgʾn"有善行的",该词为复合词,hw 表示"好的",而 qyrdgʾn 意为"行为,业"。从语义来看,该词与汉语表述"善业辈"如出一辙。

第十句(ṯ诗节)：常须警觉净心田,成就父业勿闲暇。

"勿闲暇"与《叹诸护法明使文》第一叠的 ṯ 诗节"勤加勇猛无闲暇"相似,所以也复原为 twxš-"精进",见于五首帕提亚语赞美诗的 ṯ 诗节和三首帕提亚语赞美诗的 ṯ 诗节(M39、M86、M763)。

第十一句(y诗节)：分别料简诸性相,及觉明力被捉缚。

这里的"分别料简诸性相"与《叹诸护法明使文》第一叠的 y 诗节的前半句"料简一切诸明性"十分相似,两者都位于 y 诗节起首位置,且强调"料简"一词。《残经》第 66 行有"铨简二力,各令分别",遗憾的是其对应的帕提亚语本《惠明布道文》第十六节至第十七节残损严重,未存此句。② 但《残经》第 58 行"分判明暗二力"的类似表述,帕提亚语本《惠明布

---

① M. Boyce, *A Reader in Manichaean Middle Persian and Parthian*, Leiden：Brill and Téhéran-Liège：Bibliothèque Pahlavi 1975, p. 118；H. J. Klimkeit, *Gnosis on the Silk Road：Gnostic texts from Central Asia*, p. 58.

② W. Sundermann, *Der Sermon vom Licht-Nous：eine Lehrschrift des östlichen Manichäismus；Edition der parthischen und soghdischen Version* (*BTT* 17), Berlin：Akademie Verlag 1992, pp. 64 - 65.

道文》第十五节"分判"一词的表述为 ywd wywdyd，或可比定为"料简"。[1] ywd"分开的"见于五首帕提亚语赞美诗 y 诗节起首，使用频率较高。

第十二句(k 诗节)：于此正法决定修，若能如是速解脱。

"若"可复原为连词 kd"当……时"，该词是帕提亚语赞美诗 k 诗节使用频率第二高的词，见于七首赞美诗。

第十三句(l 诗节)：世界诸欲勿生贪，莫被魔家网所着。

l 诗节是帕提亚语字母离合赞美诗特色尤为鲜明的一个诗节，由于帕提亚语中以字母 l 开头的词很少，所以这一诗节多使用外来词，使用频率最高的就是源自阿拉美语的 lʾlmyn"永远的，永远地"及源自印度语的 lwg"世界"，均见于 13 首赞美诗。不仅如此，lwg 的衍生词 lwgyg"世界的，俗世的"也是一个高频词，见于 5 首赞美诗。"世界诸欲"中的"世界"可以理解为定语"世界的"，从而比定为 lwgyg。

第十四句(m 诗节)：堪誉惠明是法王，能收我等离死错。

"惠明"对应神名 mnwhmyd rwšn，mnwhmyd 见于两首帕提亚语赞美诗 m 诗节起首(M284a、M30)。

第十五句(n 诗节)：照曜内外无不晓，令我等类同诸圣。

本诗句的语境近于帕提亚语赞美诗 M6：bwrdwd ʾw hrw qyc bwd ʾyy nʾmgyn"你忍受每一个人，你声名远扬"，[2]句中的"无不晓"可以复原为 nʾmgyn"有名的"。

第十六句(s 诗节)：恬寂仙药与诸徒，饵者即获安乐径。

"恬寂仙药与诸徒"，即为信徒准备"恬寂仙药"，复原为动词 sʾc-"准备，做"，见于三首帕提亚语赞美诗(M7、M33、M86)。

第十七句(ʾ 诗节)：炼于净法令堪誉，心意庄严五妙身。

前文已述，"堪誉"实际对应的表述是 ʾrzʾnʾnʾw (ʾ)[.......] ʾstʾwyšn

① W. Sundermann, *Der Sermon vom Licht-Nous: eine Lehrschrift des östlichen Manichäismus*; *Edition der parthischen und soghdischen Version* (*BTT 17*), Berlin: Akademie Verlag 1992, pp. 64–65.

② M. Boyce, *A Reader in Manichaean Middle Persian and Parthian*, p.140; H. J. Klimkeit, *Gnosis on the Silk Road: Gnostic texts from Central Asia*, p. 88.

"……值得赞美"。① 所以本诗节的起首词可复原为ʾstʾw-"赞美",见于四首帕提亚语赞美诗ʿ诗节起首(M30、M83、M347、M5903+其他)。

第十八句(p诗节):智惠方便教善子,皆令具足无不真。

帕提亚语赞美诗中,在p诗节使用频率最高的词就是介词pd/pt,见于15首诗,远高于其他词。但此类虚词从汉语译本的语义上很难确定。

第十九句(c诗节):②奇特光明大慈父,所集善子因祖力。

"因祖力",所以本诗节的开头可能为表示原因的连词cy,见于4首赞美诗(M2089、M347、M547、M460b)。

第二十句(q诗节):摧钟击鼓告众生,明身离缚时欲至。

该诗节除使用动词、名词、形容词以外,还使用连词、关系代词等,因而复原的困难较大。一种可能是诗节开头的"摧""击"复原为包含语义广泛的动词qr-/kr-"做"(该词出现于16首帕提亚语赞美诗q诗节起首)所构成的短语;另一种可能是"鼓"复原为帕提亚语kws"鼓"。

第二十一句(r诗节):究竟分析明暗力,及诸善业并恶敌。

"明"可比定为rwšn"光明的",见于14首赞美诗。

第二十二句(š诗节):世界天地及参罗,并由慈尊当解析。

本句开头的"世界"可复原为šhr,见于三首帕提亚语赞美诗(M6232、M7、M76)。

第二十三句(t诗节):魔族永囚于暗狱,佛家踊跃归明界。

"暗狱"tʾr"黑暗的,黑暗,引申为地狱",见于5首帕提亚语赞美诗的t诗节,或近义词tm。

第二十四句(增补n诗节):各复本体妙庄严,串戴衣冠得常乐。

"得常乐"可复原为动词nʾz-"愉悦,变得快乐",见于两首帕提亚语赞

---

① D. Durkin-Meisterernst, *Miscellaneous hymns: Middle Persian and Parthian hymns in the Turfan collection* (*BTT 31*), Turnhout: Brepols 2014, p. 333.

② 从语义的角度看,第十八、十九两句的复原有另一种可能:即第十八句中所强调的动词"教"复原为cʾš-"教导",见于两首帕提亚语赞美诗;而第十九句的"大慈父"复原为pydr wzrgyft,直译"伟大的父",亦即本诗所歌颂的明父、明尊。这种复原更符合诗句语义上的重点,但在这种假设之下,第十八和十九句的顺序是颠倒的,或为汉译者在编译过程中的改动或传抄中产生的讹误。

美诗的增补 n 诗节(M76、M8700) 及"M5500+其他"的 n 诗节。

第三节　帕提亚语离合诗《叹五明文》复原

《下部赞》写卷第 235 行至第 260 行的《叹五明文》对应于帕提亚语赞
美诗中代表性一类——"活灵赞美诗",①其主要特点为大量引用帕提亚
语文献《灵魂布道文》(Der Sermon von der Seele),宗德曼和翁拙瑞
(P. Bryder) 都注意到了这一点。② 宗德曼等学者认为,帕提亚语譬喻文
实际上是中亚的摩尼教教徒仿照佛教的本生(Jātaka)、譬喻(Avadāna)一
类文献撰写的,两者在叙事上有诸多相似之处。③《惠明布道文》和《灵魂
布道文》两部流行的帕提亚语布道文就是此类文献的代表。④ 而佛教文
献中有不少依据佛经内容撰写的赞文,类似的文学样式也存在于帕提亚
语摩尼教文献中。"活灵赞美诗"之于《灵魂布道文》,就如同佛教文献中
的《阿弥陀经赞》之于《阿弥陀经》、《维摩赞》之于《维摩诘经》。芮传明曾
介绍、翻译过一些"活灵赞美诗",可参看。⑤

从敦煌保存的大量汉语宗教诗赞与变文等讲唱文学作品来看,这些

---

① 《柏林吐鲁番丛刊》第 24 册是这类赞美诗的专册,参 D. Durkin-Meisterernst, *The Hymns to the Living Soul. Middle Persian and Parthian Texts in the Turfan Collection* (*BTT 24*), Turnhout: Brepols 2006。

② W. Sundermann, *Der Sermon von der Seele. Eine Lehrschrift des östlichen Manichäismus. Edition der parthischen und soghdischen Version mit einem Anhang von Peter Zieme. Die türkischen Fragmente des "Sermons von der Seele"* (*BTT 19*), Turnhout: Brepols 1997, pp. 27 - 28; P. Bryder, *The Chinese transformation of Manichaeism. A study of Chinese Manichaean terminology*, Löberöd: Plus Ultra 1985, p. 98.

③ W. Sundermann, *Mittelpersische und parthische kosmogonische und Pararabeltexte der Manichäer mit einigen Bemerkungen zu Motiven der Parabeltexte von Friedmar Geissler* (*BTT 4*), Berlin: Akademie Verlag 1973, p. 5; I. Colditz, bruchstücke manichäisch parthischer parabelsammlungen, p. 274.

④ 这两部布道文的副本数量都较多,充分说明了其流行程度。《柏林吐鲁番丛刊》第 17、19 册两册分别是它们的专册,参 W. Sundermann, *Der Sermon vom Licht-Nous*; W. Sundermann, *Der Sermon von der Seele*。

⑤ 芮传明《帕提亚语"活灵赞歌"文书译释》,收于氏著《摩尼教敦煌吐鲁番文书译释与研究》,第 192—213 页。

讲唱文学属于当时的流行文化,是当时社会生活的生动写照。① 张广达、荣新江两位先生曾指出,广义的敦煌变文作品与敦煌、吐鲁番两地其他语言中的其他民族文学作品之间的相互影响值得探讨。② 这个观察非常具有启发性意义,在流行文化的层面,中外文化的交流应该是相当活跃的。在未来的研究中,帕提亚语"活灵赞美诗"与敦煌所出的汉语佛教诗赞之间的互动关系就值得进一步考查。

这组赞美诗呈现出帕提亚语字母离合赞美诗的一些典型特征:如诗文第一叠第十三句(l 诗节)作"复是世界荣丰稔,又是草木种种苗",其起首词明显为 lwg"世界";第二叠第十三句(l 诗节)"忆念战慄命终时,平等王前莫屈理","战慄"可比定为高频词 lrz-"颤抖";第十四句(m 诗节)"法相惠明余诸佛,为此明身常苦恼"中的"法相惠明"这一神名可复原为帕提亚语 mnwhmyd rwšn,而"惠明"在中古波斯语文献中被称为 whmn,与帕提亚语有着截然不同的传统。③ 现将诗文的字母离合结构复原如下:

《叹五明文》诸慕阇作,有两叠

第一句(ʾ诗节):敬叹五大光明佛,充为惠甲坚牢院。

"敬叹"ʾfryn-"赞美,祈祷",见于 12 首帕提亚语赞美诗,如 M6650 上的两首赞美诗的开篇:ʾfryd ʾyy gryw bgʾn zyn ʾwd prysp"灵魂啊,你被赞美,(你是)诸神的武器和壁垒。"④ 及 ʾfryd ʾyy tw gryw rwšn bgʾnyg zyn ʾwd zʾwr

① 可参看林仁昱《敦煌佛教歌曲之研究》,高雄:佛光出版社,2003 年。
② 张广达、荣新江《有关西州回鹘的一篇敦煌汉文文献——S6551 讲经文的历史学研究》,《北京大学学报》1989 年第 2 期,第 24—36 页;收入张广达著《西域史地丛稿初编》,上海:上海古籍出版社,1995 年,第 217—248 页;张广达《文书、典籍与西域史地》,桂林:广西师范大学出版社,2008 年,第 153—176 页。荣新江《公元十世纪沙州归义军与西州回鹘的文化交往》,《第二届敦煌学国际研讨会论文集》,台北:汉学研究中心,1991年,第 583—603 页;氏著《归义军史研究——唐宋时代敦煌历史考索》,上海:上海古籍出版社,1996 年,第四节"曹氏归义军与西州回鹘的文化交往"之(3)"两地讲唱文学作品的交互影响",第 879—885 页。
③ W. Sundermann, Namen von Göttern, Dämonen und Menschen in iranischen Versionen des manichäischen Mythos, *AoF* 6, 1979, p. 101. = *Manichaica Iranica: ausgewählte Schriften von Werner Sundermann*, Roma: Istituto Italiano per l'Arica e l'Oriente 2001, Band I, p. 127.
④ D. Durkin-Meisterernst, *The Hymns to the Living Soul*, p. 91.

"你被赞美,光明的灵魂,神圣的武器和军队。"①

第二句(b诗节):世界精华之妙相,任持物类诸天地。

"精华"在此句中可以理解为"光辉",如南朝诗人江淹(444—505年)的诗句:"仲冬正惨切,日月少精华。"②因而可复原为帕提亚语b'm"光辉",见于4首帕提亚语赞美诗(M759II、M6650、M67+其他、M5501+其他)。另一方面,翁拙瑞认为摩尼教汉语文献中的"相"也与b'm相对应。③所以此诗节原本的起首词很可能是b'm,类似于M6650:b'm 'wd frh cy hmg šhr'n rwšn'n "所有光明国度的光辉和荣耀"。④这一诗节的内容应出自《灵魂布道文》第19节。⑤

第三句(g诗节):一切含识诸身命,一切眼见耳闻音。

宗德曼注意到《灵魂布道文》和这组赞美诗在内容上的一致性,并将此句中的"身"比定为gryw"自身,灵魂"。⑥而gryw也是帕提亚语赞美诗g诗节标志性的高频词,见于8首诗。诗句中的"身命"这一术语应与帕提亚语赞美诗中的gryw和gy'n两个词有关,这两个词的基本释义都是"灵魂",但前者多指"世界灵魂",且有"自身"的含义;而后者多用于表示"个体灵魂"。⑦"一切含识诸身命"一句在语境上与帕提亚语赞美诗"M279+其他"中的一句十分相似:gy'n 'wd gryw cy šhr'n "世界上的gyān和grīw。"⑧

第四句(d诗节):能为骨节诸身力,能为长养诸形类。

本诗节的前半句"能为骨节诸身力"应引自《灵魂布道文》第六十七

---

① D. Durkin-Meisterernst, *The Hymns to the Living Soul*, p. 91.

② (明)胡之骥注,李长路、赵威点校《江文通集汇注》,北京:中华书局,1984年,第124页。

③ P. Bryder, *The Chinese transformation of Manichaeism. A study of Chinese Manichaean terminology*, p. 128.张广达先生也对摩尼教语汇中的"相"这一术语有深入细致的分析,参《唐代汉译摩尼教残卷——心王、相、三常、四处、种子等语词试释》,收于《文本、图像与文化流传》,桂林:广西师范大学出版社,2008年,第327—335页。

④ D. Durkin-Meisterernst, *The Hymns to the Living Soul*, p. 91.

⑤ W. Sundermann, *Der Sermon von der Seele*, pp. 74–75.

⑥ Ibid., p. 26.

⑦ Ibid..

⑧ D. Durkin-Meisterernst, *The Hymns to the Living Soul*, p. 59.

节：mʾnhʾg ʾym ʾyr ⊙ cwʾgwn ʾs(tg) pd tnbʾr ⊙"这就好比骨骼之于身体。"①后半句引自《灵魂布道文》第四十七节：ʾwd mrdwh(m) ʾwd wy(s)[p dʾmdʾdʾn(?)]ʾc hw zʾynd ʾwd py(d k)[rynd]"人类和所有的生灵都是通过他诞生并生长肉体。"②由此，本诗节的起首词应为"形类"，比定为帕提亚语 dʾmdʾd"生灵"。

第五句(ẖ 诗节)：复作诸舌数种言，又作诸音数种声。

"诸"复原为高频词 hrw"全部，每个"，见于 15 首帕提亚语赞美诗的 ẖ 诗节及 4 首赞美诗的 h 诗节(M616、M39、M10、M7)。

第六句(w 诗节)：亦是心识广大明，能除黑暗诸灾苦。

"广大"复原为 wzrg/wzrq，见于 3 首帕提亚语赞美诗(M42、M8700、M24+其他)。

第七句(z 诗节)：一切仁者之智惠，一切辩者之言辞。

"仁者之智惠"这个短语可能与动词 zʾn-"知道"(见于 4 首赞美诗：M86、M502a、M794d、M24+其他)有关。在帕提亚语赞美诗 M741 中有这样的句子：ʾc ʾbr wnwh (p)[r](x)[y]zyd ⊙ h[w] mwxš šh(r)dʾryft wzrg pdrʾst ʾw zʾnyndʾn"看呐，拯救的伟大王国在高处等待，为那些有灵知的人而准备着。"③这里用动词 zʾn-的现在分词形式 zʾnyndʾn 作为名词"有灵知的人"使用，汉语诗句中的"仁者之智惠"或许也出于类似的表述。

第八句(j 诗节)：能作身貌端严色，能为贵胜诸福利。

本诗节的主题是"活灵"所带来的"福利"，据《灵魂布道文》第二十节，"活灵"孕育了力量、生命、光辉和美丽，④所以这里的"身"可理解为"生命"，复原为帕提亚语 jywhr，见于 13 首赞美诗。

第九句(h 诗节)：复作上性诸荣显，又作勇健诸伎能。

"诸"复原为 hrw"全部，每个"，见于 4 首赞美诗的 h 诗节(M616、

---

① W. Sundermann, *Der Sermon von der Seele*, pp. 78 – 79.

② Ibid..

③ M. Boyce, *A Reader in Manichaean Middle Persian and Parthian*, p. 99; H. J. Klimkeit, *Gnosis on the Silk Road: Gnostic Texts from Central Asia*, p. 38.

④ W. Sundermann, *Der Sermon von der Seele*, pp. 74 – 75.

M39、M10、M7）及 15 首帕提亚语赞美诗的 h̲ 诗节。

第十句（t̲ 诗节）：是自在者威形势，是得宠者诸利用。

"威"可比定为 t᾽wg"强的，有力的"，见于 10 首帕提亚语赞美诗的 t 诗节及 M33 的 t 诗节。

第十一句（y 诗节）：一切病者之良药，一切竞者之和颜。

帕提亚语组诗《胡亚达曼》第一叠第三十二诗节的后半句 ywbhr ᾽ndr ny ᾽st"（明界）没有病痛"，①其汉语本《叹明界文》中对应的诗句为"诸灾病患无能害"（《下部赞》第 293 行）。由此，本诗节的原本的起首词应为 ywbhr"病痛"。

第十二句（k 诗节）：能作万物诸身酵，能为依止成所办。

本诗节的内容应是引自《灵魂布道文》第三十九节，描述的是"五明"中的风神的第二种恩赐（᾽šnwhr）——使植物生长：cy d᾽lwg wzg m᾽h（x）[rw]synd ☉ cy pd hw m᾽h fr(b)yw (h)yn(z)᾽wr ᾽wd hwgwn bwynd [᾽](w)d (᾽)dm(᾽syn)d d(᾽lwg᾽n)"它们被称为'促生植物之月'。因为在这几个月里，植物长大，变得有力而美丽，（就像）膨胀（一样）。"②从语义上看，诗节原本的起首词不甚明显，或许是关系代词 ky（见于 5 首帕提亚语赞美诗的 k 诗节及 M7、M5858 的 q 诗节），在这种情况下，很难从汉译中看出原句的结构。

第十三句（l 诗节）：复是世界荣丰稔，又是草木种种苗。

"世界"比定为高频词 lwg，见于 13 首帕提亚语赞美诗。

第十四句（m 诗节）：春夏腾身超世界，每年每月充为首。

这一诗节仍是对风神的恩赐的称颂，而"春夏"应与《灵魂布道文》第三十九节③中的"促生植物之月"有关，再联系下半句"每年每月充为首"，本诗节原本的起首词可以推定为 m᾽h"月"，见于两首赞美诗（M700、M8700）。

第十五句（n 诗节）：若有智惠福德人，何不思惟此大力。

---

① M. Boyce, *The Manichaean Hymn-cycles in Parthian*, pp. 70 – 71.
② W. Sundermann, *Der Sermon von der Seele*, pp. 76 – 77.
③ Ibid., pp. 76 – 77.

本诗节出自《灵魂布道文》第十二节：'wd mrdwhm ky 'ym wd'm'sg 'wd wzrg 'yr ny z'n'h"不知道这个奇妙又伟大之事的人。"①"不"复原为否定词 ny，见于两首帕提亚语赞美诗的 n 诗节（M710、M6）及 M5700 的增补 n 诗节。

第十六句（s 诗节）：常须护念真实言，恒加怕惧勿轻慢。

"言"比定为 sxwn"话语"，见于 5 首帕提亚语赞美诗。

第十七句（' 诗节）：觉察五大光明佛，缘何从父来此界。

引自《灵魂布道文》第十二节：pd kd'm 'yr 'gd 'yy"你为何而来？"②"何"比定为 'yr"目的，目标"。

第十八句（p 诗节）：了知受苦更无过，善巧抽拔离魔窟。

引自《灵魂布道文》第十四节：'wt 'w bnd 'wd p'dyfr's brynd"让他遭受监禁和苦难。"③"受苦"复原为 p'dyfr's"受苦"。

第十九句（c 诗节）：是即名为有眼人，是即名为智惠者。

"眼"比定为 cšm"眼睛"，见于 7 首帕提亚语赞美诗。

第二十句（q 诗节）：停罢一切诸恶业，遂送还于本宗祖。

"业"可复原为 kyrdg'n"行为"，见于帕提亚语赞美诗 M83。

第二十一句（r 诗节）：斋戒坚持常慎护，及以摄念恒疗治。

诗句开头的"斋戒"可复原为 rwcg"斋戒"。

第二十二句（š 诗节）：昼夜思惟真正法，务在铨澄五妙身。

"夜"可比定为 šb"夜晚"，见于两首帕提亚语赞美诗（M367、M432＋其他）。

第二十三句（t 诗节）：其有地狱轮回者，其有劫火及长禁。

"地狱"可复原为 t'r"黑暗的，黑暗，引申为地狱"，见于 5 首帕提亚语赞美诗的 t 诗节，或其近义词 tm。另见前文《叹无上明尊偈文》t 诗节的复原。

第二十四句（增补 n 诗节）：良由不识五明身，遂即离于安乐国。

"不"可推定为否定词 ny，见于 M5700 的增补 n 诗节和两首帕提亚语

① W. Sundermann, *Der Sermon von der Seele*, pp. 74－75.
② Ibid..
③ Ibid..

赞美诗的 n 诗节(M710、M6)。

《叹五明文》第二叠

第一句('诗节):复告善业明兄弟,用心思惟诠妙身。

此句可与帕提亚语赞美诗 M763 中的诗句进行比较:br'dr'n 'mwst'n 'wt whyg'r'n"虔诚助法的兄弟们",①"善业明兄弟"与 M763 的表述有异曲同工之妙,所以起首词或可复原为 'mwst"虔诚的",见于两首帕提亚语赞美诗(M33、M73)。

第二句(b 诗节):各作勇健智船主,渡此流浪他乡子。

"作"可复原为高频词 bw-"助动词,是",见于 8 首帕提亚语赞美诗。

第三句(g 诗节):此是明尊珍贵宝,咸用身船般出海。

"珍贵宝"可比定为帕提亚语 gzn"珍宝"。

第四句(d 诗节):勤医被刺苦疮疣,久已悲哀希救护。

"医"可还原为 drm'n"治愈"。

第五句(ẖ 诗节):请各慈悲真实受,随即依数疾还主。

此诗节前半句和帕提亚语赞美诗 M83 的 ẖ 诗节:hwprm'n 'yy rzwrgr "你仁慈而正义"②语境类似,"慈悲"可复原为 hwprm'n"仁慈"。

第六句(w 诗节):贵族流浪已多年,速送本乡安乐处。

"多"可比定为 ws"许多",见于两首帕提亚语赞美诗(M5860、M33)。

第七句(z 诗节):端正光明具相子,早拔离于贪欲藏。

"子"可比定为 z'dg"孩子,儿子",见于 4 首帕提亚语赞美诗(M33、M32a、M39、M763)。

第八句(j 诗节):幽深苦海寻珍宝,奔奉涅槃清净王。

诗句开头的"幽深"可以被复原为 jfr'n"深的",见于两首帕提亚语赞美诗(M794d、M39)。

第九句(h 诗节):抽拔恶刺出疮痍,洗濯明珠离泥溺。

"疮痍"可复原为帕提亚语 xdm"伤口",帕提亚语字母离合赞美诗中,

---

① C. Reck, *Gesegnet sei dieser Tag. Manichäische Festtagshymnen*, p. 120.
② D. Durkin-Meisterernst, *The Hymns to the Living Soul*, p. 63.

有不少用以字母 x 开头的词作为 h 诗节的开头。① 本诗节的内容应出自《灵魂布道文》第七十二至七十三节。②

第十句(ṯ 诗节)：法称所受诸妙供，庄严清净还本主。

本诗节的内容出自《灵魂布道文》第七十一节：ʼwd rwʼngʼn ʼwd dʼhwʼn ⊙ cy pd bgʼn ʼc kdybrʼn ʻstʼnyd rwʼn rʼd"那些他为灵魂之故，为诸神而从世俗之人获取的施舍和供奉。"③从句义上看，本诗节原本的起首词不明显，但值得注意的是《灵魂布道文》中的这个句子在句式上使用了以关联代词 cy 引导的定语从句(如保持帕提亚语原本的句法，该句可直译为"施舍和供奉，那些为了诸神，从世俗之人处获取的，为灵魂之故")。而中古时期的摩尼教教徒常将 cy 拼作 tšy 用于帕提亚语字母离合赞美诗的 t 诗节(见于 7 首赞美诗)。而另一方面，ṯ 诗节和 t 诗节在选词上是共通的，④因而结合《灵魂布道文》的相关内容和字母离合赞美诗的编纂技巧，本诗节的起首词可复原为关联代词 tšy(cy)。

第十一句(y 诗节)：夷数肉血此即是，堪有受者随意取。

句首的"夷数"可比定为 yyšw"耶稣"，见于 3 首帕提亚语赞美诗(M284a、M284b、M851a+其他)。

第十二句(k 诗节)：如其虚妄违负心，夷数自微无雪路。

句首的"如"可复原为连词 kd"当……时"，见于 7 首帕提亚语赞美诗。

第十三句(l 诗节)：忆念战慄命终时，平等王前莫屈理。

"战慄"可比定为帕提亚语动词 lrz-"颤抖，害怕"，见于 8 首帕提亚语赞美诗，另有 4 首帕提亚语赞美诗将该词作为名词使用(M33、M5700、

---

① D. Durkin-Meisterernst, Abecedarian hymns, a survey of published Middle Persian and Parthian Manichaean hymns, in: S. G. Richter, C. Horton & K. Ohlhafer (eds.) *Mani in Dublin*, *Selected Papers from the Seventh International Conference of the International Association of Manichaean Studies in the Chester Beatty Library*, *Dublin*, *8 – 12 September 2009*, Leiden: Brill 2015, p. 111.

② W. Sundermann, *Der Sermon von der Seele*, pp. 80 – 81.

③ Ibid..

④ 见附录统计表及 D. Durkin-Meisterernst, Abecedarian hymns, a survey of published Middle Persian and Parthian Manichaean hymns, p. 111.

M851a+其他、M569a+其他）。

第十四句（m 诗节）：法相惠明余诸佛，为此明身常苦恼。

"惠明"可复原为 mnwhmyd rwšn，mnwhmyd 见于两首帕提亚语赞美诗（M284a、M30）。另见前文《叹无上明尊偈文》的 m 诗节"堪誉惠明是法王，能收我等离死错"的复原。

第十五句（n 诗节）：过去诸佛罗汉等，并为五明置妙法。

《灵魂布道文》多次提及关于五明的 nsk"经典书籍"（如第二十一、三十二、四十六节），汉语诗句中的"妙法"应该就是帕提亚语 nsk。①

第十六句（s 诗节）：今时雄猛忙你尊，对我等前皆显现。

"雄猛"可复原为 syzdyn"强大的"，见于 4 首帕提亚语赞美诗（M33、M105a、M77、M10）。

第十七句（ˀ诗节）：汝等智惠福德人，必须了悟怜悯性。

"了悟"可比定为ˀzwˀr-"理解"，见于帕提亚语赞美诗 M7。

第十八句（p 诗节）：勤行医药防所禁，其有苦患令瘳愈。

"所禁"可复原为 prcˀr"禁令，禁忌"。

第十九句（c 诗节）：戒行威仪恒坚固，持斋礼拜及赞诵。

"戒行"复原为 cxšˀbyd"戒律"，见于帕提亚语赞美诗 M367。

第二十句（q 诗节）：身口意业恒清净，歌呗法言无间歇。

"业"可比定为 kyrdgˀn"行为"，见于帕提亚语赞美诗 M83 的 q 诗节，另见第一叠的 q 诗节"停罢一切诸恶业，遂送还于本宗祖"。该句可与 M83 上的诗句进行比较：ˀstˀwyd pˀdrwcg cˀšyd kyrdgˀn rˀštyft"每天都需要赞诵！教导善行的真谛！"②另一种可能性是形容词"清净"复原为 kyrbg"好的，英勇的；善意"（见于"M259c+其他"等文书中的短诗"pd hrwyn"的 q 诗节及 M83 的 k 诗节）。汉语《残经》第 170 行至第 171 行的"清净光明宝树"帕提亚语本《惠明布道文》第三十三节③对应部分所用的形容词就是 kyrbg。

---

① W. Sundermann, *Der Sermon von der Seele*, pp. 74 – 79, 113 – 114.
② D. Durkin-Meisterernst, *The Hymns to the Living Soul*, p. 67.
③ W. Sundermann, *Der Sermon vom Licht-Nous*, pp. 66 – 67, 101.

第二十一句(r 诗节)：又复真实行怜悯,柔和忍辱净诸根。

"真实"可复原为 ryst"真正地",见于帕提亚语赞美诗 M763。

第二十二句(š 诗节)：此乃并是明身药,遂免疼悛诸苦恼。

"遂免疼悛诸苦恼"使人联想到该诗节原本的起首词或许是高频词 š'dyft/š'dypt"快乐",见于 10 首帕提亚语赞美诗,其原本的表述或许类似于"M279+其他"：l'lmyn š'dyft kw d(r)yg ny 'st"永恒的快乐,那里没有痛苦。"①值得注意的是,下一诗节出现了"欢喜",或许正是为了避免产生词汇上的重复,译者才使用了"遂免疼悛诸苦恼"这样委婉的方式来表达。

第二十三句(t 诗节)：流浪他乡一朝客,既能延请令欢喜。

"令欢喜"可复原为 t'r-"喜悦,享受",见于帕提亚语赞美诗 M367 的 t 诗节及 M76 的 t 诗节。

第二十四句(增补 n 诗节)：庄严寺舍恒清净,勤办衣粮双出海。

"办"可复原为 nys'z-"准备",见于帕提亚语赞美诗 M7。这里的"出海"实际上是比喻获得拯救,该诗节的语境与 M7 的结尾类似：nys'žyd gryw 'w pw'cyšn"为灵魂得救做好准备!"②

第四节　中古波斯语离合诗复原

《叹诸护法明使文》于黑哆忙你电达作,有三叠

第一叠第一句(副歌)：乌列弗哇阿富览,彼骁勇使护法者。

根据对音,亨宁将这一句复原为 'wrt fr'y 'fwr'm "来吧! 我们将更多地赞美"。③ 而吉田丰则对亨宁所复原的第二个词 fr'y"更多地"提出了质疑,他认为,根据"弗哇"的中古音 piuət ɣwai,这个词更可能为 frwxyy"幸运,福气"。因而,这一句可以被复原为 'wryd frwxyy 'fwr'm"来吧,幸运!

---

① D. Durkin-Meisterernst, *The Hymns to the Living Soul*, p. 57.

② Ibid., p. 27.

③ W. B. Henning, Annotations to Mr. Tsui's translation, p. 216, note 4.

我们将赞美。"①他指出这个表述见于中古波斯语残片 M114。② 而他的复原已经被茨默(P. Zieme)整理刊布的这组赞美诗的回鹘语本所印证。③ 吉田丰将德藏摩尼文回鹘语残片 U50 正面(见书前彩插三)用朱笔书写的最后一行读作ʾwryd frwxyy,并将其背面第一行复原为[ʾ]fwr[ʾ]m。他指出这一句所用的语言是中古波斯语而非回鹘语。④ 值得注意的是,不同于其他诗

 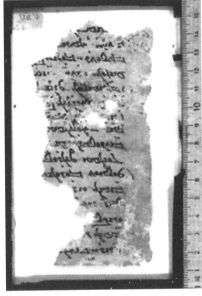

U50 正面　　　　　　　U50 背面⑤

①　吉田豊《漢訳マニ教文献における漢字音写された中世イラン語について》,《内陸アジア言語の研究》2,1987 年,第 15 页。

②　W. B. Henning, Ein manichäisches Bet- und Beichtbuch, *APAW* 1936, 10, p. 47. = *Selected Papers I*, Leiden: Brill and Téhéran-Liège: Bibliothèque Pahlavi 1977, p. 461.

③　这组赞美诗的回鹘语译本残片,请参看 P. Zieme, Alttürkische Parallelen zu den Drei Cantos über die Preisung der Lichtgesandten, in: J. P. Laut & K. Röhrborn (eds.), *Vom Aramäischen zum Alttürkischen. Fragen der Übersetzung von manichäischen Texten. Vorträge des Göttinger Symposiums vom 29./30. September 2011*, *Abhandlungen der Akademie der Wissenschaften zu Göttingen. Neue Folge 29*, Berlin: Walter de Gruyter 2014, pp. 199 – 221.感谢阿不都热西提·亚库甫教授提示回鹘语本的刊布情况。

④　引自吉田豊教授在 2017 年 5 月 3 日给笔者的电子邮件。由于这一句颜色较浅,比较模糊,以往学者对这一句的转写多有讹误。

⑤　图片来源: http://turfan.bbaw.de/dta/u/images/u0050recto.jpg; http://turfan.bbaw.de/dta/u/images/u0050verso.jpg

句,汉语本对这一句的前半句使用了音译,而回鹘语本保存了中古波斯语原文,且使用朱笔。根据吐鲁番出土的摩尼教赞美诗文书的书写习惯,此处的朱笔应是用于标记赞美诗原本的标题。所以,这首赞美诗原本的中古波斯语标题即ʾwryd frwxyy ʾfwrʾm“来吧,幸运!我们将赞美”,亦即汉文音译的“乌列弗哇阿富览”。而译者又为这组赞美诗重新添加了汉语标题“叹诸护法明使文”。

第二句(ʾ诗节):常明使众元堪誉,愿降大慈护我等。

这个ʾ诗节可以与保存在德藏摩尼文残片M6230上的中古波斯语字母离合赞美诗的ʾ诗节进行比较,ʾrzʾnʾnʾw (ʿ)［....］ʾstʾwyšn“……值得赞美”。① 汉语“堪”可以比定为中古波斯语ʾrzʾn“值得的”,对应帕提亚语ʾrjʾn,除中古波斯语赞美诗M6230使用该词作为起首词以外,还有5首帕提亚语字母离合赞美诗在ʾ诗节的起首使用了该词。可以说,这个词是比较常见的起首词,所以,该诗节的起首词可复原为“堪”ʾrzʾn。此外,《叹诸护法明使文》第二叠的第一句(ʾ诗节)“护正法者诚堪誉,所谓大力诸明使”也采用了类似的句式,其起首词亦可复原为ʾrzʾn。

第三句(b诗节):无上贵族辉耀者,盖覆此处光明群。

该诗节可以与第二叠的第二句“无上光明之种族,普于正法常利益”和第三叠的第二句“无上善族大力者,承慈父命护正法”联系起来讨论,这三个诗节均以“无上”一词作为起首,且都位于b诗节的位置上,所以很可能这三个诗节均以该词作为起首词,复原为中古波斯语bʾryst“最高的,无上的”。

第四句(g诗节):是守牧者警察者,常能养育软羔子。

在这个诗节中,“守牧者”位于起首且是被强调的内容,所以很有可能是中古波斯语原本中的起首词,复原为gyhbʾn“牧人”,该词被运用于4首中古波斯语赞美诗(Pelliot M914.2、M485a及“M82+其他”这组残片上的

---

① D. Durkin-Meisterernst, *Miscellaneous hymns: Middle Persian and Parthian hymns in the Turfan collection* (*BTT 31*), Turnhout: Brepols 2014, p. 333.

两首赞美诗)①和两首帕提亚语赞美诗的 g 诗节。

第五句(d 诗节):真断事者神圣者,游诸世间最自在。

此诗节的句型结构与上一个诗节类似,对应于"守牧者"的"断事者"可复原为中古波斯语 d'ywr,见于另外两首中古波斯语赞美诗(M294、M714)和 6 首帕提亚语赞美诗的 d 诗节,与汉语赞美诗该诗节语境相似的有中古波斯语赞美诗残片 M294: d'ywr ʾy rʾst ty(… …) ky pd tw bwxt (ny)(ʾ)ndrxsyd "……真正的审判者……,被你拯救的人将不会下地狱。"②

第六句(ẖ 诗节):能降黑暗诸魔类,能灭一切诸魔法。

一方面,我们注意到这一诗节的两个半句形成对仗,都使用了"诸";另一方面,由对中古伊朗语字母离合赞美诗起首词的统计可知(见附录统计表),h 诗节(中古波斯语和帕提亚语赞美诗的第五诗节)和 ẖ 诗节(中古波斯语第八诗节、帕提亚语第九诗节)的起首词是通用的,换句话说,可以用于 h 诗节的词,同样也适用于 ẖ 诗节,因而将这两个诗节的选词一并纳入考虑,而在这两个诗节中代词 hrw"全部,每一个"都是高频词,见于中古波斯语赞美诗 M28 I 的第五诗节和另外两首中古波斯语赞美诗的第八诗节(M5260、M5755),14 次出现在帕提亚语赞美诗的第五诗节,4 次出现在第九诗节。综上,这一诗节的起首词可复原为高频词 hrw"诸"。

第七句(w 诗节):进途善众常提策,于诸善业恒佑助。

"进途善众"应与下一句中的"听信者"相对应,分别指摩尼教教团中的选民与听者。所以这一诗节的起首词应为中古波斯语 wcydgy"选民",见于残片 M82+其他;或近义词 wcydg,见于 M714,其帕提亚语对应词 wjydg 也被运用于两首帕提亚语赞美诗的 w 诗节的起首。

第八句(z 诗节):与听信者加勤力,于诸时日为伴侣。

"加勤力"与中古波斯语残片 M82+其他上的表述 zwryd ʾn ʾbzwʾd "愿你

---

① 关于词频括注的说明:当一个词出现在五首以内赞美诗的诗节起首时,括注赞美诗所在的文书编号,若出现在五首及以上赞美诗时,行文简略起见,不括注文书编号;讨论中古波斯语赞美诗时,帕提亚语资料仅作为参考,因而不括注编号。

② D. Durkin-Meisterernst, *Miscellaneous hymns*, p. 167.

们的力量增长"①十分相似,"力"可复原为中古波斯语 zwr"力量",见于两首中古波斯语赞美诗 z 诗节起首(M5692B、M82+其他),帕提亚语对应词 zʾwr 见于 9 首赞美诗诗节起首。

第九句(h 诗节):又复常鉴净妙众,令离怨嗔浊秽法。

类似于前两个诗节的情况,这一诗节的选词也可与中古波斯语赞美诗 M82+其他的 h 诗节进行比较:hnzmn ʾwzxt ʾy mhrʾspndʾn nywʾn"被宽恕的英勇纯净的教众。"②hnzmn 意为"教众,群体",而 mhrʾspndʾn(复数形式)是摩尼教教义中十分重要的一个概念,指光明因子、五明子,有时也指代选民。如汉语摩尼教《残经》第 79 行"自是七种摩诃罗萨本(mhrʾspndʾn),每入清净师僧身中。"③由此,汉语诗句中的"净妙众"与中古波斯语诗句中的 hnzmn ʾy mhrʾspndʾn 有异曲同工之妙。

第十句(t 诗节):勤加勇猛无闲暇,令离魔王犯网毒。

t 诗节(中古波斯语赞美诗第九诗节,帕提亚语赞美诗第十诗节)和 t 诗节(中古波斯语赞美诗第二十二诗节,帕提亚语赞美诗第二十三诗节)在选词上共通,因而将这两个诗节起首词的词频合并纳入考虑。"勤加勇猛无闲暇"与高频词 twxš-"精进"(见于中古波斯语赞美诗 M554 的 t 诗节,5 首帕提亚语赞美诗的 t 诗节和 3 首帕提亚语赞美诗的 t 诗节)语义相近。

第十一句(y 诗节):料简一切诸明性,自引入于清净法。

"明性"在摩尼教语境中,可以被理解为神圣、神性,因而这一诗节的起首词可以被复原为 yzdygyrdyg"神圣",参看中古波斯语赞美诗 M82+其他的 y 诗节。"料简",应通"料拣",意为选择、拣择。因而,另一种可能性是"料简"一词复原为包含形容词 jwd(帕提亚语作 ywd,中古波斯语 y 诗

---

① D. Durkin-Meisterernst, *Miscellaneous hymns*, p. 303.

② Ibid., p. 303.

③ "摩诃罗萨本"对音 mhrʾspndʾn,参吉田豊《漢訳マニ教文献における漢字音写された中世イラン語について》,第 4—5 页。

节可使用以 j 开头的词①）"分开的"的短语,参下一章中《叹无上明尊偈
文》y 诗节的复原。

第十二句（k 诗节）：诃罚恶业诸外道,勿令损害柔和众。

由对中古伊朗语起首词的统计可知（见附录统计表）,k 诗节的高频
词包括连词 kw、关系代词 ky 一类的词,在句首使用此类词非常符合中古
伊朗语本身的句法特点,但诗句被译为汉语之后,句义上很难体现这些语
法功能为主、语义不甚明确的词。但就本诗节而言,"外道"可复原为 kstᵓr
"对手,作恶之人"。类似的句子有中古波斯语残片 M4a II：ᵓwd hmbᵓᵓw
qmᵓr bwr kstᵓrᵓᵓnᵓy xwᵓštyyh "斩去敌人的头颅,那些安宁者的对手。"②

第十三句（l 诗节,以 r 替代 l）：③光明善众加荣乐,黑暗毒类令羞耻。

本诗节的起首"光明"可复原为 rwšn"光明的",另见于 3 首中古波斯
语赞美诗（M294、M5692B、M82+其他）。

第十四句（m 诗节）：下降法堂清净处,自荣善众离怨敌。

"法堂"可比定为 mᵓnystᵓn"寺院",另见于两首帕提亚语赞美诗 m 诗
节起首。

第十五句（n 诗节）：显现记验为宽泰,能除怕惧及战慄。

"记验"是《残经》中反复出现的一个术语,根据其帕提亚语平行
文本《惠明布道文》第二十一节、第二十三节的对应内容,④"记验"可
比定为 nyšᵓn"征兆,符号",该词见于中古波斯语赞美诗 M385、帕提亚

---

① 见附录统计表,另见 D. Durkin-Meisterernst, Abecedarian hymns, a survey of published Middle Persian and Parthian Manichaean hymns, in: S. G. Richter, C. Horton & K. Ohlhafer (eds.) *Mani in Dublin, Selected Papers from the Seventh International Conference of the International Association of Manichaean Studies in the Chester Beatty Library, Dublin, 8 – 12 September 2009*, Leiden: Brill 2015, p. 113.

② M. Boyce, *A Reader in Manichaean Middle Persian and Parthian*, Leiden: Brill and Téhéran-Liège: Bibliothèque Pahlavi 1975, p. 190; H. J. Klimkeit, *Gnosis on the Silk Road: Gnostic texts from Central Asia*, San Francisco: Harper SanFrancisco 1993, p. 159.

③ 从对中古波斯语赞美诗 l 诗节起首词的统计中可看出此点,见附录统计表,另见 D. Durkin-Meisterernst, Abecedarian hymns, a survey of published Middle Persian and Parthian Manichaean hymns, p. 114.

④ W. Sundermann, *Der Sermon vom Licht-Nous: eine Lehrschrift des östlichen Manichäismus; Edition der parthischen und soghdischen Version* (*BTT 17*), Berlin: Akademie Verlag 1992, pp. 64 – 65.

语赞美诗 M6232 的 n 诗节起首及帕提亚语赞美诗 M86 结尾的增补 n 诗节。

第十六句(s 诗节)：持孝善众存慰愈,通传善信作依止。

理解本诗节的难点在于"持孝善众"。"孝"指的是子女对父母的一种伦理行为。那么,此处的"子女""父母"所指为何？在摩尼教的教义中,诸神之间的亲缘关系是由"话语"建立起来的,①也就是说,父神通过"话语"创造出"子神"。本诗所赞颂的"护法明使",就是从明父的话语中诞生的。这一诗节可以与帕提亚语残片 M30 进行比较：sxwn (zʾ) dg xrwšt bwt hyd mʾdʾryd kyn u zyštyft pt hw ʾbryn šhrdʾryft ʾspwrʾn bwynd ʾrgʾw "你们被称为话语之子,不要报复和仇恨,在更高的国度,完美者是高贵的。"②汉语诗句中"通传善信"的"持孝善众",在中古波斯语原本中应该就是所谓的 sxwn zʾdg "话语之子",而这一诗节的起首词可复原为 sxwn "话语,词汇",见于中古波斯语赞美诗 M181 及 5 首帕提亚语赞美诗。对于"神子"这样的概念,汉语译本不太可能采取直译的方式,因为其时君主才是唯一的"天子"。从这个角度来看,本诗节使用"持孝善众"这样的委婉表述应该有政治上的考虑。

第十七句(ʿ诗节)：灭除魔鬼杂毒焰,其诸虚妄自然销。

本句起首动词"灭除"可复原为 ʾzrw-"熄灭(火焰)",参见中古波斯语法术文献残片 M556：kʾcrẖ ʾbywhʾn (……) rythʾʾzrwyd "当一盏灯无缘无故地……熄灭。"③

---

① 芮传明对"话语"有深入细致的考察,参《摩尼教"话语"考释》,收入虞万里主编《传统中国研究集刊》(第八辑)(第四届传统中国研究国际学术讨论会论文集),上海：上海人民出版社,2009 年,第 195—207 页；收于氏著《摩尼教敦煌吐鲁番文书译释与研究》,第 335—350 页。

② C. Reck, *Gesegnet sei dieser Tag. Manichäische Festtagshymnen. Edition der mittelpersischen und parthischen Sonntags-, Montags- und Bemahymnen* (*BTT 22*), Turnhout：Brepols 2004, p. 176.

③ C. Reck & W. Sundermann, Ein illustrierter mittelpersischer manichäischer Omen-Text aus Turfan, *Zentralasiatische Studien des Seminars für Sprach- und Kulturwissenschaft Zentralasiens der Universität Bonn 27*, 1997, p. 10. = *Manichaica Iranica: ausgewählte Schriften von Werner Sundermann*, Roma：Istituto Italiano per l'Arica e l'Oriente 2001, Band II, p. 764.

第十八句(p诗节)：备办全衣具甲仗,利益童男及童女。

"备办全衣"可以复原为pymwc-"给……穿衣",帕提亚语对应词pdmwc-见于两首帕提亚语赞美诗的p诗节起首。

第十九句(c诗节)：一切魔事诸辛苦,如日盛临销暗影。

这一句的前后两个半句构成比喻,"如"可以比定为中古波斯语c'wn"好像,如同",该词被运用于两首中古波斯语赞美诗(S13、M82+其他),其帕提亚语对应词cw'gwn见于9首赞美诗。

第二十句(q诗节)：常作欢乐及宽泰,益及一切善法所。

"作"可被复原为中古波斯语qwn-"做,作",该词两次出现在中古波斯语字母离合赞美诗的q诗节起首(S13、M82+其他),帕提亚语形式qr-/kr-的被使用频率尤其高,见于14首赞美诗的q诗节及M6930的k诗节。"常作欢乐及宽泰"一句可以与中古波斯语赞美诗M82+其他进行比较：qwnyd drwd w∶r'myšn pd wysp'n šhr'n "他在所有世界创造出康乐与安宁。"①

第二十一句(r诗节)：接引儭赠不辞劳,利益触处诸明性。

这一诗节原本的起首词比较明显,"儭赠"可复原为中古波斯语rw'ng'n"施舍,布施"。

第二十二句(š诗节)：欢乐宽泰加褒誉,普及同乡光明众。

本句起首词"欢乐"可复原为高频词š'dyh/š'dyy,见于两首中古波斯语赞美诗(M235、M82+其他),帕提亚语对应词š'dyft见于8首赞美诗。

第二十三句(t诗节)：唯愿骁勇诸明使,加斯大众坚固力。

"加斯大众坚固力"可复原为动词thmyn-"加强,加固",参考中古波斯语赞美诗残片M385：thmyn'g'y d[yn{?} pd](w)hyh°nyw'n(.)[... ...]"用智慧加强宗教之人,善者……"②

第二十四句(增补n诗节)：自引常安宽泰处,养育我等增福业。

动词"引"可以理解为"邀请"或"带领,引导",因而有两种复原的可

---

① D. Durkin-Meisterernst, *Miscellaneous hymns*, p. 303.
② Ibid., p. 163.

能性：一是动词 nwyd-/nwyk-"邀请"，①其帕提亚语对应词 nwystg 见于赞美诗 M88+其他的增补 n 诗节：(n)[wys]tg hyd (')[w r](w)šn "你们已被邀请到光明(的国度)"；②二是动词 nʿy-/nyy-"带领,引导"。

《叹诸护法明使文》第二叠

第一句(ʾ诗节)：护正法者诚堪誉,所谓大力诸明使。

同第一叠的ʾ诗节。

第二句(b 诗节)：无上光明之种族,普于正法常利益。

同第一叠的 b 诗节。

第三句(g 诗节)：如有重恼诸辛苦,圣众常蠲离净法。

形容词"重"可复原为 grʾn"重的,严重的",见于帕提亚语赞美诗 M7。

第四句(d 诗节)：碎散魔男及魔女,勿令对此真圣教。

"魔男"可复原为 dyw"魔鬼,恶魔",见于 4 首帕提亚语赞美诗。

第五句(ẖ 诗节)：能除怨敌诸暗种,安宁正法令无畏。

"诸"复原为 hrw"全部,每一个",同第一叠的 ẖ 诗节。

第六句(w 诗节)：救拔羔子离犲狼,善男善女宁其所。

"羔子"复原为中古波斯语 wrg"羊羔",将信徒与神的关系比作羊羔与牧羊人的关系,这一比喻在摩尼教文献中比较常见,如同中古波斯语赞美诗 M8 进行的比较：rʾstyhʾ šmʾh x[w](n)d hyd šwbʾnʾn ʿy wrgʾn ʾwd myšʾn "你们被正确地称为羊羔们和绵羊们的牧羊人。"③又如中古波斯语赞美诗组诗《活灵讲道》残片 M85：drwd ʾbr ʾ šmʾh wrgʾn nrmʾnʾn"愿你们安乐,柔

---

① nwyd-/nwyk-(niwēy-)"邀请"不见于目前已刊的吐鲁番摩尼文中古伊朗语文书,但在巴列维语中有用例,参 D. N. MacKenzie, *A concise Pahlavi dictionary*, London：Oxford University Press 1990, p. 60. 另见 W. B. Henning, A List of Middle-Persian and Parthian Words, *BSOS* 9(1), 1937, p. 85. = W. B. Henning, *Selected Papers I*, p. 565.

② M. Shokrifoumeshi, *Mani's living gospel and the ewangelyōnīg hymns: edition, reconstruction and commentary with a codicological and textological approach based on Manichaean Turfan fragments in the Berlin collection*, Qom 2015, p. 265.

③ D. Durkin-Meisterernst, *Miscellaneous hymns*, p. 191.

濡的羊羔们。"①

第七句(z诗节)：芸除恶草净良田，常自鉴临使增长。

值得注意的是，在第三叠的z诗节(法田荆棘勤科伐，令诸苗实得滋成)，出现了"荆棘"。"恶草、荆棘"或"毒草、荆棘"的譬喻在帕提亚语布道文献及譬喻文献中十分多见，如《惠明布道文》第二十五节：nxwšt zʾzg png wd zʾyr swcyd "他首先将荆棘、树叶和野草焚烧"，②平行于汉语摩尼教《残经》第147行至第148行"先除荆棘及诸毒草，以火焚烧"。又如帕提亚语譬喻文残片M332：u p[t] hw zmyg pwr zyrʾwt ˈ(sqd) rwdy[nd]"那片土地上生长了许多野草和荆棘"。③ 由此，本诗节的起首词可复原为zʾyr"野草"，而结合第三叠的z诗节来看，作者很有可能是在这两个诗节里巧妙地引用了广泛流传的《惠明布道文》，④将其二十五节中的zʾyr "野草"和zʾzg "荆棘"分别安置在第二叠和第三叠的z诗节，形成互文。

第八句(h诗节)：弱者策之加大力，懦者偶之使无惧。

"策"可复原为hgjyn-"引起，激发"，见于中古波斯语赞美诗M394(这首赞美诗较为特殊，每个诗节只有一个词)wzrg zwrmnd hgjynˈg"伟大的有力的激发者"。⑤

第九句(t诗节)：同乡真众须求请，如响应声速来赴。⑥

这一句的句义强调"护法明使"快速地满足信徒的祈愿，其句义的重点"速"可复原为txt"快的，快速的"，见于两首中古波斯语赞美诗(S13、M82+其他)和帕提亚语赞美诗M5858的t诗节，如中古波斯语赞美诗

① W. Sundermann, *Die Rede der lebendigen Seele: ein manichäischer Hymnenzyklus in mittelpersischer und soghdischer Sprache*, unter Mitarbeit von Desmond Durkin-Meisterernst (*BTT 30*), Turnhout: Brepols 2012. pp. 98 – 99.
② W. Sundermann, *Der Sermon vom Licht-Nous*, pp. 66 – 67.
③ I. Colditz, Bruchstücke manichäisch parthischer Parabelsammlungen, *AoF* 14, 1987, pp. 277, 279.
④ 吐鲁番出土了20个以上的抄本，足见其文在当时非常流行。参 W. Sundermann, *Der Sermon vom Licht-Nous*, pp. 27 – 29.
⑤ C. Reck, *Gesegnet sei dieser Tag. Manichäische Festtagshymnen*, p. 153.
⑥ "响应"二字间夹写"魔"字，林悟殊判定为衍文，今据删，见氏著《摩尼教及其东渐》(增订版)，第324页。

M82+其他的 t 诗节：txtyhʾh wʾrynyd · ʾw wyspʾn hwrwʾnʾn "快速地，①使所有的虔诚者快乐"。②

　　第十句（y 诗节，以 j 替代 y）：③一切时中策净众，其乐性者常加力。

　　"一切时中"可比定为 jʾydʾn "永远地"，见于中古波斯语赞美诗 M5755 的 y 诗节。

　　第十一句（k 诗节）：造恶业者令羞耻，修善业者令欢喜。

　　"造恶业者"复原为 kstʾr，参见第一叠的 k 诗节。

　　第十二句（l 诗节，以 r 替代 l）：④清净法门令宽泰，又复常加大宁静。

　　"令宽泰"与中古波斯语 rʾmyn-"赋予安乐"语义相近，该词见于中古波斯语赞美诗 M82+其他的 r 诗节。此汉语赞美诗诗句的语境可与 M82+其他上的诗句进行比较：qwnyd drwd w: rʾmyšn pd wyspʾn šhrʾn。rʾmynyd ʾw xwʾštygrʾn · ʾwd srʾxšyn<y>d ʾw dywʾn。"他在所有世界创造出康乐与安宁。他使行善者安乐，他使魔鬼羞耻。"⑤

　　第十三句（m 诗节）：我实不能具显述，此叹何能得周悉。

　　人称代词"我"可复原为 mn "第一人称单数人称代词，我"，见于 4 首帕提亚语赞美诗 m 诗节起首。

　　第十四句（n 诗节）：勇族所作皆成办，伎艺弥多难称说。

　　起首的形容词"勇"可复原为 nyw "英勇的，好的"，见于中古波斯语赞美诗 M385 的增补 n 诗节，3 首帕提亚语赞美诗的 n 诗节及 4 首帕提亚语赞美诗的增补 n 诗节。

　　第十五句（s 诗节）：尊者即是劫伤怒思，其余眷属相助者。

　　本诗节的前半句较为特殊，由八个汉字组成，违背了七言诗的基本规

---

① 此处为副词形式。

② D. Durkin-Meisterernst, *Miscellaneous hymns*, p. 303.

③ 见附录统计表，另见 D. Durkin-Meisterernst, Abecedarian hymns, a survey of published Middle Persian and Parthian Manichaean hymns, p. 113.

④ 见附录统计表，另见 D. Durkin-Meisterernst, Abecedarian hymns, a survey of published Middle Persian and Parthian Manichaean hymns, p. 111.

⑤ D. Durkin-Meisterernst, *Miscellaneous hymns*, p. 303.

范,芮传明先生认为"是"或为衍字。① "劫伤怒思"由宗德曼比定为 kftynws 的音译,②一个天使的名字。而"尊者"可复原为 sʾrʾr"领导者",见于两首中古波斯语赞美诗(M90、M359)。本句可与中古波斯语赞美诗 M82+其他进行比较 gyhbʾn wygrʾd · kftynws sʾrʾr"牧人已经醒来,领导者 Kaftinus。"③另一个天使(亦即汉语诗句中的"护法明使")的名字"耶俱孚"(由瓦尔德施密特和伦茨比定为 Yakōb④)出现在组诗第三叠的 l 诗节。

第十六句('诗节):一切时中应称赞,为是究竟堪誉者。

"称赞"可复原为动词 ʾstʾy-"赞美",见于中古波斯语赞美诗 M554。

第十七句(p 诗节):唯愿今时听我启,降大慈悲护我等。

根据语义,"启"可复原为 pywhyšn"请愿"。⑤ 中古波斯语文书中保存了一些天使祈祷文,如文书 M4 上的标题作 pywhyšn ʾy prystgʾn"诸天使的祈祷文",吉田丰教授提示笔者此处的"启"可以比定为 pywhyšn 正是基于此类文献。

第十八句(c 诗节):任巧方便自遮防,务得安宁离怨敌。

"任巧方便"应指"教导,教会便宜之法",所以可复原为动词 cʾš-"教导",⑥见于两首帕提亚语赞美诗。如帕提亚语赞美诗 M83 I: cʾšyd kyrdgʾn rʾštyft "教导善行的真理"。⑦

第十九句(q 诗节):唯愿法门速宽泰,巍巍堂堂无障碍。

"愿"可比定为 qʾm"愿望",见于 3 首帕提亚语赞美诗(写作 qʾm 或 kʾm)。如帕提亚语赞美诗残片 M284b: qʾm b[wʾh] pt mn (h)rwyn [4]

---

① 芮传明《摩尼教敦煌吐鲁番文书译释与研究》,第 125 页。

② 刘南强转述了宗德曼的比定,见 S. N. C. Lieu, *Manichaeism in central Asia and China* (*Nag Hammadi and Manichaean Studies 45*), Leiden: Brill 1998, p. 51.

③ D. Durkin-Meisterernst, *Miscellaneous hymns*, p. 301.

④ E. Waldschmidt & W. Lentz, *Die Stellung Jesu im Manichäismus*, p. 8.

⑤ 笔者原本将"护"复原为动词 pʾy-"保护",后来吉田丰教授致信笔者(2017 年 5 月 3 日电子邮件),认为将诗节前半的"启"复原为名词 pywhyšn 更为合适。

⑥ 这个动词不见于已刊的吐鲁番摩尼文中古波斯语文书,但见于巴列维语语料,感谢德金教授的提示。另见 D. N. MacKenzie, *A concise Pahlavi dictionary*, p. 22.

⑦ D. Durkin-Meisterernst, *The Hymns to the Living Soul*, pp. 66 – 67.

kʾm bwʾh［pt］mn dyn ʾrdʾwyf(t)"这个愿望通过我被许下,全部的(此处残缺四个字母)这个愿望通过我正义的教会被许下。"①

第二十句(r诗节):我等道路重光辉,游行之处得无畏。

"道路"可对应 rʾh"路",见于帕提亚语赞美诗 M86。

第二十一句(š诗节):欢乐慕阇诸尊首,乃至真心在法者。

本句句首的"欢乐",可复原为形容词 šʾd"快乐的",见于5首帕提亚语赞美诗,出现频率较高。

第二十二句(t诗节):各加踊跃及善业,必于诸圣获大胜。

前半句在语境上与前文中的"勤加勇猛无闲暇"十分类似,因而起首词可以复原为 twxš-"精进",见第一叠的 t 诗节。

《叹诸护法明使文》第三叠

第一句(ʾ诗节):诸明使众恕我等,慈父故令护我辈。

这一诗节中的两个半句形成互文,语境与第一叠的开篇有异曲同工之妙。"恕我等",宽恕我们的罪孽,"护我辈",保护我们,在宗教语境下都可以理解为向神祈愿,因而本句的起首可还原为 ʾfwr-"祈求保佑",参见第一叠开篇的副歌。

第二句(b诗节):无上善族大力者,承慈父命护正法。

"无上"复原为复原为中古波斯语 bʾryst"最高的,无上的",见第一叠的 b 诗节。

第三句(g诗节):既于明群充牧主,所有苦难自应防。

"牧主"复原为 gyhbʾn"牧人",见第一叠的 g 诗节。

第四句(d诗节):是开法者修道者,法门所至皆相倚。

"修道者"可比定为 dyndʾr"僧侣"。

第五句(ẖ诗节):护乐性者弃世荣,并请遮护加大力。

此处的"乐性者"与前文的"净妙众",应该都是指摩尼教选民,故本诗节的起首词也可复原为 hnzmn"教众",另见第一叠 h 诗节。

---

① C. Reck, *Gesegnet sei dieser Tag. Manichäische Festtagshymnen*, p. 114.

第六句(w诗节)：柔濡羔子每勤收,光明净种自防备。

"柔濡羔子"可比定为wrg'n nrm'n"柔濡的羊羔",见于中古波斯语残片M85,见第二叠的w诗节。

第七句(z诗节)：法田荆棘勤科伐,令诸苗实得滋成。

"荆棘"复原为z'zg,见第二叠的z诗节。

第八句(h诗节)：既充使者驰驿者,必须了彼大圣旨。

句子开始部分的"使者""驰驿者"可以被复原为hrystg"使者",见于中古波斯语赞美诗S8的h诗节。[1] hrystg这一拼写形式较为特殊,是一种方言变体,更常见的拼写是frystg或prystg。

第九句(t诗节)：复兴法体元无二,平安护此善明群。

"体"可复原为tnw'r"身体"(见于中古波斯语赞美诗M246及另一中古波斯语赞美诗Pelliot M914.2的t诗节,其帕提亚语对应词tnb'r见于7首帕提亚语赞美诗的t诗节)。帕提亚语赞美诗"M88+其他"上有诗句tnb'r bg'nyg wyndyd ·· pdmwcn 'wd dydym wzrg"你们获得了神圣的身体,衣服和伟大的王冠"。[2] 此处的"神圣的身体"与汉语诗句中的"法体"语义相近。或复原为其近义词tn,见于帕提亚语赞美诗"M279+其他"：hwcyhrg y(zd)ygyrd ° tn b'myn 'bydwš"美丽的、由神所作的、光辉的身体,不会腐坏"。[3] 这两首帕提亚语赞美诗中的"身体"并不是通常意义上的肉体(在摩尼教教义中被认为是负面的),而是与之相对的另一种存在。

第十句(y诗节)：世界法门诸圣置,专令使众常防护。

"诸圣置"可以复原为形容词yzdygyrd"由神所作的,神圣的",见于中古波斯语赞美诗M6241的y诗节起首。而汉语诗句中的"诸圣置"准确地反映了该词的本意。

第十一句(k诗节)：既充福德骁勇者,实勿轻斯真圣教。

通观全句,"福德骁勇者"是本句中被强调的内容。而从语义上看,

---

[1] D. Durkin-Meisterernst, Abecedarian hymns, a survey of published Middle Persian and Parthian Manichaean hymns, p. 114.

[2] M. Shokrifoumeshi, *Mani's living gospel and the ewangelyōnīg hymns*, p. 265.

[3] D. Durkin-Meisterernst, *The Hymns to the Living Soul*, p. 57.

"福德者"与字母离合赞美诗 k、q 诗节常见的起首词 kyrbkr"善人,行善之人,品德高尚之人"语义相近。① kyrbkr(亦可拼作 qyrbkr)见于两首中古波斯语赞美诗的 q 诗节(M385、M181),两首帕提亚语赞美诗的 k 诗节及 3 首帕提亚语赞美诗的 q 诗节。

第十二句(l 诗节,r 代替 l):头首大将耶俱孚,常具甲仗摧逆党。

结合第二叠的 s 诗节"尊者即是劫伤怒思"来看,本诗节前半句的"头首大将耶俱孚"可以比较肯定地复原为中古波斯语的 sʾrʾr yʾkwb 或 srhng yʾkwb,见 M4、②M43。③ 因此,本诗节中古伊朗语原本的起首词只能在后半句中。而动词"摧"可复原为 rf-/rp-"攻击",④其名词形式 rfydgyh 被用于中古波斯语赞美诗 S9 的 r 诗节。另外,本叠 r 诗节的动词为"征罚"和"攻",应该也译自 rf-/rp-。

第十三句(m 诗节):大雄净风能救父,敕诸言教及戒约。

本诗节的起首词有两种复原的可能性:一是"能救父"复原为 mwrdʾxyz"救赎者",见于两首中古波斯语赞美诗(M224I、M6241);二是形容词"大雄"复原为中古波斯语 mrdʾng"雄性的,勇敢的"。鉴于目前已刊布的中古波斯语赞美诗中没有使用后者作为起首词的实例,笔者更倾向于前一种复原。⑤

第十四句(n 诗节):福德勇健诸明使,何故不勤所应事?

"勇健"复原为 nyw"英勇的,好的",见第二叠的 n 诗节。

第十五句(s 诗节):勿怀懈怠及变异,莫被类于犯事者。

"懈怠及变异"可比定为形容词 swst"松懈的,不坚定的"。"勿怀懈怠

---

① 这两个诗节的起首词可通用,见附录统计表及 D. Durkin-Meisterernst, Abecedarian hymns, a survey of published Middle Persian and Parthian Manichaean hymns, p. 111.

② M. Boyce, *A Reader in Manichaean Middle Persian and Parthian*, pp. 190－191.

③ Ibid., pp. 193－194.

④ W. B. Henning, A List of Middle-Persian and Parthian Words, p. 87. = *Selected Papers I*, p. 567.

⑤ 笔者在柏林勃兰登堡科学院吐鲁番研究所的报告"汉语摩尼教《下部赞》中字母顺序赞美诗的重构"(the reconstruction of the abecedarian hymns in the Chinese Manichaean Hymn-scroll)中提出了上述两种可能性(Collegium Turfanicum 88, in Turfanforschung, Berlin-Brandenburgische Akademie der Wissenschaften; on April 27th, 2017),莫拉诺博士表示赞同后者。

及变异"与中古波斯语残片 M454 I'(w)[d] swst mʾbwyd"不要松懈"①十分相似。在语境上可比较的还有中古波斯语残片 M47：pd zmʾn zmʾnʾc kyrdgʾn swst ° w：frʾmwš bwynd"渐渐地,他们在善行上变得松懈而健忘。"②

第十六句(ʾ诗节)：必须如彼能牧主,掣脱羔儿免狼虎。

在中古波斯语赞美诗残片 M527 上残存着这样几句：gyh ʾyt h(y)[št] ʾc wysp šh(r)[ʾn⦙?⦚](hy)štw(d) mw(...gwrgʾn[.....](.)ʾzʾd⦙?⦚"在所有的世界里,被你所遗弃的(?)羊群……狼群……自由的"。③ 因而,"掣脱"可复原为一个包含形容词ʾzʾd"自由的"的短语,如同中古波斯语残片 M738 上的句子ʾwtyšʾn qyrd ʾzʾd"你曾使他们自由"。④

第十七句(p 诗节)：彼大威圣降魔将,是上人相常记念。

"威圣"可复原为pʾsbʾn"保护者",见于两首帕提亚语赞美诗,如 M83 I：pʾsbʾn ʾyy ʾwd wynʾrʾg "您是保护者和安排者"。⑤

第十八句(c 诗节)：元化使众自庄严,故令护法作宽泰。

这一诗节原本的起首词从语义上看不太明显,可能是关系代词或连词cy,见于中古波斯语赞美诗 M736 和 4 首帕提亚语赞美诗的 c 诗节,及 7 首帕提亚语赞美诗的 t 诗节。

第十九句(q 诗节)：令请降魔伏外道,以光明手持善众。

"外道"复原为kstʾr,见第一叠的 k 诗节。

第二十句(r 诗节)：勤加勇猛常征罚,攻彼迷徒害法者。

"征罚"和"攻"复原为rf-/rp-,见本叠的 l 诗节。

第二十一句(š 诗节)：清净善众持戒人,各愿加欢及慈力。

① F. C. Andreas & W. B. Henning, *Mitteliranische Manichaica aus chinesisch-Turkestan. III*, p. 891. = *Selected Papers I*, p. 318.

② W. Sundermann, *Mittelpersische und parthische kosmogonische und Pararabeltexte der Manichäer mit einigen Bemerkungen zu Motiven der Parabeltexte von Friedmar Geissler (BTT 4)*, Berlin: Akademie Verlag 1973, p. 88.

③ D. Durkin-Meisterernst, *Miscellaneous hymns*, p. 189.

④ M. Boyce, *A Reader in Manichaean Middle Persian and Parthian*, p. 135; H. J. Klimkeit, *Gnosis on the Silk Road: Gnostic texts from Central Asia*, p. 80.

⑤ D. Durkin-Meisterernst, *The Hymns to the Living Soul*, p. 65.

"欢"复原为中古波斯语 š'dyh/š'dyy"快乐",见第一叠的 š 诗节。

第二十二句(t 诗节):我今略述名伎艺,诸明使众益法者。

这里的"伎艺"实际上指"护法明使"们的神力,故可复原为 thmyy"力量",见于中古波斯语赞美诗 M82+其他的 t 诗节。thmyy pdyryd ·'c b'n'y b'ryst °"从最高的神明们那里获得力量"。[1]

第二十三句(增补 n 诗节):其有听众相助人,与法齐安无障碍。

"听众"可比定为 nywš'g"听者,摩尼教俗家信徒",该词的帕提亚语对应词 ngwš'g 见于赞美诗 M77。

第二十四句(副歌):救拔诠者破昏徒,摧伏魔尊悦净众。

---

① D. Durkin-Meisterernst, *Miscellaneous hymns*, p. 303.

第四章　字母离合诗的仪式功能和历史语境

第一节　摩尼的福音

在吐鲁番出土的赞美诗中,字母离合诗占绝大多数,涵盖各种主题。目前刊布的吐鲁番所出土中古波斯语和帕提亚语的字母离合赞美诗已超过两百首,说明这种赞美诗在摩尼教教徒的宗教生活中有着特殊的重要性。由于没有一个完整的中古伊朗语赞美诗集保存下来,字母离合诗在摩尼教仪轨中的功能尚不甚清晰——它们为什么被创作? 如何被使用?

字母离合诗并非摩尼首创。它是一种非常古老的文体,其起源一方面是源于宗教对字母神圣性的强调,另一方面也是因为它从功能上便于记忆,常作为辅助记忆的教学手段。在神圣的诗歌中,不仅是词语,其至连字母和声音,都具有神秘的意义和咒语的力量。① 字母离合赞美诗是闪米特语族中各宗教常用的一种宗教文学体裁,犹太教教徒、基督教教徒、曼达派(Mandaeans)、撒马利亚人(Samaritans)都使用

---

① T. V. F. Brogdan, D. A. Colón, "Abecedarius". In R. Greene (ed.). *The Princeton Encyclopedia of Poetry and Poetics* (4th ed.). Princeton and Oxford: Princeton University Press, 2012, p. 1.

这种文体。① 出土于库姆兰(Qumran)的"死海古卷"(Dead Sea Scrolls)中也保存了数首一世纪的希伯来语字母离合赞美诗。② 如第 11 号洞窟中发现的《诗篇写卷》(Psalms Scroll),根据古文字学(Palaeography)断代,其年代约为公元 1 世纪上半叶。③ 写卷第 22 栏第 1 行至第 15 行保存了一首完整的希伯来语字母离合诗,主题为对圣山锡安(Zion)的呼告,其中的用典多出自《以赛亚书》(the book of Isaiah)。④

　　而在地理范围更东的伊朗文化圈内,琐罗亚斯德教宗教文学作品中也有离合诗。马丁·施瓦茨(Martin Schwartz)曾经列举了《伽萨》(Gāthā)⑤中一个离合的例子,两句诗的结尾四个词分别为:

ahya wrzanam mat aryamnā "他的教团及部落"

mnai ahurahya wrāzma mazdaʾah "敦促,主的幸福,马兹达的"

　　这两段的首字母分别为 AWMA 和 MAWM,拆分组合为 MA、AW、WM 三组字母,象征善界神主马兹达·阿胡拉(Mazdā Ahura)、大天神阿尔塔·瓦希什塔(Arta Wahišta)和瓦胡·马纳(Wahu Manah)三个神。⑥ 这种离合更加隐晦,但教众是能对其中所暗含的信息心领神会的。可以说,在摩尼教诞生之前,离合诗已经普遍存在于古代西亚地区的各个宗教中,是当时的一种宗教文化风潮。遗憾的是,由于年代久远,当时的离合诗的

---

① C. Reck, *Gesegnet sei dieser Tag. Manichäische Festtagshymnen*, p. 52. D. Durkin-Meisterernst, Abecedarian Hymns, a survey of published Middle Persian and Parthian Manichaean hymns, in: S. G. Richter, C. Horton & K. Ohlhafer (eds.) *Mani in Dublin*, *Selected Papers from the Seventh International Conference of the International Association of Manichaean Studies in the Chester Beatty Library*, *Dublin*, *8 - 12 September 2009*, Leiden: Brill 2015, p. 110.

② J. A. Sanders, *The Psalms Scroll of Qumran Cave 11(11 QPsᵃ)* (*Discoveries in the Judaean Desert of Jordan IV*), New York: Oxford University Press 1965, pp. 70 - 76, 79 - 89; F. G. Martínez, *The Dead Sea scrolls translated: the Qumran texts in English*, Leiden: Brill 1996, pp. 306 - 309.

③ J. A. Sanders, *The Psalms Scroll of Qumran Cave 11(11 QPsᵃ)* (*Discoveries in the Judaean Desert of Jordan IV*), pp. 3 - 8.

④ Ibid, pp. 85 - 89.

⑤ 本文的琐罗亚斯德教术语汉译参照贾利尔·杜斯特哈赫选编,元文琪译《阿维斯塔——琐罗亚斯德教圣书》(北京:商务印书馆,2005 年)。

⑥ M. Stausberg and Y. S. Vevaina (eds.), *The Wiley Blackwell Companion to Zoroastrianism*, John Wiley & Sons, Ltd., 2015, p. 55.

仪式功能不能推知。

西亚地处亚非欧三大洲的交界地带，汇聚了多元的文明，是世界上众多宗教的发源地。摩尼教作为这一地区的一个晚出宗教，不论是内在的教义，还是外在的仪轨都借鉴了许多更古老的宗教，尤其是创教之初在那个时空活跃的各种宗教团体和思想流派——基督教、犹太教、诺斯替思想、琐罗亚斯德教。

尽管在后世看来，任何宗教都是繁复的思想体系和组织群体，但回溯每个宗教的发展历程，其起点必然在于创教者个人所处的时空和文化背景。毕竟任何创教者都不是脱离于客观现实的永恒存在。考察创教者的生平，是将一个宗教的思想体系从"神"的时空拉回"人"的时空的唯一途径。

摩尼出生于帕提亚末代君主阿尔达班在位期间的公元 216 年 4 月 14 日。其出生地在巴比伦尼亚北部，时属帕提亚帝国的亚述斯坦（Asōristān）行省。其父来自哈马丹，其母出自帕提亚王室。① 根据记载摩尼青年时代的言行最为详尽的希腊语《科隆摩尼抄本》(*Cologne Mani Codex*)，摩尼出生后跟随父亲生活在一个净洗派教团中，直到二十四岁公开传教。在与原教团彻底决裂之前，他时常在教众之间发表对教义和仪式的评论。比如，针对净洗教派核心的对食物进行洗礼的教义和仪轨，他论辩道："我与这个教团中的每个人打交道的时间都够久了，此间我就上帝的道路，救世主的诫命、洗礼，他们对蔬菜施行的洗礼，以及他们所践行的每一项法规和教条向他们提问。当我证明他们的教义和奥秘是无效的，并对他们指出其生活方式并非出自救主的诫命时，其中一些人对我钦佩不已，而另一些人则怒气冲冲，毫不客气地说：'他是想滚到希腊人那儿去吧？'了解他们的想法之后，我善意地对他们说：'你们用来清洗你们的蔬菜的洗礼是没有价值的。因为它的身体是不洁的，是不洁的创造的产物。证据如下：如果有人清洁他的食物，在仪式化地将其进行清洗后才食用，显而易见，血液、胆汁、屁、不雅的粪便和体内的杂质仍会因其而生。但如果有人禁

---

① M. Boyce, *A Reader in Manichaean Middle Persian and Parthian*, Leiden: Brill and Téhéran-Liège: Bibliothèque Pahlavi 1975, p. 1.

食几天,立即就会发现,体内所有这些不雅的和令人作呕的排泄物都消失、减少了。而另一方面,当一个人再次进食时,它又在体内相应地增加,这证明它是通过食物增加的。但如果有人先吃了受洗和净化的食物,又吃了未受洗的食物,那么很显然,身体的美丽和力量无论如何还是一样;于是这也表明,在两种情况下,污秽和沉淀并没有差别。因此,被人体排斥和抛弃的受洗的食物,并不优于其他未受洗的食物。'"①从这些论辩可以看出,摩尼思辨能力出众,对宗教的教义和仪式设计有自己明确的取向和观点。

那么他认为怎样的宗教才是一个理想宗教呢？在一件中古波斯语文书中,摩尼这样阐述自己所创立的新宗教较之过去的其他宗教的优越性,他说:"第一,过去的宗教在一个国家用一种语言传播。但我的宗教是这样的,它将在所有的国家、用所有的语言呈现,将在遥远的国度传教。第二,过去的宗教只在他们神圣的领袖在世时井然有序……但是当领袖们升天,他们的宗教就变得令人困惑,他们就在戒律和行为上松懈……但我的宗教,通过它永恒的经典、慕阇、拂多诞、选民和听者的美德,通过它的智慧和行为,将永远流传。第三,那些在他们自己的宗教中没有完成善行的灵魂将会来到我的宗教,它将会真正地成为他们的拯救之门。第四,二宗的启示和我永恒的经典,我的智慧和我的知识,比过去的其他宗教更包容、更好。第五,过去宗教的所有经典、智慧和寓言都被添加到我的宗教……"②

在摩尼看来,他所创立的新宗教不论是在时间还是空间上都能超越此前的宗教,传播得更远、更久,具有更强的包容性,能将其他宗教的知识和精华兼容并包。摩尼教一方面对此前的各种宗教思想保持着开放的态度,另一方面,它又试图以自身独特的方式来整合这些元素,从而创造出一个更具普适性和吸引力的世界宗教。那么,如何整合这些不同来源、不

① A. Henrichs, L. Koenen, *Der Kolner Mani-Kodex*, *Zeitschrift für Papyrologie und Epigraphik* 32, 1978, pp. 99 – 103.
② W. Sundermann, *Mitteliranischen manichaiesche Texte kirchengeschichtlichen Inhalts* (*BTT 11*), pp. 131 – 132.

同层次的知识？

　　摩尼教虽然海纳百川，在教义、仪轨方面吸收了很多更古老的宗教元素，但其正统经典架构在多种语言的直接或间接资料中却保持着很强的一致性。诸多记载宣称摩尼本人著成七部大经。在所有的记载中，位列第一的都是摩尼的《福音书》（Gospel）。如开元十九年（731 年）六月八日大德拂多诞奉诏集贤院译《摩尼光佛教法仪略》称摩尼有经书"凡七部并图一"："第一，大应轮部，译云彻尽万法根源智经；第二，寻提贺部，译云净命宝藏经；第三，泥万部，译云律藏经，亦称药藏经；第四，阿罗瓒部，译云秘密法藏经；第五，钵迦摩帝夜部，译云证明过去教经；第六，俱缓部，译云大力士经；第七，阿拂胤部，译云赞愿经；大门荷翼图一，译云大二宗图。"所谓"大应轮部""彻尽万法根源智经"就是《福音书》，"应轮"是ʼwnglywn/ewangelyōn 的对音。① 伊朗学者邵符默（M. Shokri-Foumeshi）详尽地整理了各种记载中所列举的摩尼教正统经典，他指出，《福音书》在各种目录中位列第一的事实说明了其在摩尼教正统经典架构中至高无上的地位。②

Table I (Western)

7 books	Syriac[5]	Greek[6]	Coptic[7]	Latin[8]
Gospel	*Ewangelyōn*	Εὐαγγέλιον	ⲉⲩⲁⲅⲅⲉⲗⲓⲟⲛ	*Euangelium*
Treasure	*d-sīmtâ*[9]	Θησαυρός	ⲑⲏⲥⲁⲩⲣⲟⲥ	*Thesaurum*
Pragmateia	-[10]	Πραγματεία	ⲡⲣⲁⲅⲙⲁⲧⲉⲓⲁ	-
Mysteries	*d-râzē*	Μυστήριον	ⲛⲙ̄-ⲙⲩⲥⲧⲏⲣⲓⲟⲛ	*Mysteriorum*
Giants	-	Γίγας	ⲙ-ⲅⲓⲅⲁⲥ	-
Epistles	-	Ἐπιστολή	ⲙ-ⲉⲡⲓⲥⲧⲟⲗⲁⲅⲉ	-
Psalms	-	Ψαλμός	ⲙ-ⲯⲁⲗⲙⲟⲥ	-

① 借自希腊语。
② M. Shokri-Foumeshi, *Mani's living gospel and the ewangelyōnīg hymns: edition, reconstruction and commentary with a codicological and textological approach based on Manichaean Turfan fragments in the Berlin collection*, Qom 2015, p. 25.

TABLE II (EASTERN)

7 books	Chinese[1]	Ir. Turfan Texts[2]	Arabic-Persian[3]
Gospel	*Ying-lun*[4]	*Ewangelyōn*[5]	*'Ang(e)lyōn*,[6] *Engĭl*
Treasure	*Hsin-t'i-ho*[7] *Xintihe*[8]	*Niyān ī zīndagān*,[9] *Smtyh'*[10]	*Kanz al-aḥyā*, *Kanz al-ḥayāt*[11]
Epistles	*Ni-wan*[12]	*Dēwān*[13]	*Risālāt*[14]
Mysteries	*A-lo-tsan Aluozan*[15]	*Rāzān*[16]	*Sifr-al-asrār*[17]
Pragmateia	*Po-chia-ma-ti-yeh, Bojiamodiye*[18]	*Prgmty'*	*Frraqmāṭīā*
Giants	*Chü-huan*	*Kawān*	*Sifr-al-ğibābarah*
Psalms	*A-fu-yin*	*Āfrīn*	-

东西方资料中的摩尼教正统经典①

　　摩尼的《福音书》几近亡佚,仅有一些引文保存了下来。从现有资料可知其内容分为二十二章,以摩尼文的字母顺序排列。中古波斯语文书 S1 写道:

转写

'wnglywn ʿy 'rß ncyhyd. 'wnglywn ʿy tww ncyhyd. 'wnglywn ʿy wyst 'wd dw wdymwštyh'n.

译音

ewangelyōn ī ārab nizēhēd. ewangelyōn ī taw nizēhēd. ewangelyōn ī wīst ud dō wadimuštīhān

翻译

他教导了《福音书》的 Aleph 章,他教导了《福音书》的 Tau 章,二十二个奇

---

① M. Shokri-Foumeshi, *Mani's living gospel and the ewangelyōnīg hymns: edition, reconstruction and commentary with a codicological and textological approach based on Manichaean Turfan fragments in the Berlin collection*, pp. 34 - 35.

迹的《福音书》。①

　　对此,伊斯兰时期的文献中也有记载。根据邵符默的梳理,首位记录下摩尼《福音书》依据字母表进行分章编排的穆斯林史地学家是雅库比。他记载摩尼著有"十二章福音,也就是每章福音对应字母表中的一个字母"。邵符默指出"十二"原本应是"二十二"。用阿拉伯语写"一"和"二"时,两者之间只相差一个"齿"(dandāne),这个写本上的"二"的"齿"可能损坏了。而比鲁尼也在其《古代民族编年史》中记载:"他(案:摩尼)在他以 abjad 字母表的字母顺序编著的《福音书》中说……"而基督教方面,奥古斯丁更是以二十二章的结构编著《上帝之城》,有意识地对应摩尼《福音书》的二十二个章节。②

第二节　字母的秘密

　　字母离合诗在摩尼教宗教文学系统中的地位和二十二章编排的《福音书》密切相关。广泛流传的短诗《初声赞文》正是揭示这一关联的关键证据。《初声赞文》这个标题出于《下部赞》。《下部赞》写卷中第 177 行至第 183 行完整地保存了这首赞美诗帕提亚语本的汉文音译。瓦尔德施密特和伦茨据此找到了这首赞美诗的摩尼文帕提亚语残片 M259c、M529 及粟特文粟特语译本残片 T M 351(现编号 So18120)。③ 值得注意的是,T M 351 上的标题是用粟特文拼写的帕提亚语,说明这个粟特语本是从帕提亚语本直接翻译而来。由此可见这首短诗的各种东方语言的版本中,帕提亚语本应是祖本。此后,莫拉诺(E. Morano)又补充了一些残片,对这首

---

①　M. Boyce, *A Reader in Manichaean Middle Persian and Parthian*, p. 186.

②　M. Shokri-Foumeshi, *Mani's Living Gospel and the Ewangelyōnīg Hymns*, pp. 53－54, 80.

③　见 E. Waldschmidt & W. Lentz, *Die Stellung Jesu im Manichäismus*, APAW, 1926, 4, pp. 84－93.

赞美诗的中古伊朗语本进行了进一步的考察。① 此外,这首短诗还被译成回鹘语。马小鹤对《初声赞文》的帕提亚语本(含汉文音译本)、粟特语本和回鹘语本进行了合校,现将其帕提亚语本及汉语意译摘录如下:②

1. wcn　　wažan 　hsyng　hasēnag	2. sxwn　saxwan 　hsyng　hasēnag	3. mwjdgdᵓg　muǰdagdāg 　hsyng　hasēnag
初声	初语	初福音传 播者
4. ᵓbhwmb　abhumb 　hsyng　hasēnag	5. jyryft̲　ǰīrīft 　hsyng　hasēnag	6. rᵓštyft̲　rāštīft 　hsyng　hasēnag
初开扬	初智慧	初真实
7. frhyft̲　frihīft 　hsyng　hasēnag	8. wᵓwryft̲　wāwarīft 　hsyng　hasēnag	9. ᶜspwryft̲　ispurrīft 　hsyng　hasēnag
初怜悯	初诚信	初具足
10. wxšyft̲　wxašīft 　hsyng　hasēnag	11. drgmnyft̲　darɣmanīft 　hsyng　hasēnag	12. nmryft̲　namrīft 　hsyng　hasēnag
初安泰和 同	初忍辱	初柔濡
13. hwᵓbsᵓgyft　huabsāgīft 　hsyng　hasēnag	14. ᵓrdᵓwyft　ardāwīft 　hsyng　hasēnag	15. myhrbᵓnyft　mihrbānīft 　hsyng　hasēnag
初齐心和 合	初纯善	初广惠
16. dᵓhwᵓn　dāhwān 　hsyng　hasēnag	17. wyndyšn　wendišn 　hsyng　hasēnag	18. ᵓfrywn　āfrīwan 　hsyng　hasēnag
初施	初寻求	初赞呗

---

① E. Morano, The Sogdian Hymns of Stellung Jesu, *East and West* 32 (1/4), 1982, pp. 10–34.
② 马小鹤《摩尼教〈下部赞·初声赞文〉新考》,《摩尼教与古代西域史研究》,北京:中国人民大学出版社,2008 年,第 170—196 页。

续 表

19. ˈstˀwyšn istāwišn hsyng hasēnag	20. ...wjydg wijīdag hsyng hasēnag	21. pdmwcn padmōžan rwšn hsyng hasēnag
初赞礼称扬	初选得……	初妙衣
22. rwšn rōšn hsyng hasēnag		
初光明		

《下部赞》第 176 行是《初声赞文》的标题、作者和一句简短的说明"初声赞文，夷数作，义理幽玄，宜从依梵"。吐鲁番发现的其他语言译本的《初声赞文》均未保存类似的说明性文字。而除了广为人知的帕提亚语本、粟特语本、回鹘语本之外，①近年还发现了西方摩尼教教团使用的科普特语本。

丰克（W. P. Funk）在科普特语莎草纸《礼拜抄本》（*Synaxeis Codex*）②中比定出了《初声赞文》的科普特语本。此外，《礼拜抄本》中还保留了摩尼《福音书》的一段引文："这是新的福音，真理神圣的［　　］，是具有伟大品质之存在的伟大启示，它揭示了已经发生的和将会发生的一切的伟大秘密，从起点到终点——它揭示和指导了对初始的字母的二十二个逻各斯的理解……"③丰克认为这段说明和《初声赞文》应出自摩尼本人所著的、章节按字母顺序排列的《福音书》第一章的结尾，原始功能应是辅助读者找到书中的相应部分。简单来说，短诗《初声赞文》就是一个

---

① 中外学者已经对这首赞美诗的内容作了详尽的考察，此不赘言，最新的中古伊朗语合刊本见 D. Durkin-Meisterernst & E. Morano, *Mani's Psalms: Middle Persian, Parthian and Sogdian texts in the Turfan collection*（*BTT 27*）, Turnhout：Brepols 2010, pp. 10－11.

② 该抄本 1929 年发现于埃及法雍，现藏爱尔兰都柏林彻斯特—贝蒂图书馆。

③ W. P. Funk, Mani's account of other religions according to the Coptic *Synaxeis Codex*, in：J. D. BeDuhn（ed.）, *New light on Manichaeism: papers from the Sixth International Congress on Manichaeism*, organized by the International Association of Manichaean Studies, Leiden：Brill 2009, p. 117.另见 Funk apud D. Durkin-Meisterernst & E. Morano, *Mani's Psalms: Middle Persian, Parthian and Sogdian texts in the Turfan collection*, XX.

串联《福音书》中二十二个逻各斯的口诀,是《福音书》配套的检索工具和记忆工具。

　　科普特语《福音书》引文中的"伟大秘密"和《下部赞》中《初声赞文》之前的"义理幽玄"完全一致。而《初声赞文》在《下部赞》写卷的整体结构中也发挥着类似导言的功能。根据前文中的复原,在写卷中,紧接着《初声赞文》就是六首字母离合赞美诗。这样的安排绝非偶然,因为字母离合赞美诗的最大特点即是每个诗节"初始的"词的首字母按顺序排列成一个完整的字母表。换句话说,在《下部赞》写卷中,《初声赞文》是字母离合赞美诗的前导文,它从教义的角度对摩尼文的二十二个字母的神圣性和字母离合赞美诗在体裁上的特点进行了解释。

　　《初声赞文》有回鹘语译本,《下部赞》中却没有意译,而是直接用汉字对帕提亚语原文进行译音,这从一定程度上反映出摩尼教在汉文化圈传教时所面临的特殊处境。汉语不是一种字母语言,"摩尼文"及其背后的传教逻辑在汉文化圈很难得到清晰、完整的诠释。摩尼教教徒沿着丝绸之路自西向东传教,用"摩尼文"成功地拼写了自西向东的中古波斯语、帕提亚语、粟特语、巴克特里亚语、回鹘语,却难以用摩尼文拼写汉语。科普特语文本中对应从起点到终点的二十二个字母的二十二个逻各斯的"伟大秘密",在汉语本中变成了"义理幽玄,宜从依梵"短短八字。"梵"在古汉语中往往指和古印度或者佛教相关的事物,但这里的"梵"和《下部赞》译者道明在尾跋中所说"梵本三千之条,所译二十余道"中的"梵"都是指摩尼教的教会用语中古波斯语和帕提亚语。摩尼教文献在汉译过程中常借用佛教术语来表达,但实际上内涵不同。[①]"宜从依梵",则直接采用译音的处理方式,一方面是对正统的尊重,另一方面也是无奈之下的机变。

---

① W. B. Henning, Annotations to Mr. Tsui's translation, *BSOAS* 11(1), 1943, p. 216, note 9. 另有专书对这一问题进行探讨,参 P. Bryder, *The Chinese transformation of Manichaeism. A study of Chinese Manichaean terminology*, Löberöd: Plus Ultra 1985.

第三节　诸神的时间

吐鲁番出土的字母离合诗的主题非常广泛,最常见的是称颂活灵、明父、第三使等的赞美诗。这些颂神的赞美诗根据不同的神的职能适用于不同的仪式,在不同的时间吟唱,以摩尼教的历法为纲,编织在一起。但由于吐鲁番文书残损严重,完整的双页非常稀少,无法呈现诗集的结构,难以为摩尼教仪式整体架构的研究提供进一步的资料。

德国探险队在第一次探险中发现的《祈祷忏悔书》包含十二个双页,规模可观。但遗憾的是,研究发现这本小册子的装订是错乱的,而且有缺页,书页的原始顺序存疑。①

而出自敦煌的摩尼教《下部赞》现存内容超过四百行,是唯一的几乎完整的东方摩尼教赞美诗集,其完整的结构才是最具研究价值的部分。《下部赞》的结构编排特色鲜明,由三个部分构成:

A. 1—338 行: 12 首赞美诗(或组诗)

B. 339—414 行: 12 个结束语

C. 415—422 行: 尾跋

A 部分中有一些音译的诗句,包括三首短诗及本书第三章第三节讨论的组诗《叹诸护法明使文》的首句。译者对这些部分采取特殊的处理方式,说明其必然有着一定的特殊性。从结构上来看,三首短诗实际上将写卷的 A 部分一分为三。前文已述,A3 部分以 A3.0《初声赞文》为前导文,A3.1《叹诸护法明使文》、A3.2《叹无上明尊偈文》、A3.3《叹五明文》都是字母离合诗,而 A3.4《叹明界文》是帕提亚语组诗《胡亚达曼》第一叠的汉译。

---

① W. B. Henning, *Ein manichäisches Bet- und Beichtbuch*, pp. 3 – 4.

A 部分

分组	编号	行 数	诗 题
A1.0	**1**	**1—5**	**残损**
A1.1	2	6—82	□□□览赞夷数文
A1.2	3	83—119	叹无常文
A2.0	**4**	**120—158**	**普启赞文**
A2.1	5	159—163	称赞忙你具智王
A2.2	6	164—167	一者明尊
A2.3	7	168—175	收食单偈
A3.0	**8**	**176—183**	**初声赞文**
A3.1	9	184—221	叹诸护法明使文(首句音译)
A3.2	10	222—234	叹无上明尊偈文
A3.3	11	235—260	叹五明文
A3.4	12	261—338	叹明界文

　　B 部分是十二个不同仪式的结束语,前十一个都是祈祷仪式的结束套语。这里可以明确地看出 B 部分的编排方式和 A3 部分一样,都是把文体、功能类似的文本编排在一起。

B 部分

编号	功 能
1	第一句斋默结愿用之
2	第二凡常日结愿用之

续　表

编号	功　　　能
3	此偈赞明尊讫末后结愿用之
4	此偈赞日光讫末后结愿用之
5	此偈赞卢舍那讫末后结愿用之
6	此偈赞夷数讫末后结愿用之
7	此偈赞忙你佛讫末后结愿用之
8	此偈凡莫日（案：周一）用为结愿
9	此偈凡至莫日与诸听者忏悔愿文
10	此偈结诸呗愿而乃用之
11	此偈为亡者受供结愿用之
12	此偈你逾沙（案：中古波斯语 niyōšāg"听者"）忏悔文

其中 B2《第二凡常日结愿用之》（案：平常的日子祈祷时用的结束语）行文如下：

称赞忙你具智王，及以光明妙宝身。称赞护法诸明使，及以广大慈父等。

慕阇常愿无碍游，多诞所至平安住。法堂主上加欢喜，具戒师僧增福力。

清净童女策令勤，诸听子等唯多悟。众圣遮护法堂所，我等常宽无忧虑。

右三行三礼，立者唱了，与前偈结，即合众同声言"我等上相"：

我等上相悟明尊，遂能信受分别说。大圣既是善业体，愿降慈悲令普悦。

若"我等上相"既了，众人并默，尊者即诵"阿拂利偈"，次云"光明妙身"结。

　　光明妙身速解脱,所是施主罪销迁。一切师僧及听子,于此功德同荣念。

　　正法流通得无碍,究竟究竟愿如是。

　　值得注意的有以下两点：第一,B2《第二凡常日结愿用之》中引用了A3.4《叹明界文》开篇的诗句"我等上相悟明尊,遂能信受分别说。大圣既是善业体,愿降慈悲令普悦",说明《叹明界文》是凡常日最后的祈祷的组成部分。B2 中将其简称为"我等上相",这里的"我等上相"应正是帕提亚语原标题"胡亚达曼"(huyadagmān,现代汉语直译为"我们幸运的""我们幸福的")的汉语意译。中古伊朗语赞美诗习惯上以开篇的词句命名,而《叹明界文》是汉译者迎合汉语习惯后补的标题。

　　第二,B9《此偈凡至莫日与诸听者忏悔愿文》和 B12《此偈你逾沙忏悔文》明确《下部赞》的使用者是"听者",即摩尼教在家信徒。

　　前文已述,《叹诸护法明使文》的首句"乌列弗哇阿富览"被吉田丰复原为 'wryd frwxyy 'fwr'm/ awarēd farroxīh āfurām"来吧,幸运! 让我们赞美。"①同时,他指出 awarēd farroxīh"来吧,幸运!"也见于摩尼文粟特语残片 M114。② 遗憾的是 M114 并非《叹诸护法明使文》的对应文本,所以无法直接证明其复原。

　　而 2011 年,回鹘语语文学家茨默(P. Zieme)教授整理刊布了《叹诸护法明使文》的回鹘语本残片。③ 茨默整理的残片中,既有摩尼文写本,又有回鹘文写本。其中一个摩尼文写本残片 U50 背面保留了赞美诗的开篇部分。

---

① 吉田丰《漢訳マニ教文献における漢字音写された中世イラン語について》,《内陸アジア言語の研究》2,1987 年,第 15 页。

② W. B. Henning, *Ein manichäisches Bet- und Beichtbuch*, p. 47.

③ P. Zieme, Alttürkische Parallelen zu den Drei Cantos über die Preisung der Lichtgesandten, in: J. P. Laut & K. Röhrborn (eds.), *Vom Aramäischen zum Alttürkischen. Fragen der Übersetzung von manichäischen Texten. Vorträge des Göttinger Symposiums vom 29./30. September 2011, Abhandlungen der Akademie der Wissenschaften zu Göttingen. Neue Folge 29*, Berlin: Walter de Gruyter 2014, pp. 199–221.感谢阿不都热西提·亚库甫教授提示回鹘语本的刊布情况。

U50 背面　　　　　　　　U50 正面

朱笔细部

摩尼文标准书体

ʼwryd frwxyy

　　茨默仅对 U50 背面进行了转写、翻译。① 而吉田丰将德藏摩尼文回鹘语残片 U50 正面用朱笔书写的最后一行读作ʼwryd frwxyy，并将其背面第一行的开头剩余的ʼ、m 两个字母前缺损的约三到四个字母补全为［ʼfwr］ʼm。② 至

---

① P. Zieme, Alttürkische Parallelen zu den Drei Cantos über die Preisung der Lichtgesandten, p. 205.

② 这一释读引自吉田丰教授在 2017 年 5 月 3 日给笔者的电子邮件。由于这一句朱笔颜色较浅，比较模糊，又或许是因为没有意识到这一句是中古波斯语，以往的突厥语、回鹘语学者对这一句的转写都略有讹误，如 J. Wilkens, Alttürkische Handschriften. Teil 8: Manichäisch-türkische Texte der Berliner Turfansammlung, Stuttgart 2000, p. 383.

此,吉田丰将"乌列弗哇阿富览"复原为 ʾwryd frwxyy ʾfwrʾm/awarēd farroxīh āfurām"来吧,幸运！让我们赞美"的观点得到了确证。

汉语本对这句使用了音译的处理方式,而回鹘语本保存了中古波斯语原文,且使用朱笔。根据吐鲁番出土的摩尼教赞美诗写本的通例,这应是用于标记赞美诗所配的曲调,类似于拜占庭圣咏中的 heirmos(见书前彩插四)。①

朱笔标注的 heirmos 示例②

再回到吉田丰提到的同样包含 awarēd farroxīh 的摩尼文粟特语残片 M114 I。这个粟特语残片记录了摩尼教徒从日中(正午)到傍晚的仪式安排,行文夹杂中古波斯语和帕提亚语引文。

① C. J. Brunner, Liturgical Chant and Hymnody Among the Manicheans of Central Asia, pp. 350 - 351.
② 埃及西奈半岛圣凯瑟琳修道院所藏写本,编号 Ms. Gr. 929, ff. 17v - 18r,图片来源:https://en.wikipedia.org/wiki/Irmologion。

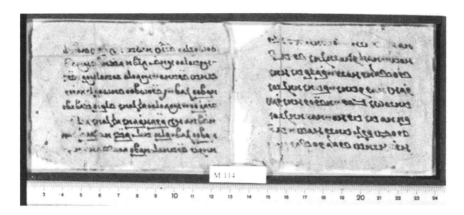

M114 I 正面(左页)

转写

ṭyšyngyy① pnc ʾnjmn cn pnc pwtyšty .. cymyδyy cʾf wγṭʾ wβʾṭ pcʾyṭ qʾm frmʾy .. cywyδy nymyδcyk ʾfryn ʾkṭyy γwṭ.. I fryšṭyy pʾšyk δnʾwryd frwxyy .. cywyδyy tn gyʾn pδk ʾβwṭ ʾty ʾftmw cn xrwhxwʾn tn gyʾn wyδβ [ʾγ] ʾkṭyy γwṭ. kδʾmyδ kβn ʾskwʾṭ. ʾywʾʾznd frmʾyδ ʾkṭy wyspwhr ʾd

翻译

[前缺]大乘的五个聚集,从五佛。要从中讲多少,最好是安排得当。然后,必须做日中祈祷(案:"祈祷"一词为中古波斯语 ʾfryn/āfrīn),(即)一首天使赞美诗,配合(曲调)"来吧,幸运!"(案:此处曲调名为中古波斯语 ʾwryd frwxyy/awarēd farroxīh)。此后便是"身体—灵魂仪式"。首先,必须由呼嘘唤宣讲一个关于"身体—灵魂"的布道文。到了下午晚些时候,讲一个寓言故事,(即)《王子和(接背面)

---

① 亨宁指出 ṭyšyngyy 是 ṭyšyng 的属格—间接格形式,ṭyšyng = taišing,借自汉语"大乘"。可能是以回鹘语为中介借的。cf. W. B. Henning, *Ein manichäisches Bet- und Beichtbuch*, p. 99.

M114 I 背面（右页）

转写

cnd'ty z'dg .. .. cywyδyy [ṭ]n gy'n p'šynd. qβnyy xwyck'wyy frm'yδ 'kty. c'nw
mwnw pts'k pty'myy pr xw'n nyδ（约缺 5 个字母）ry'm pš'x'rycyk 'frywn
kwn'.. III p'šyk mwnw xcy.. 'rw'n rwšn'kl'n gryw' rwšn' dw [j'r..] mry m'ny
mn 'sṭ'r hyrz ṭw [mry] m'ny mn'rw'n bwj.. m'šk

翻译

（接正面）Cindāty 的儿子》。然后，一起唱"身体—灵魂"。接着做一点解说。
当你结束这些安排,坐在桌边(约缺 5 个字母)做餐后祈祷(案:"祈祷"一词
为帕提亚语'frywn/āfrīwan),包含三首赞美诗,(即)"哦,光明的灵魂,伟大
的光明的灵魂"(唱)两遍,"末摩尼,宽恕我的罪过。你,末摩尼,拯救我的灵
魂"(案:此处的两个赞美诗标题为帕提亚语)。物质(后缺)①

　　简单说来,M114 I 中从中午到餐后的仪式安排大致如下:

1. 一个关于五佛的比较长的文献;

2. 日中祈祷——中古波斯语天使赞美诗'wryd frwxyy/ awarēd farroxīh;

---

① W. B. Henning, *Ein manichäisches Bet- und Beichtbuch*, p. 47.

3. "身体—灵魂"布道文;

4. 下午稍晚的时间,讲一个寓言故事;

5. 集体合唱"身体—灵魂";

6. 圣餐;

7. 餐后祈祷——帕提亚语赞美诗。

　　M114 I 所呈现的仪式安排基本是讲经布道和吟诵赞美诗穿插进行。《摩尼光佛教法仪略》记载,摩尼教寺院中,每寺有三位尊首:"第一,阿拂胤萨,译云赞愿首,专知法事;第二,呼嚧唤,译云教道首,专知奖劝;第三,遏换健塞波塞,译云月直,专知供施。"由此可见寺院中除了管理作为经济来源的供施之外,最重要的两项工作就是唱赞美诗和讲经布道,从事这两项工作的专业僧侣阿拂胤萨(中古波斯语 ʾfrynsr/āfrīnsar)和呼嚧唤(中古波斯语 xrwhxwʾn/xrōhxwān)在寺院的宗教生活中占据重要地位。

　　M114 I 中包含了两个特定时间的祈祷,即吟诵 ʾwryd frwxyy/ awarēd farroxīh 的日中祈祷和餐后祈祷。而这首赞美诗的汉语本《叹诸护法明使文》所在《下部赞》写卷中的 A3 部分结构如下:

A3.0	8	176—183	初　声　赞　文
A3.1	9	184—221	叹诸护法明使文(ʾwryd frwxyy/ awarēd farroxīh)
A3.2	10	222—234	叹无上明尊偈文
A3.3	11	235—260	叹五明文
A3.4	12	261—338	叹明界文

　　前文已述,A3.1 到 A3.3 都是字母离合赞美诗,A3.4 是《胡亚达曼》第一叠,两种赞美诗的中古伊朗语写本外观和格律等方面基本相同,说明两者在仪式功能上应该也存在共性。换句话说,A3 部分的 A3.1 到 A3.4 是文体、功能相似的四个单元的仪式文本,它们之间是否有某种内在联系?

　　在古伊朗的文化传统中,诸神都有各自对应的时间,这一点在琐罗亚斯德教的历法和仪轨中非常突出,摩尼教也类似。从仪式举行时间的角度来观察 A3 部分的四个单元,可以得到一些线索。从 M114 I 可知,配合 awarēd farroxīh"来吧,幸运!"曲调的天使赞美诗用作日中祈祷,因而《下部赞》中的《叹诸护法明使文》很可能也是用于日中祈祷。

而 A3.3《叹五明文》实际上译自帕提亚语字母离合诗,属于吐鲁番出土的摩尼教赞美诗中最具代表性的活灵赞美诗。[1] 所谓"活灵"(Living Soul),即"普遍灵魂"(universal soul),与个体的灵魂相对。简单说来,就是被囚禁在世界中的"光明"。摩尼教的基本教义就是围绕被囚禁的光明的解脱展开的,因而活灵赞美诗是吐鲁番出土的摩尼教赞美诗中数量最多的类型之一。贝东(J. D. BeDuhn)曾论证活灵赞美诗与摩尼教教团中每日举行的选民的"圣餐仪式"密切相关。选民食用"圣餐"的过程,就是解放食物中所囚禁的光明的过程。[2] 关于圣餐仪式举行时间大致有日中、下午三点左右、傍晚三种记载,贝东认为这可能反映出地区差异。[3] 但 M114 I 中的"身体—灵魂"仪式实际上就是圣餐仪式。从这个记载来看,圣餐仪式是从日中开始,一直延续到傍晚,各种记载的差异可能只是记载得不够全面、细致而导致的结果。

《下部赞》A3.1 到 A3.3 的时间线索和 M114 I 非常接近。再加上《下部赞》B2《第二凡常日结愿用之》引用 A3.4《叹明界文》("我等上相"),说明《叹明界文》是凡常日最后的祈祷的组成部分。至此,《下部赞》A3 部分的四个单元暗藏的从中午到夜晚的四个祈祷仪式时间线索已基本明晰。

对于摩尼教选民和听者每天的祷告,东西方都有很多记载。英国学者德布卢瓦(F. De Blois)曾经系统地梳理各种材料中对摩尼教祷告时间的记载,他指出其中尤为详尽的是《群书类述》。作者伊本·奈迪木在该书中记载摩尼教教徒第一个祷告开始的时间是刚过正午,也就是太阳从天顶开始下降的时刻,这个祈祷献给使者;第二个祈祷是中午到日落之

---

① Hu Xiaodan, "The reconstruction of the abecedarian hymns in the Chinese Manichaean Hymn-scroll", in 33rd Deutscher Orientalistentag, September 19th 2017, Friedrich-Schiller-Universität Jena, Germany.

② J. D. BeDuhn, *The Manichaean Body*, in *Discipline and Ritual*, Baltimore, 2000, p. 160.

③ Ibid, p. 158.

间;第三个祈祷在刚过日落;第四个祈祷在夜幕降临,也就是日落三小时之后。① 这个记载刚好与 M114 I 及下部赞 A3 部分呈现的时间框架一致。

	《下部赞》	M114 I	《群书类述》
A3.1	叹诸护法明使文 awarēd farroxīh	日中祈祷 awarēd farroxīh	第一个祈祷:刚过正午,献给使者
A3.2	叹无上明尊偈文	"身体—灵魂"赞美诗	第二个祈祷:中午到日落之间
A3.3	叹五明文	餐后祈祷	第三个祈祷:刚过日落
A3.4	叹明界文		第四个祈祷:夜幕降临,即日落三小时之后

前文已述,从《下部赞》的文本内证来看,其使用者为摩尼教听者。由此基本可以论证《下部赞》A3 部分就是听者日常使用的四个祈祷文。其中,日中祈祷《叹诸护法明使文》是每天的第一个祈祷文。

第四节　三语仪轨的历史语境
——兼论《下部赞》写卷的制作与流转

根据笔者的重构,《叹诸护法明使文》应该译自一组中古波斯语字母离合赞美诗,而且从回鹘语本的保存情况来看,这组中古波斯语赞美诗同时也被译成了回鹘语,三种语言的版本在使用时都要配合同一个伊朗曲调 awarēd farroxīh"来吧,幸运"。这个伊朗曲调是整个仪轨的核心,由它串联起《叹诸护法明使文》中古波斯语、回鹘语和汉语三种语言的版本。这个三语仪轨是在什么样的历史背景中出现的呢?

① F. De Blois, The Manichaean Daily Prayers, in: R. E. Emmerick, W. Sundermann and P. Zieme (eds.), *Studia Manichaica IV. Internationaler Kongreß Zum Manichäismus*, Berlin, *14. – 18. Juli 1997*, Berlin 2000, pp. 49-54.

　　《下部赞》保存了大量摩尼教赞美诗作者的历史信息,因而在摩尼教赞美诗的创作和摩尼教赞美诗集的编纂的史学研究上具有无可取代的重要价值。除残损的开头和结尾的祈祷文没有保存作者信息以外,其余诗作均记有作者。结合教史类文献的记载,学界已对其中部分作者的身份有了比较清楚的认识,简列如下:

分组	编号	行　数	诗　题	作　者	年　代
A1.0	1	1—5	残损	不详	
A1.1	2	6—82	《□□□览赞夷数文》	不详	
A1.2	3	83—119	《叹无常文》	末思信法王,即 Mār Sīsin,摩尼继承人,第二代教主①	3 世纪
A2.0	4	120—158	《普启赞文》	末夜慕阇,即 Mār Zakū,摩尼弟子②	3 世纪末 4 世纪初
A2.1	5	159—163	《称赞忙你具智王》	诸慕阇	
A2.2	6	164—167	《一者明尊》	那罗延佛	
A2.3	7	168—175	《收食单偈》	大明使,即摩尼	3 世纪
A3.0	8	176—183	《初声赞文》	夷数,即耶稣	1 世纪
A3.1	9	184—221	《叹诸护法明使文》	于黑哆忙你电达	
A3.2	10	222—234	《叹无上明尊偈文》	法王	
A3.3	11	235—260	《叹五明文》	诸慕阇	
A3.4	12	261—338	《叹明界文》	末冒慕阇,即 Mār Ammō,摩尼弟子	3 世纪

① W. B. Henning, Annotations to Mr. Tsui's translation, p. 216.
② E. Waldschmidt & W. Lentz, Manichäische Dogmatik aus chinesischen und iranischen Texten, *SPAW*, 1933, pp. 491 – 492.

从上表可以看出,《下部赞》A 部分的十二个单元的赞美诗中,十首诗作的作者保存了下来。其中出自摩尼、耶稣及摩尼弟子一代的早期使徒的诗作(A1.2、A2.0、A2.3、A3.0、A3.4)创作的时代背景比较清晰。而另一部分赞美诗作者的身份不清楚。

其中尤为引人注意的就是《叹诸护法明使文》的作者"于黑哆忙你电达"。瓦尔德施密特和伦茨在 20 世纪 20 年代展开对《下部赞》的初步研究时,就注意到音译词"电达"这个头衔所反映出的粟特—回鹘背景。① 这个判断也得到了后来的研究者们的广泛认同。正如宗德曼所言,dynwr/dēnwar"选民"在中古伊朗语摩尼教文献中占据了主导地位,而佛教文献更偏爱语义相近的 dynd'r/dēndār"僧侣"一词。② dēndār 词条在《摩尼文中古波斯语和帕提亚语词典》中仅有两个用例,③dēnwar 的用例则不胜枚举。亨宁也曾尝试对这位僧侣的名字"于黑哆忙你"进行复原,遗憾的是他所依据的《大正藏》本将第一个字误作"子",所以他的复原不能采信。④ 根据现有资料,这个人名很难比定。⑤

还有一些作者也耐人寻味,如 A2.1、A3.3 都为"诸慕阇"所作,A3.2 为法王所作。根据《摩尼光佛教法仪略》,摩尼教教团的教阶自教主(法王)以下分为五级,教主之下第一级为慕阇,教团内共 12 位;第二级为萨波塞,亦号拂多诞,72 位;第三级为默奚悉德(法堂主),360 位;以下为选民(普通僧侣)和听者(在家信徒)。这里的"诸慕阇"和法王都只有头衔而没有个人的名字,因而他们可能是当代教团内的高级僧侣。

---

① E. Waldschmidt & W. Lentz, *Die Stellung Jesu im Manichäismus*, p. 8.亨宁也支持这一论点,见 Annotations to Mr. Tsui's translation, p. 216, note 3.

② W. Sundermann, Dīnāvarīya, in: E. Yarshater (ed.) *Encyclopaedia Iranica* 7, Costa Mesa, 1996, p. 418.

③ D. Durkin-Meisterernst, *Dictionary of Manichaean Middle Persian and Parthian*, p. 151.

④ W. B. Henning, Annotations to Mr. Tsui's translation, p. 216, note 3.

⑤ 吉田豊《漢訳マニ教文献における漢字音写された中世イラン語について》,第 15 页。鉴于吉田的文章发表时间较早,笔者又查阅了新近出版的《伊朗语人名丛刊》的粟特语分册和摩尼教人名分册,没有发现发音类似的人名。[P. B. Lurje, *Personal Names in Sogdian Texts (Iranisches Personennamenbuch, II, 8)*, Wien: Verlag der Österreichischen Akademie der Wissenschaften 2010; I. Colditz, *Iranisches Personennamenbuch. Band 2, Mitteliranische Namen. Faszikel 1, Iranische Personennamen in manichäischer Überlieferung*, Wien: Österreichische Akademie der Wissenschaften, 2018]

再回到于黑哆忙你电达所作的《叹诸护法明使文》。另一个值得注意的音译词是组诗开篇的动词"阿富览"āfurām，意为"我们祈求保佑……"。该词干 āfur-"祈求保佑……"由同义词干 āfrīn-的过去分词衍生而来，在晚期文献中部分地取代了 āfrīn-。① 如纪念摩尼教中亚教团的领袖沙德·奥尔姆兹(Šād-Ohrmezd，卒于公元 600 年前后)的中古波斯语赞美诗文书 M315，就使用了 āfur-。②

柏林吐鲁番藏品中有一些与《叹诸护法明使文》主题、文风相似的赞美诗写本残片，如 M82、M83 上的一首同样带有晚期特征的称颂天使的中古波斯语字母离合诗。③

诗节			音节数
1'	ʼfwryhʼnd jʼydʼn	[ʼ]c wysp yzdʼn	
	āfurīhēnd ǰāydān	az wisp yazadān	6+5
	+++/+/	+/++/	
	愿他们永远受到保佑	从所有的神	
2 副歌	ʼstʼ[y]hʼnd wzrgyhʼḥ	ʼc dyn ywjdhr	
	istāyīhēnd wuzurgīhā	az dēn yōǰdahr	8+4
	+++/+++/	+/+/	
	愿这伟大受到赞美	从圣洁的教团	
3b	bʼn thmʼtrʼn	w: bʼsbʼ(n)ʼn④ ʼy dyn	

---

① D. Durkin-Meisterernst, *Dictionary of Manichaean Middle Persian and Parthian*, p. 28.

② I. Colditz, Hymnen an Šād-Ohrmezd. Ein Beitrag zur frühen Geschichte der Dīnāwarīya in Transoxanien, *AoF* 19, 1992, pp. 332–333.关于摩尼教中亚传教史，参王媛媛《从波斯到中国：摩尼教在中亚和中国的传播》，第 19—42 页。

③ D. Durkin-Meisterernst, *Miscellaneous hymns: Middle Persian and Parthian hymns in the Turfan collection* (*BTT 31*), Turnhout：Brepols 2014, pp. 301–303.

④ 晚期特征。cf. N. Sims-Williams apud D. Durkin-Meisterernst, *Miscellaneous hymns*, p. 301.

续　表

诗节			音节数
	bān tahmātarān	ud bāsbānān ī dēn	5+6
	/+++/	+++/+/	
	最有力的诸神	教团的保护者	
4g	gyhbʾn wygrʾd	kftynws sʾrʾr	
	gēhbān wigrād	kaftīnūs sārār	4+5
	+/+/	++/+/	
	牧人已经醒来	尊者劫伤怒思	
5d	dwšʾrmygr ʿyg nyw	yʾkwb nrymʾn	
	dōšārmīgar ī nēw	yākōb narēmān	6+5
	+++/+/	+/++/	
	有爱的、英勇的	雄猛的雅各	
6ḥ	hnzmn ʾwzxṭ	ʿy mhrʾspndʾn nywʾn	
	hanzaman awezaxt	ī mahrāspandān nēwān	6+7
	++/++/	++++/+/	
	被宽恕的教团	清净的好的	
7w	wcydgy ʾbzʾr	ʾwd dyn ʾy xwʾštyḥ	
	wizīdagīh abzār	ud dēn ī xwāštīh	6+5
	+++/+/	+/++/	
	有力的选民	安宁的教团	
8z	zwrydʾn ʾbzwʾd	ʾc pydr by zrwʾn	
	zōridān abzawād	az pidar bay zarwān	6+6

诗节			音节数
	++/++/	++/++/	
	愿你们的力量提升	从祖尔万神处	
9h	hmyw ʿsṭʾyhyd	ʾz: hmg wzrgyẖ	
	hamēw istāyīhēd	az hamag wuzurgīh	6+6
	+/+++/	++/++/	
	一直赞美下去吧	从所有的伟大中	
10ṯ	thmyy pdyryd	ʾc bʾn ʾy bʾrysṯ	
	tahmīh padīrēd	az bān ī bārist	5+5
	+/++/	+/++/	
	获得力量	从无上的诸神处	
11 y	yzdygyrdyg ʾwṭ ʿsṭʾyšn	ʾc zwrʾn ʾy wzrgyy	
	yazdegirdīh ud istāyišn	az zōrān ī wuzurgīh	8+7
	+++/+++/	++/+++/	
	神性和赞美	来自伟大的力量	
12 k	xwdʾwn yyšwʿ	sʾrʾr ʿyg frystgʾn	
	xwadāwan yišōʿ	sārār ī frēstagān	5+6
	++/+/	+/+++/	
	主耶稣	诸天使的头领	
13 l	rwšnyhʾẖ wʾrynʾd	ʾw ʾšmʾẖ thmʾn	
	rōšnīhā wārēnād	ō ašmā tahmān	6+5
	++/++/	++/+/	
	愿光明使愉悦	你们强者们	

诗节			音节数
14 m	mʾnyy xwdʾwn	pws ʿy wzrgyy	
	mānī xwadāwan	pus ī wuzurgīh	5+5
	+/++/	/+++/	
	主摩尼	伟大之子	
15 n	nyrwgʾynʾd pd wyhyy	ʾw ʾšm ʾ xwʾbrʾn	
	nērōgāyēnād pad wehīh	ō ašmā xwābarān	8+6
	++++/++/	++/++/	
	愿他以智慧加强	你们这些善人	
16 s	sʾgʿy wysp ʿstʾyšn	ʾwd ʾfryn ʾy zyndg	
	sāg ī wisp istāyišn	ud āfrīn ī zīndag	7+6
	++/+++/	++/++/	
	无数的祈请	和永恒的赞美	
17 ʿ	ʾc hmg yzdygyrdyy	(ʾw) ʾšmʾḥ frwxʾn	
	az hamag yazdegirdīh	ō ašmā farroxān	7+6
	++/+++/	++/++/	
	从一切神性之中	你们这些幸运儿	
18 p	pywʾcydwm ʾw wʾng	ʾwm bwyd fryʾdg	
	paywāzēdum ō wāng	ōm bawēd frayādag	6+6
	+++/+/	++/++/	
	他回应了我的呼唤	他将会成为我的帮助者	
19 c	cʾwnwm ʾc nwx ʾwd frtwm	pd zwr ʿy ʾbzʾr	
	čeʾōnum az nox ud fratom	pad zōr ī abzār	7+5

续　表

诗节			音节数
	+++/++/	+/++/	
	正如从我的起始	带着伟大的力量	
20 q	qwnyd drwd wːrʾmyšn	pd wyspʾn šhrʾn	
	kunēd drōd ud rāmišn	pad wispān šahrān	6+5
	+/+++/	++/+/	
	他创造出康乐与安宁	在所有世界	
21 r	rʾmynyd ʾw xwʾštygrʾn	ʾwd srʾxšyn<y>d ʾw dwyʾn	
	rāmēnēd ō xwāštīgarān	ud srāxšēnēd ō dōyān	8+7
	++/++++/	+++/++/	
	他使行善者安乐	他使魔鬼羞耻	
22 š	šʾdyh̲ ʾbzʾyd	ʾw rʾynʾgʾn ʾy xwʾšty̲h̲	
	šādīh abzāyēd	ō rāyēnāgān ī xwāštīh	5+8
	+/++/	++++/++/	
	他增加快乐	安宁的领导者	
23 t	t̲xtyh̲ʾh̲ wʾrynyd	ʾw wyspʾn hwrwʾnʾn	
	taxtīhā wārēnēd	ō wispān huruwānān	6+7
	++/++/	++/+++/	
	他迅速地制造快乐	使所有虔诚者	

音节数	4	5	6	7	8	平均 5.98
句　数	2	14	18	7	5	

全诗共 23 联,46 句。每句的长度不等,最长的句子 8 个音节,最短的 4 个音节,绝大多数诗句的长度在 5 个到 7 个音节之间,诗句的平均长度约 5.98 个音节。这个平均的诗句长度与七言的《叹诸护法明使文》相近。这首赞美诗与《叹诸护法明使文》,不论是起承转合的整体架构,还是诗句中的各种用语,都有很大的相似性,两者在仪式功能上应该也较为相似。这也可以从它们各自所属的两个写本的内容结构的相似性上得到印证。

前文已述,《下部赞》中《叹诸护法明使文》共三叠,与摩尼教徒每天下午圣餐仪式要使用的活灵赞美诗及《胡亚达曼》选段等构成了一天中的四个祈祷文。M82 与 M83 所属的这个写本目前仅保存了这两个残片。M83 为一个双页,M83 I 为赞美诗,M83 II 为帕提亚语活灵布道文,两页内容不直接相连。M82 正面的内容紧接 M83 I 背面的内容。写本中除上引称颂天使的中古波斯语字母诗外,还有活灵赞美诗及另外一首称颂天使的中古波斯语字母离合赞美诗的一部分,与《下部赞》中四个祈祷文的内容组合类似,概览如下:

帕提亚语
活灵赞美
诗

帕提亚语
活灵布道
文

M83 I 正面　　　**M83 II 正面**

帕提亚语
活灵布道
文

帕提亚语活灵
赞美诗第 15 行
开始为中古波
斯语祈祷文,第
18 行起为上引
天使赞美诗的
开头ʾfwryh ʾnd
jʾydʾn/ āfurīhēnd
ǰāydān(红框标
记,见书前彩插
五)

M83 II 背面   **M83 I 背面**

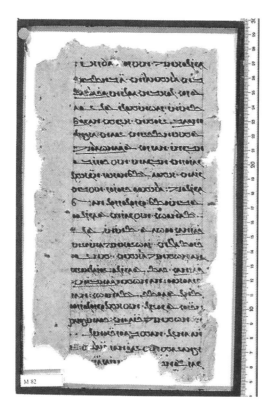

上接 M83 I 背
面,从第 2 诗节
中的 wzrgyhʾh/
wuzurgīhā 开始,

到第 20 诗节 q
诗节中的 drwd
w:rʾmyšn/ drōd
ud rāmišn(部分
残损)

M82 正面

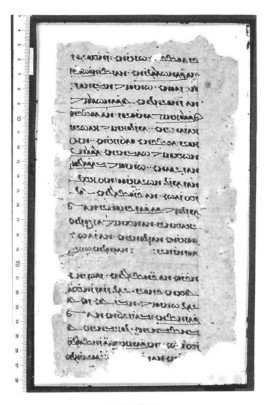

接正面,从 q 诗节的 pd wyspʾn/pad wispān 开始,到第 6 行全诗结尾的第 23 个诗节 t 诗节

简短的祈祷,结尾处有一个人名(红框标记,见书前彩插六)

第 17 行开始另一首称颂诸天使的中古波斯语字母离合诗,保存了前 6 个诗节

M82 背面

　　M82 上有一个人名 öz yägän šyrkʾn,德金指出此人可能是书手或者供养人。① 但结合《下部赞》中《叹诸护法明使文》的作者是一位有着粟特—回鹘背景的僧侣这一情形来看,此人也可能是这首赞美诗的作者。类似的写本还有 M235、M6230 等。这类赞美诗所使用的中古波斯语都具有晚期特征,且主题均为对降魔护教的诸天使的称颂,尤其是英勇善战的“头首大将”雅各(Jacob)。他在 M82、M83 及 M6230 上两首赞美诗中分别被称为 nyw yʾkwb nrymʾn“英勇的、雄猛的雅各”②和 zwrmnd yʾkwb“有力的雅各”。

---

① 　D. Durkin-Meisterernst, *Miscellaneous hymns*, pp. 304 - 305.这个人名的前半部分 öz yägän 是回鹘语。

② 　Ibid., pp. 300 - 301.

　　"降魔护教"这一主题反映出此类赞美诗创作的时代背景可能与某种变动有关——摩尼教教团在新的时局下,传教受到了不同寻常的阻力而悲慨;或者取得了里程碑式的成功而欢庆。

　　《下部赞》第83行至第119行的《叹无常文》就是在传教受阻的境况中创作的诗文的代表,这首诗的题签作"末思信法王为暴君所逼,因即制之"。末思信法王,即 mrysysn,①摩尼的继承者,摩尼教团的第二代教主,于萨珊王朝瓦赫兰二世(Vahram II)在位期间(276—293年),公元291/2年前后殉道。② 东方摩尼教文献中记载末思信相关事件的文书残损严重,③而科普特语《布道文》中则留存着瓦赫兰二世对摩尼教徒的迫害及末思信临死时的一些细节。据载,他被带到瓦赫兰二世面前,双方进行了一番较为激烈的言语交锋。末思信宁死不屈,被怒火中烧的瓦赫兰二世用剑刺伤,鲜血喷涌,最后被钉上了十字架,以身殉道。④ 这段科普特语的记载生动地勾勒出瓦赫兰二世和末思信这两个历史人物的个性特征,也为我们理解《叹无常文》补充了重要的背景信息。《叹无常文》长度与《叹诸护法明使文》相当,全诗计72句。其诗句一方面表达了末思信舍身赴死的决绝,强调肉身只是贪魔王用来囚禁佛性的工具,现世一切的财宝田宅、男女妻妾都只是海市蜃楼、过眼云烟。正所谓"生时裸形死亦尔",荣华富贵、饮食男女云云都是生不带来、死不带去的东西。唯有"布施持斋勤读诵""踊跃坚牢于正法",才能"速即离诸生死怕""速获涅槃净国土"。另一方面,"修善之人极微少,造恶之辈无边畔""众生多被无明覆,不肯勤修真正路""谤佛毁法慢真僧,唯加损害不相护"等诗句也反映出传教不顺利的境况,流露出一种对现实的无奈。总体来说,这首诗的感情基调沉郁而悲慨。

---

① W. B. Henning, Annotations to Mr. Tsui's translation, p. 216.

② M. Boyce, *A Reader in Manichaean Middle Persian and Parthian*, p.3.

③ 参摩尼文中古波斯语教史文书 M742, M903, W. Sundermann, *Mitteliranischen manichaiesche Texte kirchengeschichtlichen Inhalts* (*BTT 11*), Berlin: Akademie Verlag 1981, pp. 122, 142.

④ H. J. Polotsky, *Manichäische Handschriften der Sammlung A. Chester Beatty. 1, Manichäische Homilien. Mit einem Beitrag von Hugo Ibscher*, Stuttgart: W. Kohlhammer 1934, pp. 81–83.

《叹无常文》和《叹诸护法明使文》中都有一些与"魔"有关的诗句,但前者的"魔"仅指贪魔王;后者的"魔"则有多种含义,有的诗句指贪魔王,有的指外道,须依据具体的语境来区分。值得注意的是,《叹无常文》中并没有《叹诸护法明使文》中"能降黑暗诸魔类,能灭一切诸魔法""碎散魔男及魔女,勿令对此真圣教"一类"降魔"主题的诗句。

与《叹无常文》相比,《叹诸护法明使文》显得情绪高亢、积极向上。由此观之,《叹诸护法明使文》创作的时代背景应该不同于《叹无常文》一类在传教受阻的境况中创作的赞美诗。相反,此类赞美诗应该创作于传教取得了较大成功的时期。

另一个问题是,为什么回鹘摩尼教听者在每天的第一个祈祷文中要称颂雅各?雅各在回鹘摩尼教文献,尤其是伊朗语文献系统中是什么样的存在?雅各在很多文献中都被视为王座和教团的守护天使。如在中古波斯语祈祷文 M43 和《九姓回鹘可汗碑》粟特语部分中,护教天使雅各就与回鹘可汗紧密地联系了起来。M43 保存基本完整,其文作:①

转写

xwrʾsʾn gʾhdʾr tngryy qːnmz hmyšg dʾrʾnd ʾbywzynd ʾbʾg twhm ʾy rwšnʾʾn

nywyhʾẖ šʾd zywʾy. mʾnʾy pd rʾm wd drwd. zywʾyʾw jʾydʾn.

ṯhmʾtr shy[n] ʾrdyqr. nyrwgʾwynd yzd wʾcʾfryd. gwrdʾn ph(l)[wm] srhng.

rzmywz hwnrʾwynd. yʾqwb wzrg frystg. qyrdgʾrʾn frhʾn wʾẖšʾʾn

ʾfwrʾndʾw tw šhryʾr. nʾmgyn gʾhdʾr dydymwr. tngry qʾn qwyl bylgʾqːn. kw

ʾbzʾyʾnd nwg frwx[yẖ nwg{ʔ} rʾm]yšn ʾwd nwg šʾdyẖ.

jdgʾwd nwg pyrwzyẖ dʾ[ʾw{ʔ}] psʾwd pyšyyʾʾyʾd.

bwʾndwt pʾsbʾn ʾwd pʾdʾr.

yzdʾn bʾn ʾwd frystgʾn rʾmynʾndwt wysp rwcʾn. gʾhwt wnyrʾd šʾdyhʾẖ ʾbywzynd dʾ ʾw dyr sʾrʾn

hmyšg mʾnʾy šʾd

---

① M. Boyce, *A Reader in Manichaean Middle Persian and Parthian*, pp. 193–194.回鹘语部分使用斜体,不进行译音。

译音

xwarāsān gāhdār *tngryy q:'nmz* hammēšag dārānd abēwizend abāg tōhm ī rōšnān

nēwīhāh šād zīwāy. mānāy pad rām ud drōd. zīwāy ō jāydān.

tahmātar sahēn ardīkkar. nērōgāwend yazad wāzāfrīd. gurdān pahlom sarhang.

razmyōz hunarāwend. yākōb wuzurg frēstag. kirdagārān farrahān wāxšān

āfurānd ō tu šahryār. nāmagēn gāhdār dīdēmwar. *tngry q'n qwyl bylg' q:'n.* kū abzāyānd nōg farroxīh nōg rāmišn ud nōg šādīh.

jadag ud nōg pērōzīh dā ō pas ud pēšīh āyād.

bawāndut pāsbān ud pādār.

yazadān bān ud frēstagān rāmēnāndut wisp rōzān. gāhut winerād šādīhāh abēwizend dā ō dēr sārān

hammēšag mānāy šād

翻译

愿东方王座的主人,我们的登曷哩汗及光明的族群永远不受侵犯。

愿你笑口常开,安宁康乐,长命百岁。

强大无比、出类拔萃的战士,强有力的、由神的话语所创造的英雄们的,英勇善战的最佳领袖雅各大天使和强大的、光荣的诸灵。

愿他们保佑你,国家的统治者,享有盛名的王座的主人,头戴王冠的登曷哩汗阙蜜伽汗。愿他们(为你)增添新的福气、新的安宁、新的快乐。

愿好的兆头和新的胜利频频来临。

愿他们成为你的护佑。

愿诸神和天使们带给你每天的安宁,愿你的王座长年安乐无忧。

愿你永葆快乐。

这是一个为回鹘可汗及摩尼教教团祈福的祈祷文。文中虽然出现了"诸神""诸灵""诸天使"等笼统的称号,但保佑王座不被侵犯的最主要的"保护神"是英勇、善战,身为"英雄们核心的领袖"的雅各。gwrd'n phlwm srhng"英雄们最好的领袖"这个表述与《叹诸护法明使文》中用来形容雅各的"头首大将"很类似。

文书背面第 2 行中的 tngry q'n qwyl bylg' q:'n"登曷哩汗阙蜜伽汗",曾被宗德曼比定为 11 世纪初的智海可汗。① 而这一可汗称号同样见于吐鲁番安乐城遗址出土的一篇《造佛塔记》。这篇《造佛塔记》最初的刊布者陈国灿和伊斯拉非尔·玉苏甫基于可汗称号的相似性,将此文书中的可汗比定为智海可汗。② 而荣新江则指出智海可汗的称号是一条包罗万象的称号,其他可汗的称号也几乎都和他的称号重复。通过对文书中其他官称的分析,他将文书的断代定为 9 世纪末到 10 世纪上半叶。③ 付马结合新出史料重新梳理了西州回鹘可汗的世系,基于汗号中相同的 qwyl bylg'"阙蜜伽"这一要素,他将 M43 中的这位可汗与吐鲁番安乐城遗址出土的《造佛塔记》中 9 世纪末到 10 世纪上半叶的"回鹘爱登曷哩阿那骨牟里弥施俱录阙蜜伽□□圣[天]可汗"堪同。④

负责整理柏林藏科普特语摩尼教文献的伯利希(A. Böhlig)曾指出:雅各在《旧约》和发现于库姆兰的《禧年书》(the Book of Jubilees)等早期经典中仅被视作一位军事将领;而通过犹太教的发展,其身份已经脱离《旧约》传统的叙事,成为了天使的统领。⑤ 更有学者进一步观察了雅各的形象在希腊语犹太流散(Diaspora)文献中"天使化"的过程。例如在《约瑟祈祷文》(Prayer of Joseph)和《雅各祈祷文》(Prayer of Jacob)中,雅各已经

① W. Sundermann, Iranian Manichaean Turfan Texts concerning the Turfan Region, A. Cadonna (ed.), Turfan and Tun-huang, the texts: Encounter of civilizations on the Silk Route, Firenze: Olschki 1992, p. 67.
② 陈国灿、伊斯拉非尔·玉苏甫《西州回鹘时期汉文〈造佛塔记〉初探》,《历史研究》2009 年第 1 期,第 174—182 页。
③ 荣新江《〈西州回鹘某年造佛塔功德记〉小考》,收入张定京、阿不都热西提·亚库甫主编《突厥语文学研究——耿世民教授 80 华诞纪念文集》,北京:中央民族大学出版社,2009 年,第 186 页。
④ 付马《西州回鹘与丝绸之路:9—13 世纪东部天山地区历史研究》,北京大学博士研究生学位论文,2017 年,第 85—86、95 页。
⑤ A. Böhlig, Jacob as an angel in Gnoticism and Manicheism, in R. M. Wilson (ed.), Nag Hammadi and Gnosis, Leiden: Brill 1978, pp. 122-130.

由一位历史人物——犹太人之祖先——晋升为"天使",甚至自称"天使长"(archangel)。① 而经由犹太传统所确立的雅各的"天使长"身份,被诺斯替教派(Gnosticism)和摩尼教所继承,代表性的例子就是诺斯替文献《拿戈玛第写本》(Nag Hammadi Codex)中的《埃及人福音》(Gospel of the Egyptians)和吐鲁番出土的摩尼教中古波斯语祈祷文 M4 和 M43。② M4文书内容已由克林凯特(H. J. Klimkeit)进行了完整的英译,马小鹤先生也对其中几段进行了汉译,此不赘言。③

但是雅各频频出现在回鹘摩尼教祈祷文中,并成为回鹘摩尼教教徒的信仰,这一现象不是一个单纯的神学层面的问题,更是史学层面的问题。④ 英勇善战的雅各率领光明的教众击败魔鬼的文学样式已经延伸到历史文献中。代表性的就是粟特—回鹘—汉语三语碑铭《九姓回鹘可汗碑》。

《九姓回鹘可汗碑》位于蒙古人民共和国前杭爱省鄂尔浑河畔巴剌沙衮旁,漠北回鹘故都鄂尔都八里遗址的地域之内,用以纪念回鹘第八代可汗保义可汗(808—821 年在位)。在三种语言的碑文中,汉语本保存最好,粟特语本的保存状况稍逊一筹,而回鹘语本残损严重,不能卒读。除主要纪念的保义可汗及其前任第七代可汗怀信之外,碑文中着墨最多的就是第三代可汗牟羽。

汉语本第 6 行至第 8 行记载"安史之乱"中,史思明之子史朝义遣使

---

① K. Sullivan, *Wrestling with Angels: A Study of the Relationship between Angels and Humans in Ancient Jewish Literature and the New Testament*, Leiden: Brill 2004, pp. 98 – 103. P. W. van der Horst & Judith H. Newman, *Early Jewish prayers in Greek*, Berlin: Walter de Gruyter 2008, p. 224.

② A. Böhlig, Jacob as an angel in Gnoticism and Manicheism, pp. 122 – 130.马小鹤延续伯利希的思路对霞浦文书中的"耶俱孚"进行了探讨,见《摩尼教耶俱孚考——福建霞浦文书研究》,收入氏著《霞浦文书研究》,兰州:兰州大学出版社,2014 年,第 123—144 页;原载《中华文史论丛》2012 年第 2 期,第 285—308 页。

③ H. J. Klimkeit, *Gnosis on the Silk Road: Gnostic texts from Central Asia*, San Francisco: Harper SanFrancisco 1993, pp. 159 – 160.此书 401 页的"文献来源和刊本列表"(Sources and editions of texts translated)中将该文书的编号误作 M46。马小鹤《摩尼教耶俱孚考——福建霞浦文书研究》,第 136—138 页。

④ 吉田丰已经注意到雅各在回鹘摩尼教文献中的军神地位,参《粟特文考释》,第 74 页。

臣"币重言甘乞师,并力欲灭唐社"。但牟羽可汗"忿彼孤恩窃弄神器",认为史朝义的政权没有合法性,拒不接受其金银珠宝和甜言蜜语的诱惑,反而站在唐朝一方,"亲统骁雄,与王师犄角,合势齐驱,克复京洛",与唐军协同作战,平定了叛乱。① 此后,牟羽可汗并未立即班师北返,而是在唐朝东都洛阳驻留了一段时间,观察、学习唐朝的风俗。这个时候,身在洛阳的睿息等摩尼教高僧说服可汗入教,并和他一起回到王廷,开教回鹘。自此,摩尼教成为回鹘国教,"慕阇徒众,东西循环,往来教化",②进入了空前的鼎盛期。

粟特语本的内容与汉语本基本一致,但尤为值得注意的是改宗摩尼教的这部分叙事,汉语本第9行记载牟羽可汗"今悔前非,愿事正教",下令称"往者无识,谓鬼为佛。今已悟真,不可复事……"③

内容上与之平行的碑文粟特语本第 11 行作:(β) γ(y) ʾxšy-wny pty-s(yn)t prmʾnh prʾmʾy wʾnkw ZY ptcxšδ (c) ywyδ pyδʾr δyw(ty) ʾspʾs (zwšy) ZY nm(ʾcwʺ)γtδʾrym [　　　] ptkryt ZKwy γrʾ(…)kw (nʾ)m (z-ʾ) yh "神圣的王同意了,并下令说道:'接受(摩尼教),因为我们曾向魔鬼们送上荣誉、牺牲和敬意。'"④这里尊崇正教、远离魔鬼的语境与《叹诸护法明使文》中"降魔"主题的诗句语境非常相似。所谓"向魔鬼们送上荣誉、牺牲和敬意",即是尊奉其他宗教;而所谓"降魔",实际上就是指摩尼教教团战胜了其他宗教,使回鹘王室皈依摩尼教信仰。

粟特语本第 17 行更是将"英勇善战"的回鹘可汗比作雅各:rty xwty yʾxy (ʾ)[x](š)ywnʾk wmʾt ky pr yʾkwβ βrʾy-(št)ʾk ʾxšnyrkw xyp(δ) [　　　] CWRH [　　]"他本人是一位勇敢的王,以天使雅各的标记来武装自己"。⑤ 在这里,天使雅各和回鹘可汗具有了同一性,作为摩尼教团的守

① 森安孝夫、吉田豊《カラバルガスン碑文漢文版の新校訂と訳註》,《内陸アジア言語の研究》34,2019 年,第 19 页。

② 同上,第 20 页。

③ 同上,第 19—20 页。

④ Y. Yoshida, Some New Readings of the Sogdian Version of the Karabalgasun Inscription, in: A. Haneda (ed.), *Documents et archives provenant de l'asie centrale*, Kyoto 1988, p. 121.

⑤ Y. Yoshida, Some New Readings of the Sogdian Version of the Karabalgasun Inscription, p. 121.

护者和供养人的回鹘可汗则拥有了和雅各一样的品质和力量。

　　结合《九姓回鹘可汗碑》的内容来理解《叹诸护法明使文》中"头首大将耶俱孚,常具甲仗摧逆党""令请降魔伏外道,以光明手持善众",其背后的隐喻显然就是称颂回鹘可汗的显耀军功及立摩尼教为国教,确立其正统地位的功德。由此观之,《下部赞》中作为摩尼教听者每天第一个祈祷文的《叹诸护法明使文》的创作和翻译正是纪念回鹘改宗摩尼教,感恩回鹘可汗,为教团祈福。

　　回鹘语《牟羽可汗入教记》中这样记载牟羽改宗的场景:"那时,当牟羽可汗下了这道神令之后,云集的平民敬拜祈祷并赞颂了天王。(然后又)向我们和众僧敬拜了、愉快地祈祷了。"[1]《下部赞》中听者的第一个祈祷文献给回鹘可汗,与这里记载的众人先向牟羽可汗敬拜祈祷,再向众僧敬拜祈祷的记载暗合。在回鹘摩尼教文献的历史语境中,天使雅各不仅是勇武的军神、"神""人"之间的信使,更是僧俗两界、政教之间的纽带。其作为教团的守护天使和王座的守护天使的双重身份的实质正是摩尼教教团和回鹘王室之间的信仰契约。

　　《下部赞》作为一个汉译的摩尼教仪轨,林悟殊曾论证其产生的时代背景应是"安史之乱"后摩尼教借助回鹘的势力重新传入内地。[2] 摩尼教自玄宗开元二十年(732 年)被禁断,直到"安史之乱"以后,才借助回鹘的势力重新传入内地。《叹诸护法明使文》的"降魔"主题反映出摩尼教与其他宗教的竞争,正好与这一时期的宗教背景相符。"安史之乱"打破了唐朝原本的政治、军事格局,各宗教、教派也趁机依托不同的势力积极活动,以谋求新格局中的一席之地。荣新江就曾以敦煌藏经洞留存的成书于大历九年(774 年)前后的净众保唐派禅僧所编纂的灯史著作《历代法宝记》中禅僧的西天祖师打败末曼尼(摩尼)和弥师诃(耶稣)两个外道这一个公案为切入点,勾连史实,揭示出"安史之乱"后各

---

① 牛汝极《回鹘文〈牟羽可汗入教记〉残片释译》,《语言与翻译》1987 年第 2 期,第 49 页;森安孝夫《東西ウイグルと中央ユーラシア》,名古屋大学出版会,2015 年,第 19—20 页。

② 林悟殊《摩尼教及其东渐》(增订版),第 236 页。

宗教的激烈竞争。① 可以说,禅僧杜撰自己的祖师打败摩尼教创教人摩尼及基督教创教人耶稣的故事,与同一时期的摩尼教教徒在《叹诸护法明使文》中所颂扬的摩尼教诸天使击败魔鬼、保护正教有着异曲同工之妙,都是当时各宗教、教派争夺传教空间的生动反映。

从语言学特征上看,《下部赞》中的音译部分的确也反映出回鹘语的影响。② 如前所述,柏林吐鲁番藏品中也保存了《叹诸护法明使文》的回鹘语译本残片,而根据笔者的重构,《叹诸护法明使文》的原始版本应为中古波斯语本。③ 这种三语的制作方式正与三语的《九姓回鹘可汗碑》非常相似。《九姓回鹘可汗碑》用如尼文回鹘语、粟特文粟特语以及汉语三种语言书写,吉田豊曾对三种语言的碑题进行了比较:

回鹘语: bu tängrikän〔ay〕tängridä qut bulmïs alp bilgä tängri uyɣur qaɣan
〔… bitidimiz〕

我们作此碑以称颂神一般的可汗 ay tängridä qut bulmïs alp bilgä

粟特语:’yny ’’y tnkry-δ ’xwtpwl-mys ’l-p pyl-k’ βɣy’ wyɣwr x’ɣ-’n ɣwβty-’kh
pts’k np’x(š)〔tw δ’rym〕

我们作此碑以称颂这位君主,回鹘可汗 ay tängridä qut bulmïs alp bilgä

汉语:九姓回鹘爱登里啰汩没蜜施合毗伽可汗圣文武碑并序

他认为,回鹘语本和粟特语本是相互依赖的,而汉语本独立于其余二

① 荣新江《〈历代法宝记〉中的末曼尼和弥师诃——兼谈吐蕃文献中的摩尼教和景教因素的来历》,王尧主编《藏学研究丛刊——贤者新宴》,北京:北京出版社,1999 年,第130—150 页;收入氏著《中古中国与外来文明(修订版)》,北京:三联书店,2014 年,第309—332 页。
② N. Sims-Williams apud Y. Yoshida, Manichaean Aramaic in the Chinese Hymnscroll, p. 330.
③ P. Zieme, Alttürkische Parallelen zu den Drei Cantos über die Preisung der Lichtgesandten, pp. 203‑207.

者。据《磨延啜碑》的记载,回鹘可汗将粟特人和汉人作为技术官带到漠北,成为两个系统的书手。而《九姓回鹘可汗碑》回鹘语本和粟特语本的一致性表明回鹘语本可能也出于粟特书手之手。①

从这三种语言的语言学特征来看,汉语本身就迥异于回鹘语和粟特语,比如汉语不使用字母,一般也不会将谓语动词置于句末。换句话说,从文化交流与融合的维度来观察,回鹘语和粟特语之间具有比两者与汉语之间更好的兼容性。② 回鹘语和粟特语本甚至可以保留相似的句法结构,汉语译本则难以做到这样的程度。不仅如此,汉唐以来文学的兴盛也使汉语文学传统本身成为一个强有力的影响因子,汉语本所面向的观众也是习惯于汉语文学形式的汉人,在这样的背景下,回鹘汗廷在制作三语文本中的汉语本时既尊重原本,又兼顾汉语文学本身的风格、样式,也就不难理解了。

吉田丰还指出,从《九姓回鹘可汗碑》粟特语碑文中多次出现 δynmync pts'k "宗教的纪念碑"来看,漠北回鹘可能多次树立改宗摩尼教的纪念碑。③ 这种造碑运动是否同时伴随着纪念性宗教诗文的撰写和流行?《叹诸护法明使文》一类的晚期中古波斯语赞美诗是否可能像《九姓回鹘可汗碑》一样,由回鹘政权官方同时制作了三种语言(中古波斯语、回鹘语、汉语)的诗文?

"官方制作"这一点也可以从回鹘语本和汉语本的写本、写卷性质上得到证明。根据茨默教授的搜集整理,《叹诸护法明使文》的回鹘语本目前残存的有三个摩尼文写本和一个回鹘文写本。其中,摩尼文回鹘语残片 U50 的原始编号作 T I α/ T M 175,④表明其出土地点是高昌城内著名

---

① Y. Yoshida, Some New Readings in the Sogdian Version in the Karabalgasun Inscription, in: M. Ölmez, E. Aydin & P. Zieme etc. (eds.), *From Ötüken to Istanbul*, *1290 years of Turkish* (*720 - 2010*), Istanbul 2011, pp. 78 - 79.

② 如前文所述,以字母离合赞美诗这种文体为例,回鹘语文学吸收了这种文学样式,此后用回鹘语创作佛教字母离合诗,但汉语的语法特性是无法与这种文体兼容的。

③ Y. Yoshida, Some New Readings of the Sogdian Version of the Karabalgasun Inscription, p. 121.

④ P. Zieme, Alttürkische Parallelen zu den Drei Cantos über die Preisung der Lichtgesandten, p. 205.

的摩尼教寺院 α 寺。① 而《下部赞》采用细腻到近乎半透明的优质纸张，书体优美，行距均衡，显示出写卷的制作方式极为正式而高级。②

《下部赞》写卷背面抄写了一些佛教文献，并题有"往西天求法沙门智严西传记写下一卷"。据荣新江考证，此佛僧智严为鄜州（今陕西富县）开元寺观音院主，于同光二年（924 年）三月初从印度求法归来，到达沙州。而《下部赞》写卷背面所抄录的《西域记》《礼赞文》《礼忏文》文本，正是智严前往印度时随身携带的旅行指南和实用文书。③ 由此推测，《下部赞》写卷应源出鄜州开元寺。从地理位置上看，鄜州位于关内北通回鹘的要道之上。④ 武后时任鄜州刺史的卢玢的墓志中就描述此地"北通河塞，戎马岁殷，南接都畿"。⑤ 漠北回鹘自元和初年（案：元和元年为 806 年）以摩尼僧为官方代表入贡中原。⑥ 从回鹘牙帐到长安的驿程约为三千五百里。⑦ 又《唐六典》中规定"凡陆行之程：马日七十里，步及驴五十里，车三十里"。⑧ 回鹘使团随行有贡品，因而其行进速度应按驴行或车行为参考，即便是以较快的驴行速度，摩尼僧所带领的使团在旅途中所花费的时间也在七十天左右。而根据摩尼教教规，教徒需要进行各种日常的宗教

---

① 该遗址的历史学研究，参 T. Moriyasu, *Die Geschichte des uigurschen Manichaeismus an der Seidenstrasse. Forschungen zu manichaeischen Quellen und ihrem gischichetlichen Hintergrund*, Wiesbaden: Harrassowitz 2004, pp. 154–192；王媛媛《从波斯到中国：摩尼教在中亚和中国的传播》，第 227—248 页。

② 林悟殊《敦煌写本〈下部赞〉原件考察》，收于氏著《摩尼教及其东渐》（增订版），第 239—241 页；荣新江教授将其在伦敦考察《下部赞》原卷时的笔记借与笔者查阅，谨致谢忱。

③ 荣新江《敦煌文献所见晚唐五代宋初的中印文化交往》，收于氏著《丝绸之路与东西文化交流》，北京：北京大学出版社，2015 年，第 101—102 页；原载《季羡林教授八十华诞纪念论文集》，南昌：江西人民出版社，1991 年，第 955—968 页。

④ 严耕望《唐代交通图考》卷一，台北："中研院"历史语言研究所，1985 年，第 230—231 页。

⑤ 郁贤皓《唐刺史考全编》，合肥：安徽大学出版社，2000 年，第 206—207 页。《大唐故左屯卫将军卢府君墓志铭并序》，罗振玉《芒洛冢墓遗文四编》卷五，收入张本义主编《罗雪堂合集》第二十函，杭州：西泠印社，2005 年。

⑥ 林悟殊《回鹘奉摩尼教的社会历史根源》，氏著《摩尼教及其东渐》（增订版），第 93 页；王媛媛《唐大历、元和年间摩尼寺选址原因辨析》，《西域研究》2011 年第 3 期，第 35—36 页。

⑦ 严耕望《唐代交通图考》卷一，第 318 页。

⑧ （唐）李林甫等撰，陈仲夫点校《唐六典》，北京：中华书局，1992 年，第 80 页。

活动,这些活动多以一星期为周期。故元和以后,回鹘牙帐到长安之间的
要道上应设有摩尼寺,或在一些佛寺中设有可供摩尼僧居住和举行日常
活动的固定场所。智严所在的鄜州开元寺中收藏的摩尼教《下部赞》,可
能就是回鹘使团留下的。

附录　字母离合诗
起首词统计表

　　以下对中古波斯语和帕提亚语各诗节起首词的词频进行统计。统计分为四项,第一项为词语原形,亦即每个词的基本形态;第二项为词性及词形,它们标记了每个词在具体语境中的使用方式;第三项为词义,是对词语在语义和语法两个层面的解释;第四项为词频,即词语出现在统计范围内的字母离合赞美诗的诗节起首的次数。通过对以上四个项目的统计,可以观察各类型的词语在字母离合赞美诗中被使用的频率和方式。对部分词语语法功能的说明以楷体表示。

缩略语

1. 第一人称	interj.　感叹词
2. 第二人称	interrog.　疑问词
3. 第三人称	m.　阳性
a.　形容词	n.　名词
adv.　副词	neg.　否定词
card.　基数词	num.　数词
caus.　致使动词	n. pr.　专有名词
conj.　连词	ord.　序数词
correl.　关联词	part.　小品词
gen.　属格	pass.　被动式
impv.　命令式	pl.　复数

postp. 后置词　　　　　　　prp. 现在分词

pp. 过去分词　　　　　　　rel. 关系词

prep. 前置词　　　　　　　sg. 单数

pres. 现在时　　　　　　　subj. 虚拟式

pron. 代词　　　　　　　　suprl. 最高级

'诗节（中古波斯语第一诗节；帕提亚语第一诗节）

中古波斯语起首词统计表

原形	词性及词形	词　义	词频
ʼfryn-	pp.Ia／n.	赞美	5
ʼmd	pp.I	来	4
ʼfwr-	pass.subj.3.pl.／subj.1.pl.	赞美	2
ʼrzʼn	a.pl.	值得的	1
ʼw	prep.	向着,朝着,在;用于标识宾语	1
ʼbr	prep.	在……之上	1
ʼwš	pron.	那个,他,她,它	1
ʼʼwn	correl.adv.	如此,像;关联副词	1
ʼbdʼc-	prp.Ia	拯救	1
ʼšnw-	pp.I	听到,理解	1
ʼwḥ	adv.	这样	1

帕提亚语起首词统计表

原形	词性及词形	词　义	词频
ʼfryn-	pp.I／pp.Ia, pl.／subj.1.pl.	赞美	12
ʼgd	pp.I	来	8

续　表

原形	词性及词形	词　义	词频
ʾw	prep.	向着,朝着,在;用于标识宾语	8
ʾrjʾn	a.	值得的	5
ʾc	prep.	从	5
ʾbxšʾh-	impv.sg./pl.	怜悯	4
ʾmwst	a.sg./pl.	虔诚的	2
ʾwn	interj.	哦;感叹词	2
ʾxšd	n.	怜悯	2
ʾmʾh	pron.gen.	我们	2
ʾwd	conj.	和	2
ʾʾlyf	n.	第一个字母的名称	2
ʾwr-	impv.pl.	来	1
ʾbr	prep.	在……之上	1
ʾg	conj.	如果	1
ʾmwcg	n.	慕阇	1
ʾmyn	interj.	阿门	1
ʾzdygr	n.	信使	1
ʾmwrd-	pp.I	聚集	1
ʾwšʾn	pron.	那些	1
ʾgʾdg	n.	愿望	1
ʾrdʾwyft	n.	正义	1
ʾnwšg	a.	不朽的	1
ʾʾlʾb	n.	祈求	1
ʾwl	adv.	向上地	1

b 诗节(中古波斯语第二诗节;帕提亚语第二诗节)

中古波斯语起首词统计表

原形	词性及词形	词　义	词频
bwzygr	n.	救世主	2
pd	prep.	在……之上，用，以，带着	2
bwxt'r	n.	拯救者	2
bw-	pp.I	是；助动词	1
bwj-	pp.Ia	拯救	1
br'd	n.sg.	兄弟	1
bzkr	n.	罪人	1
b'm	n.	光辉	1
by'sp'n	n.	信使	1
byc'r	a.	恶心的	1
b'md'd	n.	黎明	1
b'r	n.	果实	1
by	n.pl.	神	1
bwrdrnj	n.pl.	勤劳者	1
bwrd	n.	勤劳者	1

帕提亚语起首词统计表

原　形	词性及词形	词　义	词频
bg	n.sg./pl.	神	11
bw-	pp.I/opt./subj.1.pl./pres.1. pl./pres.1.sg./pres.2.pl./impv.pl.	是；助动词	8
bwj-	pp.Ia.sg./pl.	拯救	5
bwj'gr	n.	救世主	4
b'm	n.	光辉	4

续　表

原　形	词性及词形	词　义	词频
brʾd	n.pl.	兄弟	3
bʾmyn/bʾmyyn	a.	光辉的	3
bzkr/bzqr	n.	罪人	3
bwṭ	n.pr.m.sg./pl.	佛	2
brm-	pres.3.sg./pp.II	哭泣	2
bgʾnyg	adj.	神圣的	2
bwrz	a.	高的,大声的	2
byʾspʾn	n.	信使	1
pṭ	prep.	在……之上	1
brhm	n.	服装	1
brʾz-	prp.Ia	发光的	1
byc	conj.	但是	1
bʾš-	impv.pl.	吟咏,唱	1
bdyg	a.	第二的,另外的	1
bzmg	n.	灯	1
bwxtgyft	n.	拯救	1
bwrzwʾr	a./n.	高的,高度	1
pwhr	n.	儿子	1
br	n.	门	1
bnd	n.	监狱	1
bʾmyw	a.	光辉的	1
bwy	n.	气味	1
bgrʾštygr	n.	正义的神	1
bwn	n.	根本,原则	1

g 诗节（中古波斯语第三诗节；帕提亚语第三诗节）

中古波斯语起首词统计表

原形	词性及词形	词　义	词频
gyhbʾn	n.sg./pl.	牧人	4
gyʾn	n.sg./pl.	灵魂	2
gwrd	n.	英雄	2
gw-	prp.Ia.pl.	说	1
gwgʾn-	pp.Ia	破坏	1
gyr-	pp.I	抓住	1
gʾh	n.	王座	1
gyh	n.	羊群	1
gyš-	pp.I	系上	1

帕提亚语起首词统计表

原形	词性及词形	词　义	词频
gyʾn	n.sg./pl.	灵魂	14
gyʾnyn	a.	灵魂的	9
gryw	n.	灵魂	8
gmbyr	a.	深的	5
gd	pp.	来,去	4
gyhbʾn	n.	牧人	2
gyrw-	pres.3.sg./pp.I	抓住	2
gš-	pp.II/pres.1.pl.	喜悦	2

续　表

原形	词性及词形	词　义	词频
gwny'g	a.	美丽的	2
gr'nyft	n.	重	2
gwrd	n.	英雄	1
gstgr	a.pl.	恶心的	1
gz-	pp.I	撕碎	1
gr'n	a.	重的,深的,大的	1
gwyndg	n.	过错	1
gyh'n	n.	世界	1
gzng	n.	宝库	1
gr'y-	pp.II	降落	1
gznbr	n.	司库	1
g'h	n.	王座	1
gyhmwrd	n.pr.m.	吉穆尔德,第一个男人的名字,相当于"亚当"	1
grdm'n	n.	天堂	1

d 诗节(中古波斯语第四诗节;帕提亚语第四诗节)

中古波斯语起首词统计表

原形	词性及词形	词　义	词频
d'ywr	n.	审判者	2
dwšyst	a.suprl.	最亲爱的	2
dyn	n.	宗教	2

续　表

原形	词性及词形	词　　义	词频
dhybyd／dhwbyd	n.	国君,净风的长子	2
d'šyn	n.	礼物	1
drwzn	a./n.	假的,说谎者	1
d'dyst'n	n.	审判	1
dwš'rmygr	a.	有爱的	1
dw-	pres.3.pl.	跑	1
dydym	n.	王冠	1
d'dxw'h'n	n.pl.	寻求正义者	1
drwg	n.	谎言	1

帕提亚语起首词统计表

原形	词性及词形	词　　义	词频
dh-	subj.2.sg./subj.1.sg./subj.1.pl./impv.pl./pp.I	给	9
dydn	n.	外表,出现	9
d'dbr	n.	审判者	7
d'r-	impv.pl./subj.2.sg.	拥有,保持	6
dyw	n.sg./pl.	魔鬼	4
d'hw'n	n.	礼物	3
dw'dys	num.card.	十二	3
drd	n.	痛苦	2
drwd	n.	幸福安康	2

原形	词性及词形	词　义	词频
dʾlwg	n.sg./pl.	树,植物	2
dys-	pres.3.sg./pp.I	塑造	2
dyn	n.	宗教	2
dwšmn/dwšmʾyn	n.sg./pl.	敌人	2
dydym	n.	王冠	2
dwšyst	a.suprl.	最亲爱的	1
dʾšyn	n.	礼物	1
dʾd	n.	公正,正义	1
dwjʾrws	a.	难以关闭的	1
dwrcyhr	a.	丑陋的	1
dm-	impv.pl.	吹	1
dydyšyn	n.	外表	1
dydbʾn	n.	护卫	1
dysmʾn	n.	建筑	1
dʾmg	n.	陷阱	1
db	n.	诡计	1
dwr	a.	远的	1
drʾn	n.pl.	山谷	1
dbgr	n.pl.	欺骗者	1

<u>h</u> 诗节(中古波斯语第五诗节;帕提亚语第五诗节)

中古波斯语起首词统计表

原形	词性及词形	词　义	词频
h'	part.interrog.	表示疑问的小品词	3
xwrxšyd	n.	太阳	2
h'n	pron.dem/pers.3.sg.	那个,他	2
hrw	pron.	全部,每个	1
hwcyhr	a.	美丽的	1
frystg(hrystg'n)	n.pl.	信使,天使	1
h'mjmyg	n.	推因神	1
hnzmn	n.	集合,教会	1
xwmbwy	a.	芳香的	1
hš'gyrd	n.pl.	信徒	1
hy'r	n.pl.	帮助者,朋友	1
h'mn'pyy	n.	亲戚	1

帕提亚语起首词统计表

原形	词性及词形	词　义	词频
hrw	pron.sg./pl.	全部,每个	15
hw	pron.	那个,他的	10
hwcyhryft	n.	美	6
hmyw	adv.	总是	3
hft	num.card.	七	2
hwfryxš	a.	良好地统治的	2
hmwd-	subj.1.pl./pres.1.pl.	相信	2

原形	词性及词形	词　　义	词频
<u>h</u>wzynyy/<u>h</u>wzyny<u>h</u>	a.	被妥善保护的	2
hwʾxšd	a.	怜悯的,慈悲的	2
hwʾngd	a.	非常高兴的	2
<u>h</u>xs-	pres.3.pl./impv.pl.	追逐	2
hwcyhr	a.	美丽的	2
hwʾrmyn	a.	非常平静或愉悦的	2
hʾw-	pres.3.sg.	烧焦	1
h<u>r</u>wʾgwc	adv.	到处	1
hwprmʾn	a.	慈悲的	1
xʾz-	prp.IIa，pl.	吞食	1
<u>h</u>zʾr	num.card.	千	1
xwrxšyd	n.	太阳	1
<u>h</u>syng	a.	初始的	1
<u>h</u>mg	a.	全部的	1
hʾmʾbyr	n.	仓库	1
hynzʾwr	a.	强的	1
hwpsxt	a.	巧夺天工的	1
xwdʾy	n.	主	1
<u>h</u>wmʾywn	a.	幸运的	1

w 诗节(中古波斯语第六诗节;帕提亚语第六诗节)

中古波斯语起首词统计表

原形	词性及词形	词　义	词频
ᵓwd	conj.	和	2
wzrg	a./n.	大的,伟大的	1
wdrᵓy	a.	可怜的	1
wysp	a./n.pl.	所有的	1
wcydgy	n.	选民	1
wcyd	pp.pl.	被选择的	1
wyšqwh̲	n.	花朵	1
wšn	postp.	为了	1
wyspwyh̲	a.	所有的之中最好的	1
ᵓwš	pron.	那个,他,她,它	1
wynᵓrᵓg	n.pl.	安排者	1
wᵓng	n.	声音	1
wᵓxšyg	a.	精神的	1

帕提亚语起首词统计表

原形	词性及词形	词　义	词频
wsnᵓd	prep.	关于	4
wzrgyft	n.	伟大	4
wyšᵓh-	pp.I	打开	3
wnwh	interj.	看呐	3
wzrg/wzrq	a./n.	大的,伟大的	3
ws	a.pl.	许多	2

续　表

原形	词性及词形	词　义	词频
wynd-	impv.pl.	获得	2
wynd-	pp.II/impv.pl.	祈祷,赞美	2
w'd'g/w'd'q	n.	领导者	2
w'c	n.	话语	2
w'r-	pres.1.pl./pres.3.pl.	高兴,庆祝	2
wcyn-	pp.Ia, sg./pl.	选择	2
wyd'm'sg	a.	奇迹般的	2
w'y-	subj.1.sg.	带领	2
wyl'styn	a.	令人惊奇的	2
wz-	pres.3.sg.	飞	1
wyxt	pp.I	被选择	1
wyt'b-	subj.2.sg.	照耀	1
wyw	n.	气	1
wyhm	a.	宽阔的	1
wxš	a.	甜蜜的,愉快的	1
w'c-	impv.pl.	说	1
wmyxs-	pp.I	混合的	1
wxd	a./adv.	自己,确实	1
wzyšt	a.	热心的	1
wyn'ryšn	n.	安排	1
wysp	a./n.	所有的	1
wy'wr-	subj.1.pl. or pres.1.	说,回答	1

原形	词性及词形	词　义	词频
wynʾr-	impv.pl.	建立,安排	1
wynʾsgʾr	n.	犯错者	1
wdybgr	n.	骗子	1
wšydʾx	n.	信任,相信	1
wybrʾz-	prp.Ia	闪耀的	1
wyʾdrwmb	a.	张开嘴的	1
whxtwd	pp.I	取出	1
wyn-	impv.pl.	看	1
wyrʾz-	subj.2.sg.	安排	1
wygrʾs-	impv.sg.	醒	1
wygrʾngr	n.pl.	醒来者	1
wxšnʾm	a.	拥有美名的	1
wydbyʾg	a.	广大的	1
wylʾstgr	a.	制造奇迹的	1
wylʾst	a.	被净化的	1

z 诗节(中古波斯语第七诗节;帕提亚语第七诗节)

中古波斯语起首词统计表

原形	词性及词形	词　义	词频
zwrmnd	a.	强的,有力的	3
zyr	a.pl.	智慧的	2
zwr	n.	力量	2

续 表

原形	词性及词形	词 义	词频
zʿwr	a./n.	错误的,无用	1
zʾy-	pres.3.pl.	生育,出生	1
zyn	n.	武器,剑	1
zyhryn	a.	活的	1
zwyn	a.	美丽的	1
zmˀn	n.	时间,小时	1
zʾm-	caus.impv.sg.	带领	1

帕提亚语起首词统计表

原形	词性及词形	词 义	词频
zˀwr	n.sg./pl.	力量	10
zyrd	n.	心	7
zwrmnd	a.	强的,有力的	6
zbyn	a.	可爱的	6
zˀdg	n.	孩子,儿子	4
zˀn-	pres.1.pl./pres.3.sg./impv.pl.	知道	4
zʿwr	a./n.	错误的,无用	3
zxs-	impv.pl./pres.3.sg.	发出声音	3
zˀy-	pp.I/pres.2.sg.	生育,出生	2
zyngyn	a.	武装的	2
zrhwšt	n.pr.m.	男名,琐罗亚斯德	1
zmbg	n.	战斗	1

原形	词性及词形	词　义	词频
zwnws	n.	区域	1
z'dmwrd	n.	轮回,转世	1
zyn	n.	武器,剑	1
zynʿyy	a.	被委托的	1
z'ry<u>h</u>	a./adv.	悲伤的	1
zynjyhr	n.	链	1
zbyny'g	a.	美丽的	1
zmbwdyg	n.	世界	1
z'm'd	n.	新郎	1
zmyg	n.	地	1

j 诗节(帕提亚语第八诗节)

帕提亚语起首词统计表

原形	词性及词形	词　义	词频
jywhr	n.	生命	13
jywndg	a.sg./pl.	活的,永恒的	12
jyr	a.sg./pl.	智慧的	11
jhr	n.	毒药	5
j'm-	impv.sg./impv.pl./pres.3.sg	带领	3
jm'n	n.sg./pl.	时间,小时	3
jfr'n	n.	深	2
jywhryn	a.	生命的	2
jyryft/jyrypt	n.	智慧	2

续　表

原形	词性及词形	词　义	词频
jhryn	a.	有毒的	1
jyw-	pres.3.sg.	活着	1
jngyn	a.	生锈的	1
jywndgr	a.	给予生命的	1
jydg	n.	生命	1

h 诗节(中古波斯语第八诗节;帕提亚语第九诗节)

中古波斯语起首词统计表

原形	词性及词形	词　义	词频
hwʾmwjd	a.	慈悲的	2
hrw	pron.	全部,每个	2
hmyw	adv.	总是	1
hrwysp	a.	所有的,每一个	1
hnzyn-	pres.3.pl.	杀,切碎	1
hgjyn-	prp.Ia	引起,激发,唤醒	1
xwmbwy	a.	芳香的	1
hʾn	pron.dem/pers.3.sg.	那个,他	1
hwcyhryy	n.	美丽	1

帕提亚语起首词统计表

原形	词性及词形	词　义	词频
hrw	pron.sg./pl.	全部,每个	4
hxs-	subj.2.sg./pres.3.pl. /pp.II	追逐	3

原形	词性及词形	词　　义	词频
hmg	a.	全部的	3
hwydg	a.	幸运的	2
hmyw	adv.	总是	2
hyrz-	pres.3.sg./impv.pl.	分配	2
hw	pron.sg./pl.	那个,他	2
hwcyhr	a.sg./pl.	美丽的	2
hʾmwʾg	a.	齐声的	1
hwmyʾg	a.	有福的	1
hrysd	num.card.	三百	1
hm	adv.	也,一起	1
hštwmyg	a.	第八的	1
hwzrgwn	a.	绿色的	1
hmpd	adv.	然后,立即	1
hwcyhrg	a.	美丽的	1
hynzʾwryft	n.	强者	1
hrwʾgwc	adv.	到处	1
hʾmgwng	adv.	以相同的方式	1
hwnrʾwnd	a.	英勇的	1
hynwʾr	n.	洪水	1
hʾmywxt	a.	联结的	1
hrdyg	num.ord.	第三的	1
hyl-	pp.I	让	1
hwʾngd	a.	非常高兴的	1

续　表

原形	词性及词形	词　义	词频
hwpsxt	a.	巧夺天工的	1
hwrʾsːn	n.	东方,呼罗珊	1
hwbʾbyš	n.pr.	一个巨人的名字	1
xwdʾy	n.	主	1
hwmyʾst	a.	闪光的	1
hštwm	num.ord.；adv.	第八,第八地	1
hry	num.card.	三	1

ṯ诗节(中古波斯语第九诗节;帕提亚语第十诗节)

中古波斯语起首词统计表

原形	词性及词形	词　义	词频
ṯhm/ṯhm	a.	强的	4
ṯhmyy	n.	力量	1
ṯyzyhʾ	adv.	快地	1
ṯʾg	n.	拱	1
ṯrsyšn	n.	害怕	1
ṯnwʾr	n.	身体	1

帕提亚语起首词统计表

原形	词性及词形	词　义	词频
ṯʾwg	a.sg./pl.	强的,有力的	10
ṯw	pron.pers.	你	6

原形	词性及词形	词　义	词频
twxš-	prp.Ia/impv.pl./pp.II/pres.3.sg.	精进	5
tʼr	a./n.	黑暗的;黑暗	5
thm	a.sg./pl.	强的	4
tʼb-	pres.3.sg./pres.3.pl./pp.II	照耀,温暖	3
tʼwgyft	n.	财富	3
trs	n.	害怕,尊敬	3
tbyl	n.	鼓,手鼓	1
tcr	n.	宫,天文术语	1
tn	n.	身体	1
tyštyn	a.	可怕的	1
txlg	a.	苦的	1
tryxs-	pp.I	被压抑	1
tʼr-	pres.3.pl.	喜悦,享受	1
tʼbʼn	n.	夏天	1
twxmgʼn	n.	家族	1
tyrg	a.	快的	1
tng	n.	痛苦	1

y 诗节(中古波斯语第十诗节;帕提亚语第十一诗节)

中古波斯语起首词统计表

原形	词性及词形	词　义	词频
yzdygyrd	a.	神圣的	1
jwtr	a.	不同的	1

续　表

原形	词性及词形	词　　义	词频
yzdygyrdyg	n.	神性	1
jʼydʼn	a./adv.	永恒的，永远地	1
yyšwʿ	n.pr.	耶稣，《下部赞》作"夷数"	1
jʼm	n.	碗，杯	1

帕提亚语起首词统计表

原形	词性及词形	词　　义	词频
yzd	n.sg./pl.	神	12
ywdy-	pres. 1. sg./pres. 3. sg./subj. 2. sg./pres.3.pl./impv.pl./prp.Ia	力争	10
ywd	a.	分开的	5
yyšw	n.pr.	耶稣，《下部赞》作"夷数"	3
yxš	n.pl.	夜叉	3
ywz-	pres.2.sg./pres.3.sg.	让……运转	2
ywsyšn	n.	战斗	2
yʼwyd	a./adv.	永远	2
yd	conj.	直到	2
ymg	n.pl.	推因神	1
yzdygyrd	a.	神圣的	1
ywbyšn	n.	忍受	1
ywʼngyft	n.	青春	1
yštn	n.	牺牲	1
yws-	pres.3.sg	战斗	1
yʼdg	n.	一份	1

续　表

原形	词性及词形	词义	词频
y'd	n.	一份	1
y'kwnd	n.	红宝石	1

k 诗节(中古波斯语第十一诗节;帕提亚语第十二诗节)

中古波斯语起首词统计表

原形	词性及词形	词义	词频
xrwhxw'n	n.	传道者,教道首	2
kw	conj.	有多种用法的连词:以致于,引导结果;引导直接引语;比,用于比较级之后等	1
xwd'y	n.	主	1
ky	pron.rel./interrog.	谁,那个;关系代词,疑问代词	1
xwd'wn	n.	主	1
k'	conj.	当,如果	1
xwrxšyd	n.	太阳	1
xw'n-	pres.3.pl.	呼唤	1
xwr's'n	n.	东方,呼罗珊	1
k'myšn	n.	愿望	1

帕提亚语起首词统计表

原形	词性及词形	词义	词频
xrws-	prp.I/pp.I/impv.pl./pres.3.pl./pres.3.sg.	呼唤	9
kd	conj./adv. interrog.	当……时	7

原形	词性及词形	词　义	词频
kw	conj.	有多种用法的连词：以致于,引导结果;引导直接引语;比,用于比较级之后等	5
ky	pron.rel./interrog.	谁,那个;关系代词,疑问代词	5
xwdʾy	n.	主	4
xʾnyg	n.	泉	3
xrdmyn	a.	明智的	2
xrwštg	n.	被呼唤,神名	2
xmyr	n.	气味	2
xwj	a./adv.	好	2
xʾnsʾr	n.	泉,井	2
kyrbkr	a./n.	善良的,善人	2
xwdʾwn	n.	主	1
kyc	pron.rel./ indefinite	任何人;关系代词或不定代词	1
xwn-	pres.3.sg.	听到	1
xʾn	n.	房子	1
kdʾc	adv.	从不	1
kyrbg	a./n.	好的,英勇的;善意	1
xwmr	n.	睡眠	1
xwjyft	n.	愉悦	1
xwdʾyft	n.	统治权	1
xst	pp.I	伤害	1

原形	词性及词形	词 义	词频
kr-	pres.3.pl.	做	1
xwmbwy	a.	芳香的	1

1 诗节(中古波斯语第十二诗节;帕提亚语第十三诗节)

中古波斯语起首词统计表

原形	词性及词形	词 义	词频
rwšn	a./n. sg./pl.	光明的;光明	3
rwc-	caus.prp.Ia/pres.3.pl.	照亮	2
rwzd-	prp.III	渴求,变贪婪	1
rʾynydʾryy	n.	导航	1
rymn	a.pl.	脏的	1
rs-	pres.3.pl.	到达,成熟	1
rwʾncynʾn	a.	慈善的	1
rʾymst	a.	繁荣的	1
rʾynʾg	n.	领路人,向导	1
rʾstyhʾ	adv.	真实地,正确地	1

帕提亚语起首词统计表

原形	词性及词形	词 义	词频
lʾlmyn	a./adv.	永远	13
lwg	n.	世界	13
lrz-	pres.1.sg./pres.1.pl./pres.3.pl./impv.pl.	颤抖,害怕	8

续　表

原形	词性及词形	词　义	词频
lwgyg	a.	世界的,俗世的	5
lʾb	n.	祈祷	4
lrz	n.	颤抖,害怕	4
lʾbyg	n.	恳求	4
lb	n.	嘴唇	3
lwgdʾr	n.	世界的统治者	2
lmtyr	n.	灯	2
lwgyšfr	n.sg./pl.	世界之主	2
lʾswr	a.	丝绸般的	2
lwgšhr	n.	世界的王国	1
lʾy-	pres.3.pl.	嚎叫	1
lʾlg	n.	郁金香	1
lwšyn	n.	卢舍那	1

m 诗节(中古波斯语第十三诗节;帕提亚语第十四诗节)

中古波斯语起首词统计表

原形	词性及词形	词　义	词频
mwrdʾxyz	n.	救赎者	2
mʾnʾg	a.	像	2
mry	n.	尊称	1
mʾd	n.	母亲	1
mwrz-	pass.pres.3.pl.	困扰,伤害	1

原形	词性及词形	词　义	词频
myzdgt'c	n.	使者,呼神	1
mwrw	n.pl.	鸟	1
myl'd	n.	斗篷	1
m'nyy	n.pr.m.	摩尼	1
myhrb'ny<u>h</u>	n.	善意	1

帕提亚语起首词统计表

原形	词性及词形	词　义	词频
mdy'n	prep.	在……之间	6
mšyh'/mšyh'<u>h</u>	n.pr.m.	弥赛亚	5
mn	pron.pers./pron.gen.	我,我的	4
mrn	n.	死亡	4
mrdwhm	n.sg./pl.	人	4
mrnyn	a.	死亡的	3
mwxšyg	a.	拯救的	3
m'n-	pres.3.sg./pres.3.pl./prp.II	保持	3
myhm'n	n./a.	客人,居民	2
mwhr	n.	印	2
mry	n.	尊称	2
mnwhmyd	n.	意识,智慧	2
m'nh'g	a.	像	2
m'nyst'n	n.	寺院	2

续 表

原形	词性及词形	词 义	词频
mrd	n.	人	2
myš	n.sg./pl.	羊	2
mstyft	n.	醉酒	2
mʾh	n.	月	2
mʾdr	n.	母亲	1
mwxš	n.	拯救	1
myhr	n.	日	1
myšg	adv.	总是	1
mwrdgʾn	a.	死亡的	1
myhrbʾn	a.	善良的	1
mʾn-	pres.3.sg.	像	1
mwxšwxʾzgʾn	n.	那些寻求拯救的	1
mʾsyʾg	n.	鱼	1
mytrg	n.	弥勒佛	1
mrdyft	n.	男性气概	1

n 诗节(中古波斯语第十四诗节;帕提亚语第十五诗节)

中古波斯语起首词统计表

原形	词性及词形	词 义	词频
nʾz-	pres.3.pl.	愉悦	2
nʾm	n.	名字	1
nʾwʾz	n.	舵手,领航员	1

原形	词性及词形	词　义	词频
nyš'n	n.	记验,征兆,符号	1
n'mgyn	a.	有名的	1
n'zyšn	n.	镶嵌	1
nrm	a./adv.	温顺谦卑	1
nyrwg'yn-	subj.3.sg.	赋予力量	1
nxwryg	n.	长子	1
nxwstyn	a.	最初的	1
nhwm-	pp.I	掩藏	1
nrys<u>h</u>	n.pr.	神名,第三使	1

帕提亚语起首词统计表

原形	词性及词形	词　义	词频
nyw	a./adv.;sg./pl.	好的,英勇的	4
nm'c	n.	鞠躬,敬礼	3
nyr'm-	pres.3.sg./impv.pl.	抑制	3
ngwš-	subj.2.sg./pres.2.sg./impv.sg.	听	3
n'w'z	n.	舵手,领航员	3
nys'gyn	a.	光辉的	3
nydf'r-	pres.3.pl./subj.2.sg./pp.I	赶快	3
ny	neg.	表否定	2
ng'd	n.	祈祷	2

续 表

原形	词性及词形	词 义	词频
nhynj-	impv.pl.	抑制	2
nʾw	n.sg./pl.	船	2
nyrd	prep./adv.	靠近	2
nʾz-	pres.3.pl.	愉悦	1
nʾm	n.	名字	1
nywr-	impv.pl.	思考,反应	1
nwʾgyft	n.	邀请	1
nyzg	n.	矛	1
nyšʾn	n.	记验,征兆,符号	1
nngyn	a.	可耻的	1
nmr	a.pl.	温柔的	1
ngwz-	pres.3.pl.	隐藏,消失	1
ngwh-	pres.3.pl.	淹没	1
nʾr-	pres.3.pl.	呻吟	1
nxwyn	a.	第一的,始源的	1
nywbxt	a.	幸运的	1
nysʾg	a.	明亮的	1
nyspʾd	pp.I	弯曲	1
nwgmʾh	n.pl.	新月	1
nywyft	n.	勇气	1

s 诗节(中古波斯语第十五诗节;帕提亚语第十六诗节)

中古波斯语起首词统计表

原形	词性及词形	词　义	词频
srwšhrʾy	n.pr.	光耀柱	2
sʾrʾr（tʾrʾr）	n.	领导者	2
sxwn	n.	话语	1
sr	n.	头	1
syr-	pp.II	生气	1
swgwʾr	a.	悲伤的	1
srʾy-	pres.3.pl.	唱	1
shynyy	n.	亮丽,炫耀	1
shmyn	a.	恐怖的	1
sʾg	n.	数量	1
sʾrʾryy	n.	领导者	1
sʾyn	v.	使……出现	1
shynyhʾẖ	adv.	极其	1
swr	n.	食物	1

帕提亚语起首词统计表

原形	词性及词形	词　义	词频
sxwn	n.	话语	5
syzdyn	a.	强大的,暴虐的	4
sʾn-	impv.sg./subj.2.sg./pres.3.pl.	上升	4
srhng	n.sg./pl.	领袖	3
sʾc-	impv.pl. /pp.II	准备	3

续　表

原形	词性及词形	词　义	词频
sʾstʾr	n.	指挥官	3
syʾryn	a.	腐烂的	2
srwšʾw/srwšʾʾw	n.pr.m.	明父的名字	2
sc-	pres.3.sg.	变得恰当,适应	2
shyg	a.	值得的	2
sdf	n.pl.	生灵	2
sn-	subj.2.sg./prp.II, pl.	上升	2
sʾg	n.	数量	2
sbwk	a.	轻松的	1
sxṭ	a./adv.	坚定,强	1
sryšyšn	n.	混合物	1
sfsyr	n.	剑	1
sr	n.	头	1
sʾtʾn	n.pr.m.	撒旦	1
syʾryft	n.	腐朽	1
sʾrdʾr	n.	领导	1
swxt	pp.I	烧	1
sẏzd	a./n.	强大	1
shyn	a.	光辉的	1

˙诗节(中古波斯语第十六诗节;帕提亚语第十七诗节)

中古波斯语起首词统计表

原形	词性及词形	词　　义	词频
ʾwd	conj.	和	2
ʾyst-/ʾyst-	pres.3.sg./subj.3.pl.	站	2
ʾwy	pron.3.sg.	那个,他,她,它	1
ʾʾwn	correl.adv.	如此,像;关联副词	1
ʾc	prep.	从	1
ʾywyn	n.	习惯,方式	1
ʿstʾy-	pres.3.pl.	赞美	1
ʾbhwmʾg	n.	启示者	1
ʿymg	n.	木柴	1

帕提亚语起首词统计表

原形	词性及词形	词　　义	词频
ʿfryštg/fryᶻtg	n.sg./pl.	信使,天使	7
ʿym	dem.pron.	这个	6
ʿstʾw-	impv.pl./pres.1.pl./pp.II.	赞美	4
ʿšmg	n.sg./pl.	愤怒,名为愤怒的魔鬼	3
ʿstʾn-	pres.3.sg. /pres.3.pl.	拿走	2
ʿfryʾng	n./a.;sg./pl.	朋友	2
ʿfrʾmwc-/frʾmwc-	subj.1.pl or pres.1./impv.pl	脱去	2
ʿstʾwyšn	n.	赞美	2
ʾzdyẖ	a.sg./pl.	被放逐的	2
ʿspwr	a.	完整的,完美的	2

原形	词性及词形	词　义	词频
ʽyw	num.card.	一	2
ʽspyxtyn	a.	明亮的	2
ʽstyhʾg	a.	有争议的	1
ʾjgnd	n.	使者	1
ʽzwʾr-	subj.2.sg.	理解,展示	1
ʽzgʾm	n.	出路,出口	1
ʽzgwl-	pp.II	听到	1
ʽfrgʾr-	pres.1.pl.	变得沮丧	1
fryhyft	n.	爱	1
ʾzʾw-	pres.3.sg.	救出	1
ʽfryhnʾm	a.	以爱之名的	1
ʽšt-	pres.1.sg.	站	1
ʽšt-	pp.II.	变得	1
fryhgwn	a.	友好的,有爱的	1
ʽstft	a.pl.	强烈的	1
ʽydwʾy-	pp.I	带领	1
ʽyd	dem.a.,pron.	这个	1
ʽfrdʾb	n.	光辉	1
frʾmrg	a.	懒惰的	1
fršʾw-	pres.3.pl.	送出	1

p 诗节(中古波斯语第十七诗节;帕提亚语第十八诗节)

中古波斯语起首词统计表

原形	词性及词形	词　　义	词频
pd	prep.	在……之上，用，以，带着	1
pwr	a.	充满……的	1
ps	adv.	然后	1
phyqyrb	n.	形式，形象	1
pywʾc-	pres.3.sg.	回答	1
pnd	n.pl.	路	1
pyrwzy<u>h</u>	n.	胜利	1
pwrmʾ	n.	满月	1
pyšwbʾy	n.	领导	1
prwxyy<u>h</u>	n.	幸运	1
pydr	n.	父	1
frhyd（prhyd）	a.	许多	1
pr	adv.	在那里	1

帕提亚语起首词统计表

原形	词性及词形	词　　义	词频
pd/p<u>t</u>	prep.	在……之上，用，以，带着	15
pʾdgyrb	n.	形式，形态	5
pwʾg	a.sg./pl.	纯洁的，神圣的	5
pwʾc-	pres.3.sg./pl.	净化	3
pwr	a.	充满……的	2
fr<u>h</u>	n.	光荣	2

原形	词性及词形	词　义	词频
pʾsbʾn	n.	守护者	2
pdmwc-	pp.Ⅱ/pres.3.pl.	穿上	2
prwrz-	pres.3.sg.	照顾	1
pzd	n.	追赶,恐吓	1
pʾdgʾhyg	a.	崇高的	1
pdyšfr	n.	光荣	1
pʾdrwcg	adv.	每天	1
pzd-	pres.3.sg.	追赶,恐吓	1
pwn	n.	功德	1
pdmʾs	n.	论据	1
fryʾn	n.	朋友	1
pwd	n.	船,轮渡	1
frwx	a.pl.	幸运的	1
pdgs	n.	面容	1
pyd	n.	父亲	1
pyxtg	pp.	被围绕的	1

c 诗节(中古波斯语第十八诗节;帕提亚语第十九诗节)

中古波斯语起首词统计表

原形	词性及词形	词　义	词频
cyhr	n.	本质,形式	3
cʾwn	adv.rel.interrog./conj./prep.	像这样	2

续　表

原形	词性及词形	词　义	词频
cy	pron. interrog./rel./conj.	什么,疑问代词;那个,关系代词;因为,连词	1
cy-	impv.pl.	哭	1
cyn-	prp.Ia	聚集	1
cnd	a.rel.interrog./adv.	有多少	1

帕提亚语起首词统计表

原形	词性及词形	词　义	词频
cyhrg	n.	本质,形式	11
cw'gwn	adv.rel.interrog./conj./prep.	像这样	10
cšm	n.sg./pl.	眼睛	7
cy	pron. interrog./rel./conj.	什么,疑问代词;那个,关系代词;因为,连词	4
cyd	adv.	总是	3
c'wyd	prep.	在……周围	3
c'š-	impv.pl.	教导	2
c'gr	a.	包围	2
cxš'byd	n.	命令,戒律	1
cšmg	n.	源泉	1
cydyg	n.pl.	神灵	1
cfrst	num.card.	四十	1
cf'r	num.card.pl.	四	1
cr'γ	n.	灯	1

续　表

原形	词性及词形	词　义	词频
cmg	n.	航向	1
cwnd	a.rel., interrog.	有多少	1

q 诗节（中古波斯语第十九诗节；帕提亚语第二十诗节）

中古波斯语起首词统计表

原形	词性及词形	词　义	词频
qyrdgʾr	n.sg./pl.	创造者	2
qyrbkr	a./n.	善良的,善人	2
qwn-	pp.I/pres.3.sg.	做	2
xwʾn-	pass.pp.II/subj.2.sg.	召唤	2
kw	conj.	有多种用法的连词：以致于,引导结果；引导直接引语；比,用于比较级之后等	1
qyšwrwʾr	n.	光耀柱	1
qnygrwšn	n.	光明处女	1
qyrdgʾry<u>h</u>	n.	威力	1
qyrdgʾn	n./a.	善行	1
kʾ	conj.	当,如果	1

帕提亚语起首词统计表

原形	词性及词形	词　义	词频
qr-/kr-	subj.2.sg./subj.3.sg./pres.3.sg./pres. 3. pl./impv. sg./impv.pl./pp.I	做	16

原形	词性及词形	词　义	词频
qyrbkr/kyrbkr	a./n.;sg./pl.	善良的,善人	3
kl'n	a.	大的,纯净的	3
q'm/k'm	n.	愿望,欲望,目的	3
q'w/k'w	n.sg./pl.	王子,主,巨人	3
qyrdg'r	n.sg./pl.	创造者	2
ky	pron.rel./interrog.	谁,那个;关系代词,疑问代词	2
qyrbgyft/kyrbgft	n.	虔诚,慈善	2
k'mg'r/q'mg'r	a.	独立的,有力的	2
qwm'ryft	n.	童贞	1
kwf	n.pl.	山	1
q'r-	pres.3.sg.	播种	1
kf-	pres.3.pl.	落入	1
qdg	n.	房子	1
kyrdg'n	a./n.	虔诚的;行为,善行	1
kw	conj.	有多种用法的连词:以致于,引导结果;引导直接引语;比,用于比较级之后等	1
q'myšn	n.	愿望	1
q'dwš	a.	神圣的	1
qwm'r	n.	小伙	1
qwr	a.	盲的	1
kyrbg	a.	虔诚的,慈善的	1

续　表

原形	词性及词形	词　义	词频
qʾmgʾr	a.pl.	有力的	1
qʾrwʾn	n.	队伍	1
qdʾm	a.interrog.	什么，哪一个	1
qryšn	n.	创造	1

r 诗节（中古波斯语第二十诗节；帕提亚语第二十一诗节）

中古波斯语起首词统计表

原形	词性及词形	词　义	词频
rwšn	a./n.; sg./pl.	光明的；光明	3
rʾymst	a.	繁荣的	2
rʾst	a.	真实的，正确的	1
rʾstyhʾ	adv.	真实地，正确地	1
rfydgy<u>h</u>	n.	攻击	1
rʾmyn-	pres.3.sg.	赋予安乐	1
rwdwry<u>h</u>	n.	慈悲	1
rwy-	subj.3.pl.	成长	1
rw-	pp.I	去	1
ryškyn	a.	羡慕的	1
rʾb	n.	恳求	1
rwʾn	n.pl.	灵魂	1
rzmywz	n.	战斗者	1

帕提亚语起首词统计表

原形	词性及词形	词　义	词频
rwšn	a./n.；sg./pl.	光明的；光明	14
rwc/rwz	n.	一天,日	7
rg	a./adv.	快的	5
rdn	n.pl.	珠宝	5
r’m	n.	平和	4
r’štygr	a.	真实的,正确的	2
rzwr	a.	正确的,正义的	2
r’myšn	n.	平和,快乐	2
rymn	a.	脏的	2
ryst	adv.	真正地,适当地	1
rymg	n.	污秽	1
rwšnyft	n.	光	1
rwšn’gr	a./n.	发光的；光源	1
rw’nyn	a.	灵魂的	1
r’št	a.pl.	真实的,正确的	1
ryh	n.	马车	1
r’h	n.	路	1
rwdwr	a.pl.	慈悲的,有同情心的	1
r’myn	a.	平和的	1
r’z	n.	秘密	1
rw’n	n.pl.	灵魂	1

š 诗节(中古波斯语第二十一诗节;帕提亚语第二十二诗节)

中古波斯语起首词统计表

原形	词性及词形	词　义	词频
šhryˀr	n.	主,王	4
šhr	n.pl.	地方,国家,世界,永世	2
šrˀsyn-	pp.II/ prp.Ia	使羞愧	2
šˀdyẖ/šˀdyy	n.	幸福,快乐	2
šˀyyh-	subj.2.sg.	统治	2
šˀrs-	pres.3.pl.	羞愧	1
šwbˀn	n.	牧人	1
šˀdyhˀ	adv.	幸福,快乐地	1

帕提亚语起首词统计表

原形	词性及词形	词　义	词频
šhrdˀr	n.	主,王	11
šˀdyft/šˀdypṭ	n.	快乐	10
šˀdcn	a.	快乐的	6
šˀd	a.	快乐的	5
šˀdgr	a.	快乐的,带来快乐的	4
šwd-	impv.pl/pp.I	清洗	3
šhr	n.sg./ pl.	地方,国家,世界,永世	3
šˀdmˀng	a.	快乐的	3
šwj	a.sg./ pl.	神圣的	3

原形	词性及词形	词　义	词频
šb	n.	夜晚	2
šw-	pres.3.pl.	走	2
šfrs-	pres.3.sg.	羞愧	1
šrmjd	a.	羞愧的	1
šhrdʾryft	n.	王国	1
šrmgyn	a.	羞愧的	1
šybẖ	n.	路	1
šwbʾn	n.	牧人	1
šʾdzyrd	a.	心中快乐的	1

t 诗节(中古波斯语第二十二诗节;帕提亚语第二十三诗节)

中古波斯语起首词统计表

原形	词性及词形	词　义	词频
tw	pron.pers.	你	3
txt	a.	快的	2
twxš-	prp.Ia, pl.	精进	1
trnys	n.	王座	1
tgyg	a.	快的,强的	1
tnwʾr	n.	树干	1
ṭrs-	pres.3.pl.	害怕	1
thmyn-	prp.Ia	加强	1

帕提亚语起首词统计表

原形	词性及词形	词　　义	词频
tw/t̠w	pron.pers.	你	19
tlwʾr/t̠lwʾr	n.	大厅,宫殿	10
tnbʾr/t̠nbʾr	n.	身体	8
tšy(cy)	pron.interrog./rel./conj.	什么,疑问代词;那个,关系代词;因为,连词	7
trnys	n.	王座	5
thm	a.sg./pl.	强的	4
twxš-	impv.pl.	精进	3
trqwmʾn/trkwmʾn	n.	口译员	2
txt	a.pl.	快的	1
tʾwg	a.	强的,有力的	1
tʾr-	pres.3.sg.	喜悦,享受	1
tʾwgyft	n.	财富	1
twxmgʾn	n.	家族	1
tyšt̠jd	n.	被恐惧打击	1

增补 n 诗节(中古波斯语第二十三诗节;帕提亚语第二十四诗节)

中古波斯语起首词统计表

原形	词性及词形	词　　义	词频
nmʾc	n.	鞠躬,敬礼	1
nyw	a./adv.; pl.	好的,英勇的	1
nʾm	n.	名字	1

续　表

原形	词性及词形	词　义	词频
ns'ẖ	n.	肉体	1
nwgm'ẖ	n.	新月	1
nmbr-	subj.1.pl.	称颂	1

帕提亚语起首词统计表

原形	词性及词形	词　义	词频
nm'c/nm'z：	n.	鞠躬,敬礼	9
nys'gyn	a.	光辉的	6
nw'g	a.	新的	5
nyw	a./adv.；sg./pl.	好的,英勇的	4
nywgr	n.sg./pl.	善人	3
nmwy-	impv.pl./ pres.1.pl.	褒扬	3
nydrynj-	subj.2.sg./impv.pl./pres.1.pl. or subj.	压抑	3
nyrd	prep./adv.	靠近	2
ng'd	n.	祈祷	2
ngwš-	impv.sg.	听	2
n'z-	pres.3.pl.	愉悦	2
n'm	n.	名字	1
nxwyn	a.	第一的,始源的	1
nys'z-	impv.pl.	准备	1
nyr'm-	subj.2.sg.	抑制	1

原形	词性及词形	词　　义	词频
ngwš'g	n.pl.	听者	1
nšdm	n.	座位	1
nmr	a.pl.	温柔的	1
nyš'n	n.	记验,征兆,符号	1
nyzwm'n	a.	熟练的	1
nwyst-	pp.Ia	邀请	1
nwxz'd	a.	首先出生的	1
nywydg	n.	邀请者	1
ny	neg.	表否定	1

参 考 文 献

中文文献

阿不都热西提·亚库甫《古代维吾尔语赞美诗和描写性韵文的语文学研究》，上海：上海古籍出版社，2015 年。

北京大学东方语言文学系波斯语教研室编《波斯语汉语词典》，北京：商务印书馆，1981 年。

陈国灿、伊斯拉非尔·玉苏甫《西州回鹘时期汉文〈造佛塔记〉初探》，《历史研究》2009 年 1 期，第 174—182 页。

陈于柱《敦煌吐鲁番出土发病书整理研究》，北京：科学出版社，2016 年。

荻原云来《汉译对照梵和大辞典》，台北：新文丰出版社，1979 年。

付马《西州回鹘与丝绸之路：9—13 世纪东部天山地区历史研究》，北京大学博士研究生学位论文，2017 年。

耿世民《维吾尔古代文献研究》，北京：中央民族大学出版社，2003 年。

郝春文等编《英藏敦煌社会历史文献释录》，第 13 卷，北京：社会科学文献出版社，2015 年。

（明）胡之骥注，李长路、赵威点校《江文通集汇注》，北京：中华书局，1984 年。

黄正建《敦煌占卜文书与唐五代占卜研究（增订版）》，北京：中国社会科学出版社，2014 年。

黄正建《大谷占卜文书研究（之一）——兼与敦煌占卜文书比较》，《敦煌研究》2016 年第 6 期，第 102—108 页。

吉田豊撰，马小鹤译《霞浦摩尼教文书〈四寂赞〉及其安息语原本》，《国际汉学研究通讯》第 9 期，北京：北京大学出版社，2014 年，第 103—

121 页。

吉田豊《粟特语摩尼教文献中所见 10 至 11 世纪的粟特与高昌关系》,《中山大学学报》2017 年第 5 期,第 104—115 页。

(唐) 李林甫等撰,陈仲夫点校《唐六典》,北京:中华书局,1992 年。

林梅村、陈凌、王海城《九姓回鹘可汗碑研究》,《欧亚学刊》第 1 辑,1999年,第 151—171 页。

林谦三著,钱稻孙译《东亚乐器考》北京:人民音乐出版社,1962 年。

林仁昱《敦煌佛教歌曲之研究》,高雄:佛光出版社,2003 年。

罗帅《汉佉二体钱新论》,《考古学报》2021 年第 4 期,第 501—520 页。

林悟殊《摩尼教及其东渐》,北京:中华书局,1987 年;增订版,台北:淑馨出版社,1997 年。

林悟殊《中古三夷教辨证》,北京:中华书局,2005 年。

林悟殊《林悟殊敦煌文书与夷教研究》,上海:上海古籍出版社,2011 年。

林悟殊《中古夷教华化丛考》,兰州:兰州大学出版社,2011 年。

林悟殊《霞浦科仪本〈下部赞〉诗文辨异》,《世界宗教研究》2012 年第 3期,第 170—178 页。

林悟殊《摩尼教华化补说》,兰州:兰州大学出版社,2014 年。

林悟殊《霞浦抄本"土地赞"夷偈二首辨释》,《西域研究》2016 年第 4 期,第 70—82 页。

林悟殊《霞浦抄本夷偈〈四寂赞〉释补》,《文史》2016 年第 1 期,第 169—200 页。

林悟殊《霞浦抄本夷偈〈明使赞〉〈送佛赞〉考释——兼说霞浦抄本与敦煌吐鲁番研究之关系》,《敦煌吐鲁番研究》第 16 卷,上海:上海古籍出版社,2016 年,第 137—154 页。

林悟殊《霞浦抄本夷偈"弗里真言"辨释》,《中华文史论丛》2017 年第 2期,第 339—367 页。

柳洪亮主编《吐鲁番新出摩尼教文献研究》,北京:文物出版社,2000 年。

(后晋) 刘昫等《旧唐书》,北京:中华书局,1975 年。

马小鹤《摩尼教〈下部赞〉"初声赞文"新考——与安息文、窣利文、回鹘文资料的比较》,收入叶奕良主编《伊朗学在中国论文集》第 3 集,北京:北京大学出版社,2003 年,第 81—105 页。

马小鹤《摩尼教〈下部赞〉"初声赞文"续考——汉文题解、回鹘文 ašnuqï 以及与科普特文和钵罗婆文资料的比较》,收入叶奕良主编《伊朗学在中国论文集》第 3 集,北京:北京大学出版社,2003 年,第 106—113 页。

马小鹤《摩尼教与古代西域史研究》,北京:中国人民大学出版社,2008 年。

马小鹤《中古波斯文残片 S52 译释——摩尼教〈大力士经〉研究》,《暨南史学》第 7 辑,2012 年,第 26—42 页。

马小鹤《从霞浦科仪本〈下部赞〉诗文看明教》,《文化遗产》2013 年第 2 期,第 84—92 页。

马小鹤《光明的使者——摩尼与摩尼教》,兰州:兰州大学出版社,2013 年。

马小鹤《霞浦文书研究》,兰州:兰州大学出版社,2014 年。

马小鹤《摩尼教〈下部赞〉二首音译诗偈补说》,《文史》2016 年第 1 期,第 201—234 页。

(宋)欧阳修等《新唐书》,北京:中华书局,1975 年。

潘涛《龟兹音乐和诗律略议》,《西域研究》2018 年第 2 期,第 108—118 页。

(唐)瞿昙悉达《唐开元占经》(影印本),北京:中国书店,1989 年。

荣新江《归义军史研究——唐宋时代敦煌历史考索》,上海:上海古籍出版社,1996 年。

荣新江《海外敦煌吐鲁番文献知见录》,南昌:江西人民出版社,1996 年。

荣新江(书评)A. Cadonna (ed.), *Cina e Iran. Da Alessandro Magno alla Dinastia Tang*,《唐研究》第 3 卷,1997 年,第 538—543 页。

荣新江《鸣沙集——敦煌学学术史与方法论的探讨》,台北:新文丰出版公司,1999 年。

荣新江《敦煌学十八讲》,北京:北京大学出版社,2001 年。

荣新江《中古中国与外来文明》，北京：三联书店，2001 年；修订版，北京：
　　三联书店，2014 年。

荣新江《〈西州回鹘某年造佛塔功德记〉小考》，收入张定京、阿不都热西
　　提·亚库甫主编《突厥语文学研究——耿世民教授 80 华诞纪念文
　　集》，北京：中央民族大学出版社，2009 年，第 182—190 页。

荣新江《辨伪与存真——敦煌学论集》（《鸣沙集》增订本），上海：上海古
　　籍出版社，2010 年。

荣新江《丝绸之路与东西文化交流》，北京：北京大学出版社，2015 年。

荣新江、史睿主编《吐鲁番出土文献散录》，北京：中华书局，2021 年。

芮传明《东方摩尼教研究》，上海：上海人民出版社，2009 年。

芮传明《摩尼教帕提亚语赞美组诗〈胡亚达曼〉译释》，《西域研究》2012 年
　　第 2 期，第 76—95 页。

芮传明《摩尼教敦煌吐鲁番文书译释与研究》，兰州：兰州大学出版社，
　　2014 年。

（唐）萨守真《天地瑞祥志》，收于高柯立《稀见唐代天文史料三种》卷下，
　　北京：国家图书馆出版社，2011 年。

王见川《从摩尼教到明教》，台北：新文丰出版公司，1992 年。

王晶波《敦煌占卜文献与社会生活》，兰州：甘肃教育出版社，2013 年。

王三三《帕提亚与希腊化文化的东渐》，《世界历史》2018 年第 5 期，第
　　95—110 页。

王媛媛《新出汉文〈下部赞〉残片与高昌回鹘的汉人摩尼教团》，《西域研
　　究》2005 年第 2 期，第 51—57 页。

王媛媛《唐大历、元和年间摩尼寺选址原因辨析》，《西域研究》2011 年第 3
　　期，第 33—38 页。

王媛媛《从波斯到中国：摩尼教在中亚和中国的传播》，北京：中华书局，
　　2012 年。

（唐）魏徵等《隋书》，北京：中华书局，2019 年。

吴洁《从丝绸之路上的乐器、乐舞看我国汉唐时期胡、俗乐的融合》，上海
　　音乐学院博士论文，2017 年。

吴洁《丝绸之路上的外来乐鼓研究》,《音乐文化研究》2020 年第 2 期,第 22—33 页。

(宋)吴淑撰注,冀勤等点校《事类赋注》,北京:中华书局,2021 年。

夏凡《有品乐器律制研究》,中央音乐学院博士学位论文,2011 年。

徐文堪、马小鹤《摩尼教"大神咒"研究:帕提亚文文书 M1202 再考释》,《史林》2004 年第 6 期,第 96—107 页。

严耕望《唐代交通图考》卷一,台北:"中研院"历史语言研究所,1985 年。

杨富学、牛汝极《沙州回鹘及其文献》,兰州:甘肃文化出版社,1995 年。

佚名《居家必用事类全集》,《续修四库全书》第 1184 册,上海:上海古籍出版社,1995 年。

尤小羽《摩尼教符咒从波斯到阿拉伯和中国福建的流传》,《中山大学学报》2017 年第 2 期,第 110—117 页。

游自勇《敦煌本〈白泽精怪图〉校录——〈白泽精怪图〉研究之一》,《敦煌吐鲁番研究》第 12 卷,上海:上海古籍出版社,2011 年,第 429—440 页。

游自勇《敦煌写本〈百怪图〉补考》,《复旦学报》2013 年第 6 期,第 78—88 页。

于赓哲《〈新菩萨经〉〈劝善经〉背后的疾病恐慌——论唐五代主要疾病种类》,《南开学报》2006 年第 5 期,第 62—69 页。

虞万里《敦煌摩尼教〈下部赞〉写本年代新探》,《敦煌吐鲁番研究》第 1 卷,北京:北京大学出版社,1995 年,第 37—46 页。

郁贤皓《唐刺史考全编》,合肥:安徽大学出版社,2000 年。

余欣《敦煌文献与图像中的罗睺、计都释证》,《敦煌学辑刊》2011 年第 3 期,第 105—116 页。

余欣《博望鸣沙——中古写本研究与现代中国学术史之会通》,上海:上海古籍出版社,2012 年。

张广达《唐代汉译摩尼教残卷——心王、相、三常、四处、种子等语词试释》,收于《文本、图像与文化流传》,桂林:广西师范大学出版社,2008 年,第 295—348 页,原载《东方学报》(京都)第 77 册,第 336—

376 页。

张广达《文本、图像与文化流传》,桂林：广西师范大学出版社,2008 年。

张广达《文书、典籍与西域史地》,桂林：广西师范大学出版社,2008 年。

郑汝中主编《敦煌石窟全集·音乐画卷》,香港：商务印书馆,2002 年。

郑岩《魏晋南北朝壁画墓研究》,北京：文物出版社,2002 年。

周杨《隋唐琵琶源流考——以石窟寺所见琵琶图像为中心》,《敦煌研究》
　　2020 年 4 期,第 64—73 页。

日文文献

百濟康義、ヴェルナー・ズンダーマン、吉田豊《イラン語断片集成：大谷
　　探検隊収集・龍谷大学所蔵中央アジア出土イラン語資料》,京都：
　　法藏館,1997 年。

吉田豊《漢訳マニ教文献における漢字音写された中世イラン語につい
　　て》,《内陸アジア言語の研究》2,1987 年,第 1—15 頁。

吉田豊《カラバルガスン碑文のソグド語版について》,《西南アヅア研
　　究》28,1988 年,第 24—52 頁。

吉田豊《ソグド文字で表記された漢字音》,《東方学報》(京都)第 66 册,
　　1994 年,第 271—380 頁。

吉田豊《日本に保管されている中世イラン語資料について》,《アジア言
　　語論叢》2(神户外国語大学外国学研究 39),1998 年,第 101—
　　120 頁。

森安孝夫《ウイグル＝マニ教史の研究》,《大阪大学文学部紀要》第 31、32
　　巻,1991 年。

森安孝夫、吉田豊、片山章雄《カラニバルガスン碑文》,森安孝夫、オチル
　　《モンゴル国現存遺蹟・碑文調査研究報告》,中央ユーラシア学研
　　究会,1999 年,第 209—224 頁。

西文文献

Andreas, F. C. & W. B. Henning, Mitteliranische Manichaica aus chinesisch-

Turkestan I - III, *SPAW*, 1932, pp. 173 - 222; 1933, pp. 292 - 363; 1934, pp. 848 - 912.

Asmussen, J. P., *Manichaean literature. Representative texts chiefly from Middle Persian and Parthian writings*, (Persians Heritage Series 22), New York: Scholars' Facsimiles & Reprints, 1975.

Bailey, H. W., Indo-Iranian studies-II, *Transactions of the Philological Society* 1954, pp. 129 - 156.

Bailey, H. W., A. D. H. Bivar & J. Duchesne-Guillemin etc. (eds.) *Papers in Honour of Professor Mary Boyce.* (Acta Iranica 24), Leiden: Brill 1985.

BeDuhn, J. D, Magical Bowls and Manichaeans, in: Marvin Meyer & Paul Mirecki (eds.), *Ancient Magic and Ritual Power* (*Religions in the Graeco-Roman World* 129), Leiden: Brill 1995, pp. 419 - 434.

BeDuhn J. D, *The Manichaean Body*, Baltimore: The Johns Hopkins University Press, 2000.

BeDuhn, J. D., The Cantillated Manichaean Meal Hymns of the Turfan Collection, in: D. Durkin-Meisterernst, S.-C. Raschmann & J. Wilkens etc. (eds.), *Turfan Revisited — The First Century of Research into the Arts and Cultures of the Silk Road*, Berlin: Dietrich Reimer Verlag 2004, pp. 30 - 36.

BeDuhn, J. D. (ed.), *New light on Manichaeism: papers from the Sixth International Congress on Manichaeism*, *organized by the International Association of Manichaean Studies*, Leiden: Brill 2009.

BeDuhn, J. D. & Mirecki, P., *Emerging from Darkness. Studies in the Recovery of Manichaean Source*, Leiden: Brill, 1997.

BeDuhn, J. D. & Mirecki, P., *The Light and The Darkness: Studies in Manichaeism and its World*, Leiden: Brill, 2001.

Bivar, A. D. H., "The Political History of Iran Under the Arsacids", in E. Yarshater (ed.), *Cambridge History of Iran*, Vol. 3, London & New

York: Cambridge University Press 1983, p. 35.

Bohak, G., *Ancient Jewish Magic: a history*, Cambridge: Cambridge University Press, 2008.

Boyce, M., Some Parthian Abecedarian Hymns, *BSOAS* 14 (3), 1952, pp. 435 – 450.

Boyce, M., *The Manichaean Hymn-cycles in Parthian*, London: Oxford University Press, 1954.

Boyce, M., Some Remarks on the unpublished Manichaean Verse-texts in Parthian, *Atti dell' VII Congresso Internazionale di Storia delle Religioni* (Roma 17 – 23 aprile 1955), Firenze: G. C. Sansoni, 1956, pp. 221 – 223.

Boyce, M., A *Catalogue of the Iranian Manuscripts in Manichaean Script in the German Turfan Collection*, (*Deutsche Akademie der Wissenschaften zu Berlin, Institut für Orientforschung. Veröffentlichung Nr. 45.*) Berlin: Akademie Verlag, 1960.

Boyce, M., *A Reader in Manichaean Middle Persian and Parthian*, Leiden: Brill and Téhéran-Liège: Bibliothèque Pahlavi 1975.

Boyce, M., Parthian Writings and Literature, in: E. Yarshater (ed.), *The Cambridge History of Iran* III (2), Cambridge: Cambridge University Press, 1983, pp. 1151 – 1165.

Boyce, M., The Manichaean Middle Persian Writings, in: E. Yarshater (ed.), *The Cambridge History of Iran* III (2), Cambridge: Cambridge University Press, 1983, pp. 1196 – 1204.

Boyce, M., *Textual Sources for the Study of Zoroastrianism*, Manchester: Manchester University Press, 1984, p. 81.

Boyce, M. & I. Gershevitch (eds.): *W. B. Henning Memorial Volume*, London: Lund Humphries Publishers Ltd 1970.

Böhlig, A., Jacob as an angel in Gnoticism and Manicheism, in R. M. Wilson (ed.), *Nag Hammadi and Gnosis*, Leiden: Brill 1978, pp. 122 – 130.

Brunner, Ch. J., Liturgical Chant and Hymnody among the Manicheans of

Central Asia, *ZDMG* 130(2), 1980, pp. 342 – 368.

Bryder, P., *The Chinese transformation of Manichaeism. A study of Chinese Manichaean terminology*, Löberöd: Plus Ultra, 1985.

Cadonna, A. (ed.), *Turfan and Tun-huang, the texts: Encounter of civilizations on the Silk Route*, Firenze: Olschki 1992.

Chavannes, É. & P. Pelliot, Un traité manichéen retrouvé en Chine, *JA*, 1911, pp.499 – 617; 1913, pp. 99 – 392.

Colditz, I., Bruchstücke manichäisch parthischer Parabelsammlungen, *AoF* 14, 1987, pp. 277, 279.

Colditz, I., Hymnen an Šād-Ohrmezd. Ein Beitrag zur frühen Geschichte der Dīnāwarīya in Transoxanien, *AoF* 19, 1992, pp. 322 – 341.

Daniels, P. T. & W. Bright (eds.), *The world's writing systems*, Oxford: Oxford University Press 1996.

Dodge, B., *The Fihrist of al-Nadim. A Tenth-Century Survey of Muslim Culture*, I – II, New York: Columbia University Press, 1970.

Durkin-Meisterernst, D., Late Features in Middle Persian Texts from Turfan, in: L. Paul (ed.), *Persian Origins — Early Judaeo-Persian and the Emergence of New Persian. Collected Papers of the Symposium*, *Göttingen 1999*, Wiesbaden: Harrassowitz Verlag 2003, pp. 243 – 274.

Durkin-Meisterernst, D., The Apotropaic Magical Text M389 and M8430/I in Manichaean Middle Persian, *ARAM* 16, 2004, pp. 141 – 160.

Durkin-Meisterernst, D., *Dictionary of Manichaean Texts. Volume III: Texts from Central Asia and China, Part 1: Dictionary of Manichaean Middle Persian and Parthian*, Turnhout: Brepols 2004.

Durkin-Meisterernst, D., *The Hymns to the Living Soul. Middle Persian and Parthian Texts in the Turfan Collection (BTT 24)*, Turnhout: Brepols, 2006.

Durkin-Meisterernst, D., *Miscellaneous Hymns, Middle Persian and Parthian Hymns in the Turfan Collection (BTT 31)*, Turnhout: Brepols, 2014.

Durkin-Meisterernst, D., *Grammatica Iranica*, *Band 1: Grammatik des Westmitteliranischen* (*Parthisch und Mittelpersisch*), Wien: Verlag der Österreichischen Akademie der Wissenschaften 2014.

Durkin-Meisterernst, D., Abecedarian Hymns, a survey of published Middle Persian and Parthian Manichaean hymns, in: S. G. Richter, C. Horton & K. Ohlhafer (eds.) *Mani in Dublin*, *Selected Papers from the Seventh International Conference of the International Association of Manichaean Studies in the Chester Beatty Library*, *Dublin*, 8 – 12 September 2009, Leiden: Brill 2015, pp. 110 – 152.

Durkin-Meisterernst, D., S.-C. Raschmann & J. Wilkens etc. (eds.), *Turfan Revisited — The First Century of Research into the Arts and Cultures of the Silk Road*. Berlin: Dietrich Reimer Verlag 2004.

Durkin-Meisterernst, D. & E. Morano, *Mani's Psalms. Middle Persian, Parthian and Sogdian texts in the Turfan Collection* (*BTT 27*), Turnhout: Brepols, 2010.

Eisenman R. H. & M. O. Wise, *The Dead Sea Scrolls Uncovered*, Rockport: Element 1992, pp. 265 – 267.

Flügel, G., *Mani, seine Lehre und seine Schriften: ein Beitrag zur Geschichte des Manichäismus*, Leipzig: F.A. Brockhaus 1862.

Funk, W. P., *Manichäische Handschriften der Staatlichen Museen Berlin. 1, Kephalaia I, 2. Hälfte, Lieferung 13/14*, Stuttgart: W. Kohlhammer 1999.

Gager, J. G. (ed.), *Curse Tablets and Binding Spells from the Ancient World*, Oxford: Oxford University Press 1992.

Gardner, I. & S. N. C. Lieu, *Manichaean Texts from the Roman Empire*, Cambridge University Press, 2004.

Gawlikowski, M., Une coupe magique araméenne, *Semitica* 38, 1990, p. 137.

Ghilain, A., *Essai sur la langue Parthe*, Löwen 1939.

Gordon, C., Aramaic Magic Bowls in the Istanbul and Baghdad Museums, *Archiv Orientální* 6, 1934, pp. 319 – 334.

Gordon, C., An Aramaic exorcism, *Archiv Orientální* 6, 1934, pp. 466 –474.

Gordon, C., Aramaic and Mandaic Magic Bowls, *Archiv Orientální* 9, 1937, pp. 84 – 106.

Gordon, C., Aramiac Incantation Bowls, *Orientalia* 10, 1941, pp. 116 – 141, 272 – 284, 339 – 360.

Gordon, C., Two Aramaic Incantations, *Biblical and Near Eastern Studies, Essays in Honor of William Sanford LaSor*, 1978, pp. 231 – 243.

Gordon, C., Magic bowls from the Moriah Collection, *Orientalia* 53, 1984, pp. 220 – 241.

Greenfield, J. C. & M. E. Stone, The Books of Enoch and the traditions of Enoch, *Numen*, vol. 26, 1979, pp. 89 – 103.

Grünwedel, A., *Bericht über archäologische Arbeiten in Idiqut-Shahri und Umgebung im Winter 1902/03* I, München 1906.

Gulacsi, Z., *Manichaean Art in Berlin Collection. A Comprehensive Catalogue of Manichaean Artifacts Belonging to the Berlin State Museum of the Prussian Cultural Foundation, Museum of Indian Art, and the Berlin-Brandenburg Academy of Sciences, Deposited in the Berlin State Library of the Prussian Cultural Foundation*, Turnhout: Brepols, 2001.

Gulacsi, Z., *Mediaeval Manichaean book art: a codicological study of Iranian and Turkic illuminated book fragments from 8th-11th century East Central Asia*, Leiden: Brill, 2005.

Gulacsi, Z., *Mani's Pictures, The Didactic Images of the Manichaeans from Sasanian Mesopotamia to Uygur Central Asia and Tang-Ming China*, Leiden: Brill, 2015.

Halm, H., *Die islamische Gnosis: die extreme Schia und die ʿAlawiten*, Zurich and Munich: Artemis Verlag 1982.

Hamilton, J. R., *Manuscripts ouïgours du IXe-Xe siècle de Touen-houang.*

Textes établis, trabuits et commentés, I – II, Paris, 1986.

Hamilton, V., *Syriac incantation bowls*, Brandeis University Ph. D. dissertation, 1971.

Haneda, A., (ed.), *Documents et archives provenant de l'asie centrale*, Kyoto 1988.

Harari, Y., The Sword of Moses (Ḥarba de-Moshe): A New Translation and Introduction, *Magic, Ritual, and Witchcraft* 7 (1), 2012, pp. 58 – 98.

Harviainen, T., Pagan Incantations in Aramaic Magic Bowls, *Studia Aramaica: New Sources and New Approaches*, *Journal of Semitic Studies*, Suppl. 4, 1995, pp. 53 – 60.

Heinrichs, A., L. Koenen, Ein griechischer Mani-Codex, *Zeitschrift für Papyrologie und Epigraphik* 5, 1970, pp. 97 – 216.

Henning, W. B., Geburt und Entsendung des Manichäischen Urmenschen, *NGWG*, 1933, pp. 306 – 318.

Henning, W. B., Ein manichäisches Henochbuch, *SPAW* 1934, pp. 27 – 35.

Henning, W. B., *Ein manichäisches Bet- und Beichtbuch*, *APAW* 1936, 10.

Henning, W. B., A List of Middle-Persian and Parthian Words, *BSOS* 9(1), 1937, pp. 79 – 92.

Henning, W. B., *Sogdica*, London: The Royal Asiatic Society, 1940.

Henning, W. B., The book of giants, *BSOAS* 11(1), 1943, pp. 52 – 74.

Henning, W. B., Annotations to Mr. Tsui's translation, *BSOAS* 11(1), 1943, pp. 216 – 219.

Henning, W. B., Two Manichaean Magical Texts, *BSOAS* 12(1), 1947, pp. 39 – 60.

Henning, W. B., "Mitteliranisch", in: *Handbuch der Orientalistik: 1. Abteilung. 4 Band. Iranistik. Linguistik*, Leiden-Köln: E. J. Brill, 1958, pp. 20 – 130.

Henning, W. B., *Selected Papers I – II*, Leiden: Brill and Téhéran-Liège: Bibliothèque Pahlavi 1977.

Hunter, E. C. D., Combat and Conflict in Incantation Bowls: Studies on two Aramaic Specimens from Nippur, *Studia Aramaica: New Sources and New Approaches*, *Journal of Semitic Studies*, Suppl. 4, 1995, pp. 61 – 75.

Hunter, E. C. D., Incantation Bowls: A Mesopotamian Phenomenon?, *Orientalia* Vol. 65, 1996, pp. 220 – 223.

Hutter, M., *Manis Kosmogonische Šābuhragān-Texte: Edition, kommentar und literaturgeschichtliche Einordnung der manichäisch-mittelpersischen Handschriften M 98/99 I und M 7980 – 7984 (Studies in Oriental Religions 21)*, Wiesbaden: Harrassowitz Verlag 1992.

Klimkeit, H. -J., *Hymnen und Gebete der Religion des Lichts. Iranische und türkische liturgische Texte der Manichäer Zentralasiens. Eingeleitet und aus dem Mittelpersischen, Parthischen, Sogdischen und Uigurischen (Alttürkischen)*, Opladen: Westdeutscher Verlag 1989.

Klimkeit, H. -J., *Gnosis on the Silk Road. Gnostic Texts from Central Asia*, San Francisco: Harper San Francisco 1993.

Laut, J. P. & K. Röhrborn (eds.), *Vom Aramäischen zum Alttürkischen. Fragen der Übersetzung von manichäischen Texten. Vorträge des Göttinger Symposiums vom 29./30. September 2011, Abhandlungen der Akademie der Wissenschaften zu Göttingen. Neue Folge 29*, Berlin: Walter de Gruyter 2014.

Lawergren, B., "Buddha as a Musician," *Artibus Asiae*, Vol. 54, 1994, pp. 234 – 238.

Le Coq, A. v., *Türkische Manichaica aus Chotscho* I, *APAW*, 1912, 6.

Le Coq, A. v., *Türkische Manichaica aus Chotscho* II, *APAW*, 1919.

Le Coq, A. v., *Türkische Manichaica aus Chotscho* III. *Nebst einem christlichen Bruchstück aus Bulayïq*, *APAW*, 1922.

Leurini, C., *Hymns in Honour of the Hierarchy and Community, Installation Hymns and Hymns in Honour of Church Leaders and Patrons, Middle Persian and Parthian Hymns in the Turfan Collection (BTT 40)*,

Turnhout: Brepols 2017.

Levene, D., *A corpus of magic bowls: incantation texts in Jewish Aramaic from late antiquity*, London: Kegan Paul International, 2003.

Lidzbarski, M., Die Herkunft der manichäischen Schrift, *SPAW* 1916, pp. 1213 – 1222.

Lieu, S.N.C., *Manichaeism in the Late Roman Empire and Medieval China: a Historical Survey*, Manchester University Press, 1985.

Lieu, S.N.C., *Manichaeism in Mesopotamia and the Roman East*, Leiden: Brill 1994.

Lieu, S.N.C., *Manichaeism in central Asia and China* (*Nag Hammadi and Manichaean Studies 45*), Leiden: Brill 1998.

Lurje, P. B., *Personal Names in Sogdian Texts* (*SbÖAW. Phil.-hist. Kl. 808/ Iranische Onomastik 8*) (*Iranisches Personennamenbuch*, *II*, *8*), Wien: Verlag der Österreichischen Akademie der Wissenschaften 2010.

MacKenzie, D. N., Mani's Šābuhragān, *BSOAS* 42(3) 1979, pp. 500 –534.

MacKenzie, D. N., Mani's Šābuhragān II, *BSOAS* 43(2) 1980, pp. 288 – 310.

MacKenzie, D. N., Two Sogdian *HWYDGM'N* Fragments, in: H. W. Bailey, A. D. H. Bivar & J. Duchesne-Guillemin etc. (eds.) *Papers in Honour of Professor Mary Boyce.* (Acta Iranica 24), II, Leiden: Brill 1985, pp. 421 – 428.

MacKenzie, D. N., *A concise Pahlavi dictionary*, London: Oxford University Press 1990.

Martínez, F. G., *The Dead Sea scrolls translated: the Qumran texts in English*, Leiden: Brill 1996.

McCullough, W. S. *Jewish and Mandaean incantation bowls in the Royal Ontario Museum*, Toronto: University of Toronto Press, 1967.

Meyer, M. & P. Mirecki (eds.), *Ancient Magic and Ritual Power* (*Religions in the Graeco-Roman World* 129), Leiden: Brill 1995.

Michalak, A. R., *Angels as Warriors in Late Second Temple Jewish Literature*, Tübingen: Mohr Siebeck 2012.

Mikkelsen, G. B., The Fragments of Chinese Manichaean Texts from the Turfan Region, in: D. Durkin-Meisterernst, S.-C. Raschmann, & J. Wilkens etc. (eds.), *Turfan Revisited — The First Century of Research into the Arts and Cultures of the Silk Road*, Berlin: Dietrich Reimer Verlag 2004, pp. 213 – 220.

Mikkelsen, G. B., *Dictionary of Manichaean texts. Vol. 3 Texts from Central Asia and China; Part 4, Dictionary of Manichaean texts in Chinese*, Turnhout: Brepols 2006.

Montgomery, J. A., A Magical Bowl-Text and the Original Script of the Manichaeans, *JAOS* 32(4), 1912, pp. 434 – 438.

Montgomery, J. A., *Aramaic incantation texts from Nippur*, vol. 3, Philadelphia, 1913.

Morano, E., The Sogdian Hymns of Stellung Jesu, *East and West*, 32.1 – 4, 1982, pp. 9 – 43.

Morano, E., Manichaean Middle Iranian Incantation Texts from Turfan, in: D. Durkin-Meisterernst, S.-C. Raschmann & J. Wilkens etc. (eds.), *Turfan Revisited — The First Century of Research into the Arts and Cultures of the Silk Road*, Berlin: Dietrich Reimer Verlag 2004, pp. 221 – 227.

Moriyasu, T., Four lectures at the Collège de France in May 2003, Osaka University. The 21st century COE Programm. Interface Humanities Research Activities 2002 – 2003, (Osaka 2003), pp. 21 – 112.

Moriyasu, T., *Die Geschichte des uigurischen Manichäismus an der Seidenstraße. Forschungen zu manichäischen Quellen und ihrem geschichtlichen Hintergrund*, Wiesbaden: Harrassowitz Verlag, 2004.

Müller, F. W. K., Handschriften-Reste in Estrangelo-Schrift aus Turfan, Chinesisch-Turkistan I, *SPAW* 1904, pp. 348 – 352.

Müller, F. W. K., *Handschriften-Reste in Estrangelo-Schrift aus Turfan*, *Chinesisch-Turkistan II. APAW* 1904, 2.

Naveh, J., & S. Shaked, *Amulets and magic bowls. Aramaic Incantations of Late Antiquity*, Jerusalem-Leiden: brill, 1985 (revised edition: Jerusalem, 1987).

Naveh, J., & S. Shaked, *Magic spells and formulae: Aramaic Incantations of Late Antiquity*, Jerusalem, 1993.

Naveh, J., Fragments of an Aramaic Magic Book from Qumran, *Israel Exploration Journal* 48(3/4), 1998, pp. 252 – 261.

Paul L., (ed.), *Persian Origins — Early Judaeo-Persian and the Emergence of New Persian. Collected Papers of the Symposium, Göttingen 1999*, Wiesbaden: Harrassowitz Verlag 2003.

Pelliot, P., "Review of *Hôbôgirin*, *Dictionnaire encyclopédique du bouddhisme d'après les sources chinoises et japonaises, Deuxième fascicule*". *T'oung Pao*, 28(1/2), 1931, pp. 95 – 104.

Penney, D. L. & M. O. Wise, By the Power of Beelzebub: An Aramaic Incantation Formula from Qumran (4Q560), *Journal of Biblical Literature* 113, 1994, pp. 627 – 650.

Polotsky, H. J., *Manichäische Handschriften der Sammlung A. Chester Beatty. 1, Manichäische Homilien. Mit einem Beitrag von Hugo Ibscher*, Stuttgart: W. Kohlhammer 1934.

Preißler, H. & H. Seiwert (eds.). *Gnosisforschung und Religionsgeschichte. Festschrift für Kurt Rudolph zum 65. Geburtstag.* Marburg: diagonal-Verlag 1994.

Pulleyblank, E. G., *Lexicon of Reconstructed Pronunciation In Early Middle Chinese, Late Middle Chinese, and Early Mandarin*, Vancouver: the University of British Columbia Press, 1991.

Reck, C., Ein weiterer parthischer Montagshymnus?, *AoF* 19, 1992, pp. 342 – 349.

Reck, C., *Gesegnet sei dieser Tag. Manichäische Festtagshymnen. Edition der mittelpersischen und parthischen Sonntags-, Montags- und Bemahymnen* (*BTT 22*), Turnhout: Brepols 2004.

Reck, C., *Mitteliranische Handschriften, Teil 1, Berliner Turfanfragmente Manichäischen Inhalts in Soghdischer Schrift* (*VOHD XVIII, 1*), Stuttgart: Franz Steiner Verlag 2006.

Reck, C., Tage der Barmherzigkeit: Nachtraege zu mitteliranischen manichaeischen Montags- und Bemahymnen, in: M. Macuch, M. Maggi and W. Sundermann (eds.), *Iranian Languages and Texts from Iran and Turfan* (Iranica 13), Harrassowitz Verlag, 2007, pp. 317 – 342.

Reck, C. & P. Zieme (eds.), *Iran and Turfan. Beiträge Berliner Wissenschafter, Werner Sundermann zum 60. Geburtstag gewidmet*, Wiesbaden: Harrassowitz Verlag, 1995.

Reck, C. & W. Sundermann, Ein illustrierter mittelpersischer manichäischer Omen-Text aus Turfan, *Zentralasiatische Studien des Seminars für Sprach- und Kulturwissenschaft Zentralasiens der Universität Bonn* 27, 1997, pp. 7 – 23.

Richter, S. G., C. Horton & K. Ohlhafer (eds.) *Mani in Dublin, Selected Papers from the Seventh International Conference of the International Association of Manichaean Studies in the Chester Beatty Library, Dublin, 8 – 12 September 2009*, Leiden: Brill 2015.

Salemann, C. S., Manichaica III, *Bulletin de l' Academie impériale des Sciences de St. Pétersbourg*, 1912.

Sanders, J. A., *The Psalms Scroll of Qumran Cave 11(11 QPs^a)* (*Discoveries in the Judaean Desert of Jordan IV*), New York: Oxford University Press 1965.

Schmidt-Glintzer, H., *Chinesische Manichaica. Mit textkritischen Anmerkungen und einem Glossar*, Wiesbaden: Harrassowitz Verlag, 1987.

Segal, J. B., *Catalogue of the Aramaic and Mandaic incantation bowls in the*

British Museum (*with a contribution by E. C. D. Hunter*), London: British Museum Press, 2000.

Shokrifoumeshi, M., *Mani's living gospel and the ewangelyōnīg hymns: edition, reconstruction and commentary with a codicological and textological approach based on Manichaean Turfan fragments in the Berlin collection*, Qom 2015.

Sims-Williams, N., The Manichean Commandments: A Survey of the Sources, in: H. W. Bailey, A. D. H. Bivar & J. Duchesne-Guillemin etc. (eds.) *Papers in Honour of Professor Mary Boyce*. (Acta Iranica 24), Leiden: Brill 1985, pp. 573 – 582.

Sims-Williams, N., A New Fragment from the Parthian Hymn-Cycle *Huyadagmān*, in: C-H. de Fouchécour & Ph. Gignoux (eds.) *Études irano-aryennes offertes à Gilbert Lazard*, Paris 1989, pp. 321 – 331.

Skjærvø, P. O., Iranian Epic and the Manichean Book of Giants. Irano-Manichaica III, *AOH* 48(1/2), 1995, pp. 187 – 223.

Skjærvø, P. O., The Manichaean Polemical Hymns in M28 I. A review article, *Bulletin of the Asia Institute* 9, 1995, pp. 239 – 255.

Stein, M. A., *Serindia. Detailed Report of explorations in Central Asia and Westermost China*, Oxford: Clarendon Press, 1921; Reprint: New Delhi 1981.

Sullivan, K., *Wrestling with Angels: A Study of the Relationship between Angels and Humans in Ancient Jewish Literature and the New Testament*, Leiden: Brill 2004.

Sundermann, W., Zur frühen Missionarischen Wirksamkeit Manis, *AOH* 24 (1), 1971, pp. 79 – 125.

Sundermann, W., *Mittelpersische und parthische kosmogonische und Pararabeltexte der Manichäer mit einigen Bemerkungen zu Motiven der Parabeltexte von Friedmar Geissler* (*BTT* 4), Berlin: Akademie Verlag 1973.

Sundermann, W., Namen von Göttern, Dämonen und Menschen in iranischen Versionen des Manichäischen Mythos, AoF 6, 1979, pp. 95 – 133.

Sundermann, W., Die mittelpersische und parthische Turfantexte als Quellen zur Geschichte des vorislamischen Zentralasien, in: J. Harmatta (ed.), Prolegomena to the Sources on the History of Central Aisa, Budapest: Akadémiai Kiadó, 1979, pp. 143 – 151.

Sundermann, W., Mitteliranischen manichaiesche Texte kirchengeschichtlichen Inhalts (BTT 11), Berlin: Akademie Verlag 1981.

Sundermann, W., Die Bedeutung des Parthischen für die Verbreitung buddhistischer Wörter indischer Herkunft, AoF 9, 1982, pp. 99 – 113.

Sundermann, W., Ein Weiteres Fragment aus Manis Giantenbuch, in: Orientalia J. Duchesne-Guillemin emerito oblata, Liège: Centre internationale d' études indo-iraniennes 1984, pp. 491 – 505.

Sundermann, W., Die Prosaliteratur der iranischen Manichäer, in: W. Skalmowski & A. van Tongerloo (eds.), Middle Iranian Studies: Proceedings of the International Symposium Organized by the Katholieke Universiteit Leuven from the 17th to the 20th of May 1982, Leuven, 1984, pp. 227 – 241.

Sundermann, W., Schriftsysteme und Alphabete im alten Iran,. AoF 12, 1985, pp. 101 – 113.

Sundermann, W., Ein manichäisch-soghdisches Parabelbuch, mit einem Anhang von Friedmar Geissler über Erzählmotive in der Geschichte von den zwei Schlangen, (BTT 15), Berlin: Akademie Verlag, 1985.

Sundermann, W., The Manichean Commandments: a survey of the sources, in: H. W. Bailey, A. D. H. Bivar & J. Duchesne-Guillemin etc. (eds.) Papers in Honour of Professor Mary Boyce. (Acta Iranica 24), II, Leiden: Brill 1985, pp. 573 – 582.

Sundermann, W., Der Gōwišn ī grīw zīndag-Zyklus, in: H. W. Bailey, A. D. H. Bivar &J. Duchesne-Guillemin etc. (eds.) Papers in Honour of

Professor Mary Boyce. (Acta Iranica 24), II, Leiden: Brill 1985, pp. 629 – 650.

Sundermann, W., Studien zur kirchengeschichtlichen Literatur der iranischen Manichäer I – III, *AoF* 13, 1986, pp. 40 – 92; *AoF* 13, 1986, pp. 239 – 317; *AoF* 14, 1987, pp. 41 – 107.

Sundermann, W., *The Manichaean Hymn Cycles Huyadagmān and Angad Rōšnān in Parthian and Sogdian. Photo Edition, Transcription and translation of hitherto unpublished texts, with critical remarks, (Corpus Inscriptionum Iranicarum. Supplementary Series* II), London: School of Oriental and African Studies, 1990.

Sundermann, W., Iranian Manichaean Turfan Texts concerning the Turfan Region, in: A. Cadonna (ed.), *Turfan and Tun-huang, the texts: Encounter of civilizations on the Silk Route*, Firenze: Olschki 1992, pp. 63 – 84.

Sundermann, W., *Der Sermon vom Licht-Nous: eine Lehrschrift des östlichen Manichäismus; Edition der parthischen und soghdischen Version (BTT 17)*, Berlin: Akademie Verlag 1992.

Sundermann, W., Iranische Personennamen der Manichäer, *Die Sprache. Zeitschrift für Sprachwissenschaft* 34, 1994 (1996), pp. 244 – 270.

Sundermann, W., Dīnāvarīya, in: E. Yarshater(ed.) *Encyclopaedia Iranica* 7, Costa Mesa, 1996, pp. 418 – 419.

Sundermann, W., Iranian Manichaean Texts in Chinese Remake: Translation and Transformation, in: A. Cadonna (ed.), *Cina e Iran. Da Alessandro Magno alla Dinastia Tang*, Firenze 1996, pp.103 – 119.

Sundermann, W., Manichaeism Meets Buddhism: The Problem of Buddhist Influence on Manichaeism, in: P. Kieffer-Pülz & J.-U. Hartmann (eds.) *Bauddhavidyāsudhākarah. Studies in Honour of Heinz Bechert on the Occasion of His 65th Birthday*, Swisttal-Odendorf, 1997, pp. 647 – 656.

Sundermann, W., *Der Sermon von der Seele. Eine Lehrschrift des östlichen*

Manichäismus. Edition der parthischen und soghdischen Version mit einem Anhang von Peter Zieme. Die türkischen Fragmente des "Sermons von der Seele" (*BTT 19*), Turnhout: Brepols 1997.

Sundermann, W., A Manichaean Liturgical Instruction on the Act of Almsgiving, in: J. D. BeDuhn & P. Mirecki (eds.), *The Light and The Darkness: Studies in Manichaeism and its World*, Leiden: Brill, 2001, pp. 200 - 208.

Sundermann, W., *Manichaica Iranica: ausgewählte Schriften von Werner Sundermann*, Roma: Istituto Italiano per l'Arica e l'Oriente 2001, Band I - II.

Sundermann, W. *Die Rede der lebendigen Seele: ein manichäischer Hymnenzyklus in mittelpersischer und soghdischer Sprache*, unter Mitarbeit von Desmond Durkin-Meisterernst (*BTT 30*), Turnhout: Brepols 2012.

Sundermann, W., R. E. Emmerick &P. Zieme (eds.), *Studia Manichaica IV. Internationaler Kongreß zum Manichäismus. Berlin, 14. - 18. Juli 1997*, Berlin: Akademie Verlag 2000.

Sundermann, W., M. Macuch & M. Maggi (eds.), *Iranian Languages and Texts from Iran and Turfan, E. Emmerick Memorial Volume.* (*Iranica 13*), Wiesbaden: Harrassowitz Verlag 2007.

Swartz, M. D., The Dead Sea Scrolls and Later Jewish Magic and Mysticism, *Dead Sea Discoveries* 8(2), 2001, pp. 182 - 193.

Tongerloo, A. V., Buddhist Indian terminology in the Manichaean Uygur and Middle Iranian Texts, in: W. Skalmowski & A. van Tongerloo (eds.), *Middle Iranian Studies: Proceedings of the International Symposium Organized by the Katholieke Universiteit Leuven from the 17th to the 20th of May 1982*, Leuven, 1984, pp. 243 - 252.

van der Horst, P. W. & Judith H. Newman, *Early jewish prayers in Greek*, Berlin: Walter de Gruyter 2008.

Waldschmidt, E. & W. Lentz, *Die Stellung Jesu im Manichäismus, APAW*,

1926, 4.

Waldschmidt, E. & W. Lentz, A Chinese Manichaean Hymnal from Tun-Huang, *JRAS*, 1926, pp. 116 - 122, 298 - 299.

Waldschmidt, E. & W. Lentz, Manichäische Dogmatik aus chinesischen und iranischen Texten, *SPAW*, 1933, pp. 480 - 607.

Wewers, G. A., Der Überlegenheit des Mystikers- Zur Aussage der Gedulla-Hymnen in Hekhalot Rabbati 1, 2 - 2, 3, *Journal for the Study of Judaism* 17, 1986, pp. 3 - 22.

Wilson, R. M. (ed.), *Nag Hammadi and Gnosis*, Leiden: Brill 1978.

Yoshida, Y., Manichaean Aramaic in the Chinese Hymnscroll, *BSOAS* 46 (2), 1983, pp. 326 - 331.

Yoshida, Y., Some New Readings of the Sogdian Version of the Karabalgasun Inscription, in: A. Haneda (ed.), *Documents et archives provenant de l'asie centrale*, Kyoto 1988, p. 121.

Yoshida, Y., On the Recently Discovered Manichaean Chinese Fragments, 《内陸アジア言語の研究》XII, 1997, pp. 35 - 39.

Yoshida, Y., "Sogdian", In: G. Windfuhr (ed.) *The Iranian Languages*, London: Routledge, 2009, pp. 279 - 335.

Yoshida, Y., Some New Readings in the Sogdian Version of the Karabalgasun Inscription, in: M. Ölmez, E. Aydin & P. Zieme etc. (eds.), *From Ötüken to Istanbul, 1290 years of Turkish (720 - 2010)*, Istanbul 2011, pp. 78 - 79.

Zieme, P., *Manichäisch-türkische Texte (BT 5)*, Berlin: Akademie Verlag 1975.

Zieme, P., *Die Stabreimtexte der Uiguren von Turfan und Dunhuang*, *Studien zur alttürkischen Dichtung*, *Bibliotheca Orientalis Hungarica 33*, Budapest: Akadémiai Kiadó 1991.

Zieme, P., Neue Fragmente des alttärkischen Sermons vom Licht-Nous, in: C. Reck & P. Zieme (eds.), *Iran and Turfan. Beiträge Berliner*

Wissenschafter, Werner Sundermann zum 60. Geburtstag gewidmet, Wiesbaden: Harrassowitz Verlag, 1995. pp. 251 - 276.

Zieme, P., *Magische Texte des uigurischen Buddhismus* (*BTT* 23), Turnhout: Brepols, 2005.

Zieme, P., Alttürkische Parallelen zu den Drei Cantos über die Preisung der Lichtgesandten, in: J. P. Laut & K. Röhrborn (eds.), *Vom Aramäischen zum Alttürkischen. Fragen der Übersetzung von manichäischen Texten. Vorträge des Göttinger Symposiums vom 29./30. September 2011, Abhandlungen der Akademie der Wissenschaften zu Göttingen. Neue Folge 29*, Berlin: Walter de Gruyter 2014, pp. 199 - 221.

Zieme, P., & G. Kara, *Fragmente tantrischer Werke in uigurischer Übersetzung* (*BTT* 7), Berlin: Akademie Verlag 1976.

Zieme, P., M. Ölmez & E. Aydin etc. (eds.), *From Ötüken to Istanbul, 1290 years of Turkish* (*720 - 2010*), Istanbul 2011.

附：缩略语

AoF = *Altorientalische Forschungen*

AOH = *Acta Orientalia Academiae Scientiarum Hungaricae*

APAW = *Abhandlungen der* (*Königlich-*) *Preußischen Akademie der Wissenschaften*

BSO(*A*)*S* = *Bulletin of the School of Oriental* (*and African*) *Studies, University of London*

BTT = *Berliner Turfantexte*

JAOS = *Journal of the American Oriental Society*

NGWG = *Nachrichten von der Gesellschaft der Wissenschaften zu Göttingen*

SPAW = *Sitzungsberichte der Königlich- Preußischen Akademie der Wissenschaften*

VOHD = *Verzeichnis der Orientalischen Handschriften in Deutschland*

ZDMG = *Zeitschrift der Deutschen Morgenländischen Gesellschaft*

后　记

　　出土文献重塑了当代人对历史的认识，如果没有出土文献，现在对摩尼教的了解仍只能基于外界对这个已经消亡的宗教的只言片语。正是北非、西亚、中亚三地的出土文献将这三个历史时空中的关键点重新连结，揭开了摩尼教这个世界宗教一度被尘封的过去。感谢我的导师荣新江教授将处理出土文献的方法论灌输给我，为我指引方向；感谢王一丹教授传授给我第一门伊朗语；感谢德金教授系统地为我构筑起中古伊朗语语言学的知识架构。是你们把打开职业生涯第一扇门的钥匙交到了我的手中。也感谢辛维廉教授、吉田豊教授、坎特拉（Alberto Cantera）教授在我求学之路上的种种帮助与提携。作为一个除了热情、态度、时间以外，几乎一无所有的年轻人，我对各位师长、同门、友人多有依赖，感谢大家。

　　写作的过程中，不免面临困境和怀疑，时常身处黑暗，却又突现曙光。就像某次与友人前往北极圈观鲸，出海几个小时，以为将要无功而返，却在返程时突现鲸群。巨大的须鲸浮出水面之时，人生中第一次见证了奇迹，觉得即便鼻子被冻掉也没关系了。最后，引用我人生中第一次公开学术演讲的结束语作为尾声：∞ʾfwrʾm jʾydʾn∞ "让我们永远地赞美！"（因为本次演讲恰为柏林勃兰登堡科学院的 Collegium Turfanicum 88，数字88旋转九十度，可拆分为两个无限符号。）

癸卯春于光华楼

复旦大学中古中国研究中心丛刊

专刊 第一辑

博望鸣沙——中古写本研究与现代中国学术史之会通 　　余　欣　著

晏殊《类要》研究 　　唐　雯　著

魏晋之际的政治权力与家族网络 　　仇鹿鸣　著

中古时代的历史书写与皇帝权力起源 　　徐　冲　著

画境中州——金元之际华北行政建置考 　　温海清　著

专刊 第二辑

北宋经筵与宋学的兴起 　　姜　鹏　著

事邦国之神祇：唐至北宋吉礼变迁研究 　　朱　溢　著

中国古代地方监察体系运作机制研究 　　余　蔚　著

西汉侯国地理 　　马孟龙　著

神文时代：谶纬、术数与中古政治研究 　　孙英刚　著

集刊

中古时代的礼仪、宗教与制度 　　余　欣　主编

存思集：中古中国共同研究班论文萃编 　　余　欣　主编

瞻奥集：中古中国共同研究班十周年纪念论丛 　　余　欣　主编

专刊 第三辑

蒙古帝国视野下的元史与东西文化交流 　　邱轶皓　著

唐宋之间的国家与祠祀

——以国家和南方祀神之风互动为焦点 　　杨俊峰　著

中古官修史体制的运行和演进 　　聂溦萌　著

佛足迹寻踪

——佛教美术样式的跨文化传播 　　祁姿妤　著

图书在版编目(CIP)数据

摩尼教离合诗研究 / 胡晓丹著. —上海：上海古
籍出版社，2023.5
（复旦大学中古中国研究中心丛刊）
ISBN 978-7-5732-0670-1

Ⅰ.①摩… Ⅱ.①胡… Ⅲ.①摩尼教—宗教文学—古
典诗歌—诗歌研究—中国 Ⅳ.①I207.22

中国国家版本馆 CIP 数据核字(2023)第 058947 号

复旦大学中古中国研究中心丛刊

摩尼教离合诗研究

胡晓丹 著

上海古籍出版社出版发行

（上海市闵行区号景路 159 弄 1－5 号 A 座 5F 邮政编码 201101）

（1）网址：www.guji.com.cn

（2）E-mail: guji1@guji.com.cn

（3）易文网网址：www.ewen.co

常熟市文化印刷有限公司印刷

开本 635×965 1/16 印张 13.5 插页 2 字数 195,000

2023 年 5 月第 1 版 2023 年 5 月第 1 次印刷

ISBN 978－7－5732－0670－1

B·1316 定价：68.00 元

如有质量问题,请与承印公司联系